Kristi Cook
Du und ich? Ohne mich!

DIE AUTORIN

Schon als Kind war Kristi Cook eine begeisterte Leserin und nur bereit, ihr Buch zur Seite zu legen, um ein paarmal die Woche Ballettstunden zu nehmen. Seitdem hat sich nicht viel geändert, außer dass sie inzwischen Mutter ist und genauso gern ihre eigenen Bücher schreibt, wie sie liest. Die Autorin ist in den Südstaaten aufgewachsen und lebt mit ihrem Mann und zwei Töchtern in New York.

KRISTI COOK

Du & Ich?
Ohne mich!

Aus dem amerikanischen Englisch
von Heide Horn, Christa Prummer-Lehmair
und Sonja Schuhmacher

cbj

Kinder- und Jugendbuchverlag
in der Verlagsgruppe Random House

Verlagsgruppe Random House FSC® N001967

1. Auflage
Deutsche Erstausgabe März 2016
© 2016 der deutschsprachigen Ausgabe:
cbj, Kinder- und Jugendbuch Verlag
in der Verlagsgruppe Random House GmbH, München
Alle deutschsprachigen Rechte vorbehalten
Die Originalausgabe erschien 2014
unter dem Titel »Magnolia« bei Simon Pulse,
einem Imprint von Simon & Schuster
Children's Publishing Division, New York.
©2014 by Kristina Cook Hort
Dieses Werk wurde vermittelt durch die
Literarische Agentur Thomas Schlück GmbH, 30827 Garbsen.
Aus dem amerikanischen Englisch von
Heide Horn, Christa Prummer-Lehmair und Sonja Schuhmacher
Umschlaggestaltung: bürosüd, München, www.bürosüd.de
Umschlagbild: Kristian Sekulic / Gettyimages
kk · Herstellung: wei
Satz: KompetenzCenter, Mönchengladbach
Druck: GGP Media GmbH, Pößneck
ISBN: 978-3-570-40319-8
Printed in Germany

www.cbj-verlag.de

*Für meine Phi-Mu-Schwestern von der
University of Southern Mississippi,
die nur allzu gut wissen,
dass ein echtes Mississippi-Girl seine Heimat
auch in der Ferne im Herzen trägt.*

AKT I

Denn niemals gab es ein so herbes Los
Als Juliens und ihres Romeos.

William Shakespeare, *Romeo und Julia*

AKT I

Szene 1

Ich schaue aus meinem Fenster und sehe unten auf dem Rasen Ryder Marsden stehen. Mit Daumen und Zeigefinger forme ich einen Rahmen um ihn, kneife ein Auge zu, um die Illusion perfekt zu machen, und tue dann so, als würde ich ihn zerquetschen.

Nimm das!

Anschließend lasse ich den Vorhang wieder vors Fenster fallen, um mir den Anblick meines Erzfeindes dort draußen im blinkenden Licht der Partybeleuchtung zu ersparen, der in seinem dunkelgrauen Anzug viel zu scharf aussieht. Es wäre um einiges leichter, ihn zu hassen, wenn er nicht so gut aussehen würde. Und ich will ihn hassen, wirklich.

Ihr kennt doch diese tragischen Geschichten, in denen sich zwei Kinder verfeindeter Familien ineinander verlieben, oder? Okay, jetzt stellt euch das Ganze genau umgekehrt vor, und dann habt ihr *unsere* Geschichte, die von Ryder und mir.

Sie begann so: Am sechsten April 1862 bekam Captain Jeremiah D. Marsden – Ryders Urahn – in der Schlacht von Shiloh eine Bleikugel ins linke Knie. Corporal Lewiston G. Cafferty – mein Urahn – hob Captain Marsden auf, trug ihn vom Schlachtfeld und brachte ihn in Sicherheit.

Auf seinem Rücken. Zwei Kilometer weit. Barfuß.

So heißt es jedenfalls. Offen gestanden bin ich ein wenig skeptisch, aber egal. Der Punkt ist, dass die Marsdens und die Caffertys seitdem *so* miteinander sind.

Und wenn ich sage »so«, dann meine ich wie eine Familie. Unsere Leben sind so ineinander verflochten, dass man manchmal gar nicht mehr genau weiß, wer zu wem gehört. Wir machen alles gemeinsam – Gottesdienstbesuche, Grillabende, sogar Ferien. Eine meiner Lieblingsanekdoten handelt davon, dass mein Onkel Don nach einem Urlaub am Meer bei den Marsdens vergessen wurde und es zwei Wochen lang niemandem auffiel. Ehrlich.

Schauplatz der Geschichte um die Familien Marsden und Cafferty ist Magnolia Branch, Mississippi. Dieses kleine Stückchen vom Paradies mit 2190 Einwohnern kann eine Verkehrsampel, sechs Kirchen, eine Bücherei und einen malerischen Marktplatz vorweisen. Das einzige Zugeständnis an die moderne Zivilisation ist das Ward's, ein Burger-Restaurant gleich neben dem Highway, und ihr glaubt gar nicht, wie sehr sich einige der Einheimischen damals, noch vor meiner Geburt, gegen diese Idee gestemmt haben.

Wenn ihr euch fragt, wie es sich anfühlt, hier aufzuwachsen, überlegt euch mal Folgendes: Geht es ums Beten, kann man zwischen sechs (!) Kirchen wählen, geht es jedoch um Fastfood, hat man nur eine Wahl (das eben erwähnte Ward's). Muss ich noch mehr sagen? Übrigens, falls ihr mal eine richtige Fehde von Shakespeare'schen Dimensionen erleben wollt, geht zu den Methodisten und den Baptisten – die bekriegen sich schon seit Jahren.

Ganz ehrlich, hier in Magnolia Branch hat sich seit dem Krieg nicht viel verändert – und mit »Krieg« meint man in dieser Gegend den amerikanischen Bürgerkrieg. O ja, und das nach hundertfünfzig Jahren und diversen anderen Kriegen auf der Welt.

Die Marsdens leben immer noch »auf« Magnolia Landing, einem alten Herrenhaus aus den goldenen Zeiten der Südstaaten mit gut hundert Hektar Grund am Flint Creek. Es sieht genauso aus, wie man sich eine Südstaatenvilla vorstellt: leuchtend weiß und perfekt symmetrisch, mit mächtigen Säulen und einer langen Auffahrt, überragt von uralten Eichen, von deren Ästen spanisches Moos herabhängt.

Und wir Caffertys leben immer noch die Straße runter im Wohnhaus des ehemaligen Sklavenaufsehers von Magnolia Landing. Im Laufe der Jahre wurden mehrmals Anbauten errichtet, sodass es ein wenig planlos in die Gegend gewuchert ist. Trotzdem, für mich ist es perfekt – weiß getünchter Backstein, Schindeldach, Dielenböden und Schlafveranden. Im Gegensatz zu Magnolia Landing wirkt unser Haus gemütlich und wohnlich. Bei den Marsdens fühlt man sich wie in einem Museum – und mal ehrlich, wer will schon in einem Museum wohnen?

Wie dem auch sei, unsere Familien fiebern seit Ewigkeiten darauf hin, ihre enge Verbindung durch eine Eheschließung zu besiegeln. Aber wie es das Schicksal wollte, waren die Generationen nie synchron. Oder aber perfekt asynchron, wenn man das so sehen will. Jedenfalls gab es in all den Jahren nie ein geeignetes Pärchen dafür.

Bis Ryder und ich auf die Welt kamen.

Unsere Geburtstage liegen genau sechs Wochen auseinander. Vom Alter her sind wir also das ideale Paar. Ihr könnt euch wahrscheinlich vorstellen, wie es uns erging, seit uns unsere Mütter zum ersten Mal zusammen in ein Bettchen legten. Voller Vorfreude rieben sie sich die Hände und planten bereits unsere Hochzeit. Bei den Verabredungen zum Spielen, die darauf folgten, sahen uns die Erwachsenen beifällig lächelnd zu, wie wir im Sandkasten buddelten. Zog mich Ryder an den Zöpfen, war das garantiert ein Zeichen seiner Bewunderung, warf ich ihm Sand ins Gesicht, wollte ich nur meine Zuneigung ausdrücken.

Tragische Liebe? Ha, weit gefehlt. Meistens versuche ich Ryder auszuweichen. Allerdings weiß ich nicht, wie ich das heute Abend bewerkstelligen soll.

Denn heute ist die jährliche Gala des Historischen Vereins von Magnolia Branch. Eine hochoffizielle Party, auf der sich die gehobene Gesellschaft von Magnolia Branch versammelt, um bei Champagner und kulinarischen Köstlichkeiten die neuesten Klatschgeschichten auszutauschen. In diesem Jahr ist meine Mom Vorsitzende und damit Gastgeberin, was bedeutet, dass ich lächeln, nett und lieb sein und mich unter die Gäste mischen muss. Und richtig, unter den Gästen befindet sich auch Ryder Marsden.

Ich stöhne innerlich auf, während ich durch das Fenster auf die wachsende Gästeschar blicke. Draußen auf dem Rasen ist die Party in vollem Gang, und sicher fragt sich Mom schon, wo ich bleibe. Widerstrebend verlasse ich den Schutz meines heimeligen Zimmers, renne die Treppe hinunter und durchquere die Diele. Mit feuchten Händen streiche ich mein hellblaues Kleid glatt, betrete die Veranda und wappne mich mit einem tiefen Atemzug.

Brütende Hitze schlägt mir entgegen. Es müssen an die dreißig Grad sein, die Luft ist warm und schwül, obwohl die Sonne schon vor einer halben Stunde untergegangen ist. Der Vollmond steht hoch am Himmel und überzieht alles mit einem silbernen Schimmer. Es hat etwas Magisches und trotz der Hitze überläuft mich ein Schauder.

Der Garten sieht vollkommen verändert aus. Um jeden Baum winden sich Lichterketten und zwischen den Bäumen hängen bunte Laternen aus Papier. In der Mitte des Rasens hat man einen Tanzboden aus Holz errichtet, dahinter sitzt das Orchester. Die Streicher spielen ein hübsches, langsames Stück, während die restlichen Musiker ihre Instrumente zur Hand nehmen.

Meine Mom hat das Buffet unter dem größten und ausladendsten Magnolienbaum aufgebaut, lange Tische mit silbernen Warmhaltebehältern, an denen Kellner in blütenweißen Schürzen servieren. Für diesen Abend hat sie Porzellangeschirr gemietet – ich habe ihr beim Aussuchen des Dekors geholfen, elfenbeinfarben mit einem stilisierten Bambusmuster am Rand.

Um die Tanzfläche gruppieren sich runde, in Cremeweiß gedeckte Tische. Auf jedem steht ein Windlicht mit einer elfenbeinfarbenen Kerze darin, dessen Fuß mit farbenprächtigen Hortensien geschmückt ist. Alles sieht wunderschön aus.

Ich mache mich auf die Suche nach meiner Mom. Sie steht zusammen mit Laura Grace Marsden, Ryders Mutter, am Buffet. Natürlich sind sie beste Freundinnen – sie waren in derselben Studentinnenverbindung an der Ole Miss und jeweils Brautjungfer der anderen. Mom hat mich entdeckt und bedeutet mir, zu ihnen zu kommen.

»Jemma!«, ruft Laura Grace aus, während ich auf sie zugehe. Meine silbernen Ballerinas machen auf dem dicken Grasteppich kein Geräusch. »Liebes, du siehst aus wie eine Prinzessin. Komm, gib mir einen Kuss!«

Ich eile auf sie zu und lasse mich in eine nach Shalimar duftende Umarmung schließen. »Wie gefällt dir mein Kleid?«, frage ich sie.

Sie fasst mich an den Schultern und hält mich auf Armeslänge von sich weg. »Es ist fantastisch! Original Vintage?«

Lächelnd nicke ich. »Aus den Sechzigerjahren. Lucy hat mir geholfen, es zu ändern.«

Wir mussten einiges von dem unansehnlich gewordenen blauen Tüll abschneiden und den Rock und den Reißverschluss ersetzen. Aber das ursprüngliche Mieder aus Satin war gut erhalten und das Kleid ist absolut umwerfend.

Laura Grace berührt eine der blassrosa Rosetten an meiner Hüfte. »Lucy und du solltet damit ein Geschäft aufziehen. Für ein solches Kleid würden die Leute ein Vermögen zahlen.«

Mom lächelt schelmisch. »Ich hab's dir doch gesagt.«

»Hast du Morgan und Lucy gesehen?«, frage ich, ohne auf ihre Bemerkung einzugehen.

Sie deutet nach links. »Unten am Fluss, bei den Jungs. Falls du Daddy siehst, schickst du ihn bitte zu uns? Ich habe den Eindruck, die Lichterkette da oben hat sich gelockert.« Ihr Blick wandert zu dem blinkenden Ast über uns.

»Mach ich«, antworte ich, obwohl die betreffende Lichterkette für mich ganz in Ordnung aussieht. Zum Glück, denn mein Dad ist Doktor und kein Elektriker, wie er gerne sagt. Sein Lieblingszitat aus *Raumschiff Enterprise*.

Und mit »Doktor« meint er nicht »Arzt« – er ist Professor für Physik an der Uni.

»Ach, und Jemma?« Laura Grace schenkt mir ein strahlendes Lächeln. »Du musst unbedingt einen Tanz für meinen Sohn reservieren.«

Ich kann nicht anders, ich verdrehe die Augen. Träum weiter, Laura Grace.

Nachdem ich mich abgewendet habe und auf den Weg zu meinen Freundinnen mache, höre ich die beiden doch tatsächlich hinter meinem Rücken kichern.

Unglaublich. Wie alt sind die denn, zwölf?

Als ich um die Tanzfläche herumgehe, entdecke ich Dad an der Bar. »Hey«, rufe ich ihm zu und deute mit dem Daumen in Moms Richtung. »Du wirst am Buffet gewünscht. Wegen irgendwelchen losen Lichterketten.«

Seufzend schnappt er sich sein Glas. »Bin schon unterwegs.«

Ich beschleunige meinen Schritt, möchte endlich meine Freundinnen finden. Der Mond erleuchtet den sandigen, moosüberwachsenen Pfad, der zum Fluss führt, aber ich würde den Weg auch im Stockdunkeln finden. Ich komme gern nachts hier runter und lausche der Symphonie aus Geräuschen – dem Quaken der Frösche, dem Zirpen der Heuschrecken, dem Ruf der Eulen. Ich nenne es die Mississippi-Mondscheinsonate.

Als meine Schwester Nan und ich noch klein waren, stahlen wir uns in den heißen Sommernächten hierher. Wir hoben unsere Nachthemden an und wateten ins seichte Wasser, um uns abzukühlen. Danach legten wir uns auf die harten, kratzigen Picknicktische und schauten hinauf in den Sternenhimmel.

Ich vermisse meine Schwester. Niemand hat verstanden, warum sie sich für die Southern Miss entschieden hat – gut vier Stunden Fahrt von zu Hause entfernt –, wo sie doch auch nach Oxford auf die Ole Miss hätte gehen können. Aber so ist Nan, unberechenbar, immer gegen die Erwartungen meiner Eltern rebellierend.

Ganz anders als ich.

Mir entfährt ein Seufzer, als ich dem Pfad den Hang hinab folge. Schließlich erreiche ich die sandige Lichtung am Rand des flachen schwarzen Wassers.

»Ganz die Südstaatenlady, immer eine Viertelstunde zu spät«, ruft Morgan zur Begrüßung, deren Silhouette sich dunkel gegen den Sternenhimmel abhebt. Sie hockt auf einem der Picknicktische, die Füße in den Riemchensandalen auf die Bank gestützt.

»Schließlich habe ich einen Ruf zu verteidigen«, pariere ich. »Ich will doch meine Fans nicht enttäuschen. Was macht ihr denn alle hier unten?«

»Die Jungs wollen einen Karton Bier reinschmuggeln. Mit

dem Boot«, fügt sie hinzu und grinst breit. »Ich bin bloß unbeteiligte Zuschauerin.«

Direkt am Wasser kann ich eine Handvoll Jungs erkennen, die gerade ein schmales Kanu an Land ziehen.

»Ziemlich clever«, kommentiere ich. »Lass raten – Masons Idee?«

»Gut möglich.« Morgan streckt ihre langen Beine, steigt anmutig vom Tisch und gesellt sich zu mir.

»Du siehst toll aus!«, sage ich mit Blick auf ihr schlichtes pinkfarbenes Etuikleid aus Seide. Sie hat ihr hellblondes Haar zu einem Knoten geschlungen und trägt eine Kette aus cremefarbenen Perlen um den Hals. Jeder Zoll die amtierende Miss Teen Lafayette County.

Ihr Mund verzieht sich zu einem in unzähligen Schönheitswettbewerben perfektionierten Lächeln. »Du siehst auch toll aus. Dein Kleid ist fantastisch.«

»Was, das alte Ding?«, witzele ich.

»Wo ist denn deine Kamera? Ich war mir sicher, dass du die Gala filmen würdest.«

Normalerweise schleppe ich meine Videokamera immer mit mir herum. Filmen ist mein Hobby. Und okay ... am liebsten würde ich nächstes Jahr auf die Filmhochschule gehen, aber das ist eine andere Geschichte. »Ich musste Mom versprechen, die Kamera heute in meinem Zimmer zu lassen – sie meinte, sonst würden sich die Gäste beobachtet fühlen oder so«, sage ich mit einem Schulterzucken. »Wo ist überhaupt Lucy?«

»Ich hab sie vor zehn Minuten losgeschickt, um dich zu suchen. Sie muss sich verlaufen haben.« Ihr Blick wandert zu einem Punkt über meiner linken Schulter. »Warte, da ist sie ja.«

Ich schlage nach einer Mücke, drehe mich um und sehe Lucy mit finsterer Miene auf uns zukommen. »Mr Donaldson hat mich zugetextet. Ich musste ungefähr eine Viertelstunde lang mit ihm quatschen«, ruft sie. »Jetzt bin ich stockheiser. Wo zum Teufel hast du gesteckt?«

Mr Donaldson unterrichtet europäische Geschichte, einen der AP-Kurse, mit denen wir bereits an der Highschool College-Scheine erwerben können. Auf einem Ohr wird er langsam taub, aber er weigert sich, es einzugestehen, daher kann man eine Unterhaltung mit ihm praktisch nur schreiend führen.

»Wir müssen uns irgendwie verpasst haben«, antworte ich achselzuckend.

»Also, was sagst du?« Lucy wirft sich in Modelpose, bis hin zur gewollt ausdruckslosen Miene. Das weiße Neckholderkleid kontrastiert wirkungsvoll mit ihrer dunklen, bronzefarbenen Haut und der fließende Stoff betont ihre Kurven. Sie hat sich das Haar glätten lassen, es fällt ihr in weichen, glamourösen Wellen über die Schultern.

»Perfekt«, erwidere ich. »Wie immer.« Sie wirkt mondän, wesentlich reifer als siebzehn.

Die Jungs sind inzwischen zum Picknicktisch gekommen und verteilen mit einem triumphierenden Johlen die eingeschmuggelten Dosen Light-Bier untereinander.

»Geht's langsam an, okay?«, rufe ich. »Bitte ruiniert Moms Fest nicht!«

Ein grinsender Ben prostet mir mit seinem Bier zu. »Yes, Ma'am.«

Ben ist Ryders Cousin – Cousin zweiten Grades, um genau zu sein – und einer seiner besten Freunde, auch wenn sie unterschiedlicher nicht sein könnten. Ben ist süß und rücksichtsvoll. Nett.

Ryder dagegen, na ja... Ich erzähle euch jetzt mal ein paar Takte zu Ryder. Er ist der Star-Quarterback in unserem Football-

Team, das nicht nur in der ersten Liga spielt, sondern auch den Meistertitel hält. Er ist Jahrgangsbester, ohne dass er groß etwas dafür tun muss. Außerdem spielt er Klavier wie ein verdammtes Wunderkind, und ich wäre nicht überrascht, wenn er in seiner Freizeit Sonaten oder so was komponieren würde.

Ach, und habe ich schon erwähnt, dass er umwerfend aussieht? Aber klar doch. Eins dreiundneunzig, neunzig Kilo, ein Body, bei dem die Mädchen ausflippen. Schwarze Igelfrisur, schokoladenbraune Augen und schnuckelige Grübchen.

Und was die Zukunft für ihn bereithält? Im Moment umwirbt ihn die Hälfte aller College-Football-Teams und die andere Hälfte würde es gern. Aber es gilt als ausgemacht, dass er für die Ole Miss spielen wird – unser Goldjunge vom Mississippi bleibt uns also erhalten.

Ohne mich oder meine Freundinnen eines Blickes zu würdigen, läuft Ryder an uns vorbei und folgt Ben und den anderen Jungs – Mason, Tanner und Patrick – zu dem Picknicktisch hinter uns.

Heute Abend tragen die Jungs ihre Standarduniform aus Khakihosen, weißem Oxfordhemd und bunt gemusterter Krawatte. Ihre Jacketts – natürlich in Marineblau – haben sie schon lange abgelegt, die gelockerten Krawatten hängen unordentlich vor ihrer Brust.

Nur Ryder mit seinem dunkelgrauen Anzug und der leuchtend azurblauen Krawatte fällt aus dem Rahmen. Außerdem hat er das Jackett anbehalten und den Hemdkragen geschlossen und scheint trotz der drückenden Hitze nicht zu schwitzen. Mir fällt auf, dass er auch der Einzige ist, der kein Bier trinkt.

Das bedeutet nicht, dass er ruhig ist. Sie sind alle laut, schreien sich gegenseitig nieder und fluchen, während sie über – na, was wohl? – Football reden.

»Ihr hättet den Arm von diesem Typen mal sehen müssen, sonst glaubt ihr's nicht«, meint Tanner. »Ich rede hier von einem perfekten Spiral.« Er mimt einen Wurf.

»Na wenn schon. Wenn du gewinnen willst, brauchst du aber auch Receiver, die nicht total scheiße sind.« Mason nimmt einen langen Zug von seinem Bier. Mason ist Ryders anderer bester Freund. Außerdem ist er Morgans Zwillingsbruder. In der Grundschule trug er die Haare so lang, dass die beiden oft für Zwillingsschwestern gehalten wurden – eine kleine Anekdote, die ich immer wieder gern zum Besten gebe, wenn er allzu sehr nervt, also ziemlich oft. Er kann manchmal ein ganz schöner Mistkerl sein – jähzornig und grob.

»Schauen wir mal, ob ihr in zwei Wochen immer noch so daherredet, wenn ihr von uns ordentlich Prügel bezogen habt«, tönt Tanner säuerlich.

»Ich glaube nicht, dass das passieren wird, Kumpel. Wo, hast du gesagt, hat der Typ vorher gespielt? Holy Cross?« Mason schüttelt glucksend den Kopf. »Also, da mache ich mir echt keine Sorgen. Du, Ryder?«

Alle Jungs drehen den Kopf in Ryders Richtung. Er wirft den Football, den er dabeihat, in die Luft und fängt ihn wieder auf. »Nö«, antwortet er mit einem großspurigen Grinsen.

»Das solltest du aber.« Wütend starrt Tanner ihn an und verschränkt die Arme vor der schmächtigen Brust. Tanner ist *mein* Cousin, und zwar mütterlicherseits. Er geht merkwürdigerweise auf die West Lafayette High – unser großer Football-Rivale. Das muss irgendwas mit den Einzugsbereichen der Schulen zu tun haben, denn in der Grund- und Mittelschule war er noch bei uns. Er hätte wahrscheinlich eine Ausnahmegenehmigung beantragen können, aber das hat er nicht. Mason behauptet, Tanner habe wohl gewusst, dass er für das Football-Team von Magnolia

Branch nicht gut genug sei, und wer weiß? Vielleicht hat er recht. Jedenfalls wird die Diskussion immer recht hitzig, wenn Tanner dabei ist.

»He, habt ihr heute Nachmittag das Spiel zwischen Alabama und Louisiana gesehen?«, fragt Ben, offensichtlich in dem Bemühen, die Situation zu entschärfen.

»Mann, sind das Schwachköpfe«, murmelt Lucy, während sich das Gespräch der Jungs wieder auf neutraleres Terrain bewegt.

Morgan nickt. »Übrigens hat Mason sein Gewehr mitgebracht. Es liegt noch im Boot. Wahrscheinlich ziehen sie im Lauf der Nacht los und schießen was.«

»Solange Jemma nicht mitgeht.« Lucy wirft mir einen strengen Blick zu.

Ich bin nämlich unbestreitbar die beste Schützin in ganz Magnolia Branch und habe deswegen schon eine Menge Preise gewonnen. Nicht, dass ich auf etwas Lebendiges schießen würde – Zielscheiben und Tontauben reichen mir völlig. Aber ja, Mom hat mir das Nähen beigebracht und Papa das Schießen. So läuft das hier bei uns in Magnolia Branch.

»Nicht in diesem Kleid und nicht mit Jungs, die getrunken haben«, sage ich und gucke kurz über die Schulter zu ihnen hinüber.

Im selben Moment dreht sich Patrick zu mir um. Unsere Blicke treffen sich. Er lächelt mich an – ein schiefes, spitzbübisches Grinsen.

Aus unerklärlichen Gründen wird mir flau im Magen. Ich schlucke mühsam. Mein Puls rast.

O nein.

Wenn ich eins über Patrick Hughes weiß, dann das: Er bedeutet Ärger. Riesenärger. Die Familie Hughes ist alter Geldadel – und wirklich steinreich – und Patrick ist ihr kleiner Prinz. Genau wie Mason genießt er die angenehmen Seiten des Lebens ein bisschen zu sehr, wovon nicht nur eine, sondern gleich *zwei* Anzeigen wegen Trunkenheit am Steuer allein im letzten Jahr zeugen. Zu seinem Glück ist sein Vater Anwalt. Zusammen mit Ryders Dad führt er die Kanzlei Marsden, Hughes & Fogarty.

Nein, meine Eltern wären definitiv nicht begeistert, trotz seines Geldes und seines Stammbaums.

Aber wer weiß? Vielleicht ist genau das der Grund, weshalb ich sein Lächeln erwidere.

AKT I

Szene 2

Seit Patrick und ich unten am Fluss diesen Blick getauscht haben, hat sich etwas in mir verändert. Nicht dass er mich noch nie angelächelt hätte – das hat er schon oft. Aber diesmal war es irgendwie anders. Fast als ... würde er mich zum ersten Mal wirklich wahrnehmen. Eigentlich albern, schließlich kennen wir uns seit Ewigkeiten. Letzten Sommer haben wir sogar beide denselben Filmkurs beim YMCA belegt. Wenn man Patrick mal ohne die Jungs zu fassen kriegt, ist er sogar richtig nett, trotz seines Bad-Boy-Images.

Ich spüre seine Gegenwart jetzt überdeutlich. Nachdem wir alle uns zu den Partygästen gesellt haben, suche ich unwillkürlich in der Menge nach ihm. Einige Male habe ich den Eindruck, er beobachtet mich, blickt bewusst in meine Richtung, während ich an einem der runden Tische sitze und esse. Und auch später, als ich mich mit Lucy und Morgan ins Gewühl der Tanzenden stürze.

Daher bin ich eigentlich nicht überrascht, als er mich auf dem Weg zum Bowle-Ausschank abfängt und zum Tanzen auffordert. Die Musiker haben gerade etwas Langsames angestimmt – irgendeinen altmodischen Walzer. Ich sage Ja und lasse mich von ihm an der Hand zurück auf die Tanzfläche führen. Als Patrick seine Arme um meine Taille legt und mich an sich zieht, habe ich das seltsame Gefühl, als wären alle Augen auf uns gerichtet.

Und das ist tatsächlich so, merke ich.

Ich verschränke meine Hände in seinem Nacken und stütze

ihn, als er gefährlich gegen mich schwankt und droht, uns beide hier mitten auf der Tanzfläche zu Fall zu bringen.

»Du siehst hübsch aus«, flüstert er. Sein heißer Atem streift mein Ohr.

»Ja, ja, da spricht wohl der Alkohol.«

»Nein, ganz im Ernst. Du bist wirklich sehr, sehr hübsch.«

Über seine Schulter hinweg sehe ich, wie Mom uns mit finsterem Blick beobachtet. Vermutlich werde ich es irgendwann bereuen, aber heute Abend fühle ich mich ganz verwegen. Tollkühn. Ich habe Lust, über die Stränge zu schlagen.

Was mir eigentlich gar nicht ähnlich sieht. Ich halte mich immer an die Regeln, spiele meine Rollen perfekt – die pflichtbewusste Tochter, die liebende Schwester, die Einserschülerin, Co-Captain des Cheerleading-Teams. Ich tue genau das, was von mir erwartet wird, führe das Leben, das meine Eltern sich für mich vorgestellt haben. Manchmal frage ich mich, wer die *wahre* Jemma Cafferty ist – falls ich ihr jemals begegne.

Begegnen will.

»Danke«, murmele ich. »Du siehst auch nicht schlecht aus.«

»Lass uns irgendwohin gehen, wo wir reden können«, schlägt er leise vor. Er lässt meine Taille los, greift wieder nach meiner Hand und zieht mich zum Rand der Tanzfläche.

»Ich glaube, das ist keine so gute Idee«, wende ich ein. Trotzdem folge ich ihm. Mein Herz klopft, als wollte es mir die Rippen sprengen, als wir uns einen Weg durch die Gästeschar zur Rückseite des Hauses bahnen.

»Ich hab das ehrlich gemeint«, bekräftigt er, sobald wir allein sind. »Du siehst heute Abend wirklich hübsch aus. Na ja, ich meine, das tust du natürlich immer, aber heute besonders.« Er schwankt ein wenig, und ich strecke den Arm aus, um ihn zu stützen.

»Bist du okay?«, frage ich. Er hat definitiv einen sitzen.

»Ja. Ich würde dich jetzt wirklich sehr gern küssen.«

»Ach ja?«, frage ich.

Er nickt. »O ja.« Wieder packt er meine Hand, zieht mich ins Dunkel und drückt mich grob gegen einen Baumstamm. Ich wehre mich nicht, nicht einmal, als seine Lippen auf meine treffen.

Sein Kuss ist erstaunlich sanft – beinahe zaghaft. Ich will mehr. *Brauche* mehr. Ich öffne die Lippen, und während seine Hände seitlich an meinem Körper hinaufwandern und mir Gänsehaut verursachen, fühle ich mich aufregend leichtsinnig.

Ich ziehe ihn enger an mich, bis sich sein gesamter Körper gegen meinen presst. Mit einem Schlag wird mir bewusst, wie lange mein letzter Kuss zurückliegt. *Zu* lange.

Und jetzt ist da Patrick und er riecht so gut – nach Aftershave und frischer Luft. Warm trifft sein Atem auf meine Haut, seine Küsse sind federleicht. Ich merke kaum, wie seine Daumen unter die Träger meines Kleides gleiten und er sie mir von den Schultern streift.

»He, da bist du ja, Kumpel!«, ruft eine Stimme. Mason. *Verdammter Mist.*

Ich ducke mich unter Patricks Armen hindurch.

»Ach, hallo, Jemma«, bemerkt Mason mit einem anzüglichen Grinsen. »Lasst euch nicht stören.«

»Perfektes Timing, Mann«, knurrt Patrick.

Mason hebt beschwichtigend die Hände. »Tut mir leid. Macht einfach weiter, ich wollte nicht ...«

»Nein, schon in Ordnung, wir sind fertig.« Meine Wangen werden feuerrot, während ich meine Träger wieder hochschiebe und die Rückseite des Kleides glatt streiche. Hoffentlich ist der zarte Tüll nicht an der Rinde zerrissen.

»Ooch, komm schon, Jem«, bittet Patrick. »Lauf doch nicht einfach so davon.« Er sieht ehrlich enttäuscht aus, als er versucht, mich mit seinen haselnussbraunen Augen festzuhalten.

Ich schüttele den Kopf. »Ich muss zurück zu Morgan und Lucy. Wir sehen uns später, okay?«, füge ich nun schuldbewusst hinzu. Dann verschwinde ich und versuche auszublenden, dass die beiden Jungs sich anscheinend hinter meinem Rücken abklatschen.

Na toll. Wirklich toll.

»Was war das denn?«, fragt Lucy, als ich sie und Morgan am Buffet antreffe, wo sie sich die Teller mit Desserts vollladen. »Bist du echt gerade abgehauen, um mit Patrick rumzumachen? Es sah nämlich ganz danach aus.«

»Was hast du denn da im Haar?« Morgans Finger nesteln an meinem Hinterkopf. Sie zieht mir einen stacheligen Zweig aus den Haaren, hält ihn hoch und mustert ihn mit hochgezogenen Augenbrauen.

»Ich hab nicht mit ihm rumgemacht«, protestiere ich, reiße ihr den Zweig aus der Hand und werfe ihn weg. »Wir ... haben uns geküsst, das ist alles. Und Mason hat uns erwischt, also werden innerhalb der nächsten fünf Minuten alle hier Bescheid wissen. So ein verdammter Mist.«

»Ernsthaft?«, fragt Lucy ungläubig. »Warum um alles in der Welt solltest du Patrick Hughes küssen?«

»Keine Ahnung. Ich wollte nur ... ach, ich weiß nicht. Er ist süß«, füge ich nicht gerade überzeugend hinzu. Er ist wirklich süß. Warum ist mir das bisher nie aufgefallen?

Lucy zuckt die Schultern. »Na ja, wenn man auf magere weiße Jungs steht ...«

»Ich bekomme Kopfschmerzen«, sage ich und massiere mir die Schläfen. »Sollte mich wohl langsam ins Bett verziehen.«

Lucy wirft mir einen scharfen Blick zu. »Feigling.«

»Äh, die Party ist in *eurem* Garten«, erinnert mich Morgan. »Wo willst du hin? Nimm dir vorher wenigstens noch was vom Nachtisch.« Sie legt zwei Mini-Eclairs und einen Windbeutel auf einen Teller und reicht ihn mir.

Seufzend folge ich den beiden mit dem Teller zu einem Tisch. Als wir uns setzen, schleicht sich Tanner an und zieht vielsagend die Augenbrauen hoch. »He, hab gerade gehört, dass du anscheinend heute Abend deinen Spaß hattest, Jemma. Also du und Patrick, hm?«

Hitze schießt mir in die Wangen. »Meine Güte. Halt einfach die Klappe, okay? Da war nichts.«

Er verschränkt die Arme vor der Brust. »Mason hat da aber ganz was anderes erzählt.«

»Mein Bruder ist ein Idiot«, wirft Morgan mit vollem Mund ein. »Falls du's noch nicht gemerkt hast. Übrigens steht dein Hosenstall offen.«

Achselzuckend schaut Tanner nach unten.

»Wie stilvoll«, meint Lucy. »Deine Mom muss ja irre stolz auf dich sein.«

Grinsend zieht er betont langsam den Reißverschluss zu. »Aaah, gib's doch zu, es gefällt dir, Luce.«

»Du bist ja völlig gestört«, sagt sie und verdreht die Augen. »Hau ab, Tanner.«

»Genau, bevor ich kotzen muss«, fügt Morgan hinzu.

Tanner lässt die Beleidigungen unbeeindruckt an sich abperlen. »Nur noch ein kleiner Hinweis, bevor ich gehe: Sieht so aus, als würde sich Patrick gerade mit deinem Dad unterhalten, Jemma. Worüber die wohl sprechen?« Er zwinkert mir zu. »Bis dann, Cousinchen.«

Ich verschlucke mich an einem Löffel Vanillecreme. »Wa...?«, würge ich hervor und stehe mit wackligen Knien auf. Ich entdecke Patrick und meinen Dad an der Bar. Sie haben die Köpfe zusammengesteckt und sind in eine Unterhaltung vertieft.

Lucy packt mich bei der Hand und zieht mich auf den Stuhl zurück. »Chill mal, okay? Sicher machen sie einfach nur Smalltalk. Du weißt schon, über« – sie wedelt hilflos mit der Hand – »irgendwas.«

Ich vergrabe das Gesicht in den Händen. »Du hast leicht reden.«

Lucys dunkle Augen werden schmal. »Puh, ich kann nicht glauben, dass deine Mom ausgerechnet *die* eingeladen hat.«

Als ich ihrem Blick folge, sehe ich Cheryl Jackson, die sich gerade ein Glas Bowle einschenkt.

»Sie arbeitet ehrenamtlich in der Bücherei«, sage ich. »Mom hatte keine Wahl. Glaub mir, sie war alles andere als glücklich darüber. Sie hat gehofft, Cheryl würde nicht auftauchen.«

Morgan rümpft die Nase. »Und somit eine Gelegenheit verpassen, sich unter die oberen Zehntausend von Magnolia Branch zu mischen? Keine Chance.«

»Die kann mich mal kreuzweise«, stößt Lucy hervor und schneidet eine Grimasse.

Lucys Mutter, Dr. Parrish, ist Kinderärztin – mit Abstand die beste in der Stadt. Dieser Meinung ist hier so ziemlich jeder, außer Cheryl Jackson, die keinen Hehl daraus gemacht hat, dass sie mit ihren Kindern zu einem anderen Arzt gehe, weil sie ihre kostbaren Sprösslinge keinesfalls einer von »denen« anvertrauen könne. Und mit »denen« meint sie Schwarze. Dabei ist ihr Sohn ein Weichei und ihre Tochter hat die Hälfte des letzten Halbjahres in einer Entzugsklinik verbracht. So sieht's aus.

Morgan stupst mich in die Rippen. »Du solltest rübergehen und ihr sagen, dass Dr. Parrish die Bowle gemacht hat. Bin gespannt, wie schnell sie sie wieder ausspuckt.«

Wir lachen ein wenig gequält, denn Cheryl wäre dazu imstande. Ignorantes Miststück.

Unwillkürlich wandert mein Blick wieder zu Dad und Patrick, die immer noch beisammenstehen und über irgendwas diskutieren. Ich spüre einen unangenehmen Druck im Magen und schiebe den Teller mit den Nachspeisen von mir weg. »Was können die denn bloß miteinander zu besprechen haben?«

»Schwer zu sagen«, meint Morgan. »Ich kann immer noch nicht glauben, dass du ihn wirklich geküsst hast.«

»Apropos«, wirft Lucy neckisch ein, »auf einer Skala von eins bis zehn ...?«

Ich starre sie mit offenem Mund an. »Wie, ich soll ihn *bewerten?*«

»Ähm, ja«, entgegnet Lucy mit einem verschmitzten Grinsen. »Jetzt spann uns doch nicht so auf die Folter.«

»Na gut.« Ich atme laut aus. »Er küsst wirklich ganz passabel.«

»Passabel? Also, das glaube ich nicht. Komm schon, etwas genauer, Süße.«

Ich verschränke die Arme vor der Brust. »Meinst du nicht, dass ich nicht schon genug Probleme habe?«

Sie sieht mich nur bedeutungsvoll an.

»Also gut. Er küsst gut. *Richtig* gut. Eine Sieben, eventuell sogar eine Acht. Bist du jetzt zufrieden?«

Ihr Mund verzieht sich zu einem Lächeln. »Dachte ich's mir doch.«

Morgan tut so, als würde sie sich den Finger in den Mund stecken und sich übergeben.

»Du weißt schon, dass du deiner Mom damit das Herz brechen wirst«, sagt Lucy und zieht meinen verwaisten Teller zu sich hinüber. Sie hebt ein angebissenes Eclair auf, betrachtet es eingehend von allen Seiten und legt es dann wieder zurück. »Hat sie nicht schon das Hochzeitsservice für Ryder und dich ausgesucht?«

»Haha, sehr lustig.« Aber ehrlich gesagt – wahrscheinlich hat sie das tatsächlich. O je. »Jetzt mal im Ernst, mein Kopf bringt mich noch um. Ich bin echt bettreif.«

Morgan fegt Krümel von ihrem Schoß und steht auf. »Nur zu. Lass uns im Stich. Willst du auch gehen, Luce, oder wartest du noch auf deine Eltern?«

»Nö, ich pack's auch.« Lucy steht ebenfalls auf und streicht ihr Kleid glatt. »Noch ein Bissen und ich platze. Man soll aufhören, wenn es am schönsten ist.«

In der Ferne ertönt ein einzelner Schuss. Aus den Bäumen am Fluss fliegen kreischend die Vögel auf.

»Das sind die Jungs«, sagt Morgan seufzend.

Ich schüttele nur den Kopf. »Mom wird ihnen das Fell über die Ohren ziehen, weil sie so einen Aufstand veranstaltet haben.«

* * *

Eine halbe Stunde später habe ich meinen Pyjama angezogen und mir eine Tasse Kamillen-Jasmin-Tee gemacht. Obwohl es immer noch heiß draußen ist, öffne ich die Glastüren und trete hinaus auf meinen schmalen Balkon – einen Julia-Balkon, wie Mom immer sagt. An das kühle Metall des Geländers gelehnt, nippe ich an meinem Tee und warte darauf, dass er meine Nerven beruhigt. Mein Zimmer liegt im ersten Stock und geht auf den Fluss hinaus, auf die von der Party abgewandte Seite. Dennoch weht die warme, sanfte Brise Fetzen von Musik und Gelächter zu mir herüber. Ich habe Gewissensbisse, weil ich mich so schnell verdrückt habe, aber ich wusste genau, dass Tanners Sticheleien nur der Anfang waren. Und schlimmer noch, wenn ich länger geblieben wäre, hätte ich womöglich noch einmal Patrick gegenübertreten müssen.

Und das kann ich nicht, zumindest jetzt noch nicht. Ich meine, ich kenne Patrick schon mein ganzes Leben, und vor heute Abend hätte ich nicht einmal im Traum daran gedacht, ihn zu küssen. Ich versuche immer noch, mir über das, was da passiert ist, klar zu werden, zu ergründen, was genau sich zwischen uns verändert hat – und ob ich überhaupt *will*, dass sich etwas verändert.

Mit einem tiefen Seufzer schaue ich zum Vollmond hinauf. Hier stehe ich und zerbreche mir den Kopf darüber, während Patrick wahrscheinlich keinen Gedanken mehr daran verschwendet hat. So wie ich ihn kenne, hat er es bestimmt schon wieder vergessen. Schließlich war er nicht mehr nüchtern. Obwohl, sie hatten nur zwölf Bier zu fünft – na ja, zu viert, wenn man Ryder nicht mitzählt. Patrick war höchstens ein bisschen angeheitert. Das reicht nicht für einen kompletten Filmriss.

»Hey, Patrick sucht dich.«

Die Stimme erschreckt mich so sehr, dass ich zusammenfahre und mich mit Tee bekleckere. Unter dem Balkon steht Ryder und starrt zu mir hoch. Er hat die Hände in den Hosentaschen, seine Lippen sind fest zusammengepresst.

»Sag ihm, dass ich schon schlafen gegangen bin«, erwidere ich. »Und vielen Dank auch, dass du mich fast zu Tode erschreckt hast.« Mit finsterem Blick reibe ich erfolglos an dem nassen Fleck vorne auf meinem Top herum. Ryder hat Glück, dass der Tee nicht mehr heiß war.

Ryder kommt einen Schritt näher, bis er direkt unter dem Balkon steht. Er legt den Kopf in den Nacken und ich sehe die Verachtung in seiner Miene. »Also servierst du ihn jetzt einfach so ab?«

»Tu mir doch bitte den Gefallen und steck deine Nase nicht in Dinge, die dich nichts angehen.«

»Patrick ist mein Freund, also geht es mich sehr wohl etwas an. Übrigens – du weißt schon, dass er gern Details aus seinem Liebesleben ausplaudert?«

»Gerade hast du noch gesagt, er ist dein Freund.«

Er zuckt mit den Schultern. »Hey, es ist schließlich *dein* Ruf.«

»Seit wann kümmert dich mein Ruf, Ryder? Und für den Fall, dass du es unbedingt wissen musst, wir haben uns nur geküsst. Da habe ich schon Schlimmeres über dich und Rosie gehört. Vielleicht solltest du dir lieber Sorgen um *ihren* Ruf machen.«

Rosie ist meine Cousine – eine entfernte Cousine väterlicherseits. Seit Urzeiten schon schwärmt sie für Ryder, und es geht das Gerücht, dass sie auf einer Party letztes Wochenende endlich die Initiative ergriffen hat. Anscheinend hat er äußerst entgegenkommend reagiert – und mit ihr in einer dunklen Ecke rumgemacht. Das zumindest hat Morgan gehört.

»Was sagt man denn über mich und Rosie?«, fragt Ryder mit zusammengezogenen Augenbrauen.

Ich mache eine wegwerfende Geste. »Ach, vergiss es. Mir ist das sowieso egal.«

»Das war ja klar«, zischt er.

»Was soll das jetzt wieder heißen?«

Er schüttelt den Kopf. »Nichts, Jemma. Nur... geh einfach ins Bett, das ist das Beste.«

»Wie, willst du dich plötzlich als mein Vater aufspielen? Wie wär's damit? Ich kann selbst ganz gut entscheiden, wann ich ins Bett gehe.«

»Wow, das nenne ich Reife.«

»Du bist so ein Idiot, Ryder.«

»Ein Idiot? Was Besseres fällt dir nicht ein? Du bist heute Abend wirklich nicht in Form.«

»Und du gehst mir wirklich auf die Nerven«, sage ich mit brennenden Wangen.

Er zuckt nur ungerührt die Schultern. »Das ist ja nichts Neues. Ich bin dir schon immer auf die Nerven gegangen.«

»Nicht immer«, erwidere ich. Mein Herz setzt einen Schlag aus. Ich kneife die Augen zu und dränge die Erinnerung zurück. Als ich die Augen wieder öffne, steht er immer noch da und sieht mich finster an.

»Na super, jetzt geht das wieder los.« Er will eigentlich gehen, wendet sich aber noch einmal zu mir um. »Weißt du was? Ich habe keine Ahnung, was ich dir eigentlich getan habe, aber ...«

»Ehrlich?«, bricht es aus mir heraus. »Ich geb dir einen heißen Tipp – achte Klasse.«

»Du bist sauer auf mich wegen etwas, das ich in der *achten* Klasse gemacht habe, Jem? Das ist verdammt noch mal vier Jahre her. Was immer es auch war, werd endlich erwachsen und komm darüber hinweg.«

»Warum scherst du dich nicht endlich zum Teufel?«, schieße ich zurück.

»Ich bin weg«, sagt er und dreht sich wieder um.

»Gut!«, rufe ich ihm nach. Tränen brennen mir in den Augen. »Geh. Ich hasse dich, Ryder Marsden!«

»Tja ... das beruht ganz auf Gegenseitigkeit«, gibt er über die Schulter zurück.

Auch wenn ich weiß, dass ich kindisch reagiere, stürme ich zurück ins Zimmer und schlage die Balkontür mit solcher Wucht zu, dass sie fast aus den Angeln springt.

Echt reizend, nicht wahr?

AKT I

Szene 3

Am nächsten Morgen lässt Mom mich ausschlafen. Als ich endlich munter genug bin, um auf den Wecker zu sehen, fällt bereits die grelle Mittagssonne durch die Fenster herein und malt gelbe Streifen auf die flauschige weiße Bettdecke.

Vage erinnere ich mich daran, dass Mom gegen zehn an meine Zimmertür geklopft hat, um mir Bescheid zu geben, dass sie zur Kirche gehe, aber kaum war die Haustür ins Schloss gefallen, war ich auch schon wieder weg. Ich weiß, dass sie darauf brennt, mich bei der nächstbesten Gelegenheit zu fragen, was da mit Patrick läuft. Da ich mich für dieses Gespräch noch nicht gewappnet fühle, mache ich, dass ich aus dem Bett komme. Der Gottesdienst ist nämlich seit fünf Minuten zu Ende, und das bedeutet, dass sie jeden Moment zu Hause sein kann.

Hastig schlüpfe ich in ein Paar abgeschnittene Jeans. Ohne auf meinen knurrenden Magen zu achten, laufe ich die Treppe hinunter und zur Haustür hinaus. Ja, ich bin ein Feigling – besonders wenn es um meine Mutter geht.

Auf der Veranda nehme ich mir allerdings noch die Zeit, Beau und Sadie kurz hinter den Ohren zu kraulen. Wenn man dieses ungleiche Paar sieht, kann man sich das Lächeln einfach nicht verkneifen – Beau ist ein schokobrauner Labradormischling, Sadie eine silberblonde Terrierkreuzung. Wir haben sie aus dem Tierheim, ebenso wie die drei Katzen, die träge im Gras liegen und sich die Sonne auf den Pelz brennen lassen. Kirk, Spock und Sulu – ihre Namen sind natürlich auf Daddys Mist gewachsen. Später hat sich dann herausgestellt, dass Sulu ein Weibchen ist und eigentlich Uhura heißen müsste, aber was soll's.

Peinlich berührt, weil ich so etwas überhaupt *weiß*, laufe ich die Verandatreppe hinunter und über den Hof. Ich will so schnell wie möglich von hier fort. Beau und Sadie schließen sich mir an, mit fröhlich baumelnden Zungen flitzen sie vor mir her und kommen dann in einem Bogen wieder an meine Seite, um sich an meinen Beinen zu reiben, bevor sie erneut davondüsen.

Mein Ziel ist die Scheune, wo ich ein bisschen Schießen üben will. Weil wir keine Pferde halten, hat mein Dad die Scheune in eine Werkstatt für sich und einen behelfsmäßigen Schießstand für mich umgewandelt. Hierher komme ich am liebsten, wenn ich Dampf ablassen und einen klaren Kopf bekommen will – und beides habe ich jetzt dringend nötig. Nach dieser verrückten Sache mit Patrick und dem Streit letzte Nacht mit Ryder, also ...

Ich lege einen Zahn zu, meine nackten Füße patschen auf den sandigen Weg und wirbeln Staubwolken hinter mir auf. Erst an der riesigen Eiche – der größten auf unserem Gelände – werde ich langsamer. An einem ihrer ausladenden Äste hängt noch immer eine Schaukel und schwingt sanft im Wind. Gleich dahinter liegt die Scheune, deren spitzes Blechdach die Sonne reflektiert. Die Torflügel stehen weit offen und ich höre Musik – Jimmy Buffett –, also ist Dad drinnen und arbeitet vermutlich an einem seiner Möbelstücke.

Das geht schon in Ordnung – anders als Mom stellt Dad mir keine peinlichen Fragen oder zwingt mich, über Dinge zu reden, über die ich nicht reden will.

»Tut mir leid«, sage ich und scheuche die Hunde hinaus. »Ihr kennt die Regeln.« Ich ziehe die unteren Torhälften zu und verriegele sie, die oberen lasse ich offen, damit die Luft draußen für ein wenig Abkühlung sorgen kann. »Hallo«, rufe ich meinem Dad zu, der mit dem Rücken zu mir am Waffenschrank steht. »Hast du Mom gar nicht in die Kirche begleitet?«

Er dreht sich zu mir um. »Oh, hallo Dreikäsehoch.« Ja, genau wie in *Unsere Kleine Farm*. Oberpeinlich, ich weiß. »Nö, sie ist mit Laura Grace gegangen. Ich dachte, die beiden quatschen bestimmt die ganze Zeit über das Fest, deshalb ...« Er bricht schulterzuckend ab. »Möchtest du Delilah?«

»Ja, danke.« Ich sehe ihm zu, wie er in den Waffenschrank greift und meine Pistole herausholt – eine Ruger Mark III Kaliber .22 mit 5,5-Zoll-Lauf. Daddy hat sie mir trotz der Proteste meiner Mutter zum dreizehnten Geburtstag geschenkt. Sie hätte mir lieber eine Nähmaschine gekauft. Aus unerfindlichen Gründen habe ich der Pistole den Namen »Delilah« gegeben, das kam mir damals irgendwie verrucht vor. Inzwischen weiß ich, dass das Schwachsinn ist, aber der Name ist geblieben.

Er reicht mir die Pistole zusammen mit dem Gehörschutz – er ist lavendelfarben, mit einem silbernen Wirbelmuster auf beiden Hörmuscheln. »Macht es dir was aus, wenn ich hierbleibe und dir ein bisschen zusehe?«, fragt er.

»Nö, nur zu.« Ich lege mir den Kopfhörer um den Hals. »Aber vielleicht könntest du eine andere Musik auflegen, sagen wir etwas aus diesem Jahrhundert?«

Er runzelt die Stirn. »Was hast du denn gegen Buffett? Er ist ein echter Junge vom Mississippi.«

»Ja, ja, ich weiß. Das hast du mir schon ungefähr eine Million Mal erzählt«, entgegne ich grinsend. »Und außerdem mag ich ihn ja auch ganz gern.«

»Das kommt von meiner guten Erziehung. Aber bitte, wie du willst.« Er fummelt an der Stereoanlage herum und stellt auf

Radio um. »Übrigens, denk dran, dass wir heute Abend auf Magnolia Landing zum Essen eingeladen sind. Wir werden um sechs erwartet.«

Das lässt meine Stimmung schlagartig in den Keller sinken – wenn ich eins bestimmt nicht will, dann diesen Abend mit Ryder zu verbringen. Genau genommen *keinen* Abend. »Hmm, muss ich denn da unbedingt mit?«

»Natürlich«, entgegnet er verblüfft. Einen Augenblick mustert er mich nachdenklich. »Ich weiß nicht, was neuerdings mit dir und Ryder los ist. Früher habt ihr euch doch so gut verstanden.«

»O nein«, stöhne ich. »Nicht auch noch du.«

»Ich behaupte ja nicht, dass ihr ein Herz und eine Seele sein müsst oder was auch immer deine Mom und Laura Grace sich für euch vorstellen.« Als ich sehe, wie er sich windet, wird mir klar, dass er vielleicht doch auf meiner Seite steht. »Aber ihr könnt doch wenigstens zivil miteinander umgehen, oder nicht?«

»Dad, hör auf. Bitte! Ich möchte nicht über Ryder reden, okay?«

Ergeben hebt er beide Hände. »Schon gut, schon gut. Sieh einfach zu, dass du Viertel vor sechs fertig zum Abmarsch bist.«

Ich nicke. »Gut.« Ich greife zum Kopfhörer, aber dann halte ich noch einmal inne. »Ach, warte mal, ich wollte dich noch was fragen … Worüber hast du dich gestern Abend eigentlich mit Patrick Hughes unterhalten?«

»Oh, das. Patrick hat ›im Scherz‹« – er malt Anführungszeichen in die Luft – »um deine Hand angehalten. Ich habe ihm ›im Scherz‹« – wieder die Anführungszeichen in der Luft – »gesagt, dass er sich besser zusammenreißen und verdammt noch mal die Finger von meiner Tochter lassen soll.«

Ich starre ihn nur an, vor Entsetzen steht mir der Mund weit offen.

»Er hat seinen Fehler eingesehen und gleich wieder die Kurve gekriegt.«

»Bitte sag mir, dass das ein Witz ist.« Ich ziehe eine Grimasse.

Er schüttelt den Kopf. »Ich wünschte, es wäre so. Deine Mutter ist übrigens gar nicht glücklich darüber. Sie ist wohl der Ansicht, ihr beiden wart gestern Abend ein bisschen zu vertraut miteinander. Offenbar hat Cheryl Jackson sie darauf angesprochen.«

»O mein Gott! Cheryl Jackson?«

Er zuckt die Achseln. »Du kennst sie doch.«

»Ja, nur zu gut.« Diese Frau muss endlich lernen, ihre Nase nicht ständig in anderer Leute Angelegenheiten zu stecken.

»Aber jetzt will ich dich nicht länger aufhalten«, sagt Dad und deutet auf Delilah.

Ich nicke, stülpe mir den Kopfhörer über die Ohren und mache dem Gespräch damit endgültig ein Ende. Delilah liegt schwer und kühl in meiner Hand, das vertraute Gewicht fühlt sich irgendwie tröstlich an. Nach wenigen Minuten ist sie geladen und entsichert, dann gehe ich in eine der Schießbuchten und setze eine Schutzbrille auf.

Ich schieße etwa eine Stunde lang. Zwischendrin verabschiedet sich mein Dad mit einem Winken, aber ich nehme es kaum wahr. Ich bin zu konzentriert auf die Zielscheibe vor mir, deren Mitte schon vollkommen durchlöchert ist. Daddy findet, ich bin gut genug, um mich für die Olympischen Spiele zu qualifizieren, aber Frauen dürfen nur mit der Luftpistole oder im Tontaubenschießen antreten, und das ist mir zu langweilig. Luftpistolen sind doch Kinderkram. Kleinkaliberpistolen wie Delilah sind das einzig Wahre. Außerdem habe ich ohnehin genug um die Ohren mit den College-Bewerbungen und dem Abschlussjahr und überhaupt. Dabei fällt mir ein ...

Ich muss unbedingt mit meinen Eltern sprechen. Ich kann es

nicht länger hinausschieben. Mit einem Seufzer lege ich Delilah ab, ziehe mir die Schutzbrille und den Kopfhörer vom Kopf und wische mir mit dem Handrücken den Schweiß von der Stirn.

Es ist nämlich so: Meine Eltern erwarten, dass ich an die Ole Miss gehe. Sie tun so, als wäre das schon abgemacht. »Nächstes Jahr, wenn du in Oxford bist ...«, und: »Du kommst wahrscheinlich im Wohnheim der Studentinnenverbindung unter, aber ...« Es ist alles schon geplant. Ich werde mich bei Phi Delta bewerben, wie Mom und Laura Grace damals, mit Kommilitonen von der befreundeten Studentenverbindung ausgehen und Cheerleaderin für die Rebels werden, wenn ich das Glück habe, ins Team aufgenommen zu werden. Was ich studiere, ist ihnen eigentlich egal. Wichtig ist nur, dass ich einen Abschluss mache, einen netten Jungen aus dem Süden heirate – also jemanden wie Ryder – und hier in Magnolia Branch eine Familie gründe. Das ist die einzige Zukunft, die sie sich für mich vorstellen, das Einzige, was in ihren Augen vernünftig ist.

Allerdings ... bin ich nicht sicher, ob es das ist, was *ich* will.

Seit dem Filmkurs letztes Jahr kann ich an nichts anderes mehr denken. Ich habe mir Infomaterial von mehreren Filmhochschulen schicken lassen und dafür extra tagtäglich die Post durchgesehen, bevor meine Eltern von der Arbeit nach Hause kamen, damit ich die Broschüren in meiner Schreibtischschublade verschwinden lassen konnte. Spätnachts, wenn meine Eltern im Bett waren, las ich sie dann von vorn bis hinten durch und studierte anschließend die dazugehörigen Webseiten, um mir zusätzliche Informationen zu beschaffen. Schließlich habe ich mich mehr oder weniger für die Tisch School of the Arts der New York University entschieden. Das einzige Problem daran ist, dass meine Eltern noch nichts davon wissen, und allmählich wird die Zeit knapp.

Die letzte Frist für die Vorauswahl ist der 1. November, das ist in weniger als zwei Monaten. Die Bewerbungsunterlagen habe ich inzwischen fast komplett zusammen, es fehlen nur noch zwei Teile einer vierteiligen Mappe, die auch einen zehnminütigen Film beinhaltet. Doch ohne die Erlaubnis meiner Eltern kann ich das Ganze natürlich vergessen. New York ist weit weg und die NYU ist teuer. *Richtig* teuer.

Wer weiß? Vielleicht entpuppt sich mein Plan letzten Endes doch als albernes Hirngespinst. Aber zum Aufgeben ist es noch zu früh.

Während ich zum Waffenschrank hinübergehe, um Delilah zu verstauen, fasse ich den Entschluss, es jetzt gleich hinter mich zu bringen, bevor ich den Mut verliere. Es wird bestimmt nicht einfacher, je länger ich warte, und wenn sie Nein sagen, tja … dann kann ich mir zumindest den Rest der Mappe sparen.

✳ ✳ ✳

Als ich eine Viertelstunde später mit Beau und Sadie im Schlepptau ins Haus zurückkehre, sitzen meine Eltern am Küchentisch und trinken Kaffee. Mein Dad hat offensichtlich gerade geduscht – sein Haar ist noch feucht –, und meine Mom hat die guten Sachen für die Kirche ausgezogen und trägt jetzt ausgebleichte Shorts und ein altes T-Shirt, ihre übliche Sonntagnachmittagskluft. Ihr blondes Haar hat sie zum Pferdeschwanz zurückgebunden und sie riecht nach Sonnencreme und Mückenschutzmittel.

Ich muss sie mir gleich schnappen, bevor sie nach draußen verschwindet zu ihren Gärten – ein Gemüsegarten direkt hinter der Küche und ein größerer, eingezäunter Bereich, wo sie alte Rosensorten und andere farbenprächtige Blumen züchtet, deren Namen ich nicht kenne.

»Ähm, kann ich euch mal kurz sprechen?«, frage ich und lasse mich auf einen Stuhl gegenüber von meinen Eltern plumpsen.

Meine Mom hebt fragend eine Augenbraue. »Geht es um Patrick? Ich weiß nämlich nicht, ob mir ...«

»Es geht nicht um Patrick.« Um ruhig zu werden, hole ich tief Luft. *Ich schaffe das.* »Es geht um meine College-Bewerbungen.«

Daddy stellt seinen Kaffeebecher ab. »Was ist denn damit, Schatz? Brauchst du Hilfe bei den Aufsätzen?«

»Nein, nichts in der Art. Die Sache ist die ... Schon klar, wir haben uns darauf geeinigt, dass ich mich nur an staatlichen Unis bewerben soll, aber ich dachte ... Ich meine, ihr wisst ja, wie gerne ich Filme drehe und so. Ich dachte, vielleicht kann ich es ja zusätzlich noch an einer Filmhochschule versuchen.«

Meine Mom kneift ihre blauen Augen kaum merklich zusammen. »An einer Filmhochschule?«

Ich schlucke schwer. »Genauer gesagt an der N Y U, der New York University. Ihr wisst schon, die ist in ... New York«, schiebe ich nicht sehr überzeugend nach.

»New York?«, wiederholt mein Dad, und bei ihm klingt es, als wäre das auf dem Mars oder so.

Ich lasse mich davon nicht beirren. »Ja, ich habe die Broschüren studiert und finde das Angebot einfach genial. Die Hochschule hat auch einen guten Ruf. Und ... na ja, ich würde es einfach gern mit einer Bewerbung probieren und abwarten, was dabei herauskommt. Es ist sowieso ziemlich unwahrscheinlich, aber ...«

»Wir schicken dich auf keinen Fall nach New York, Jemma«, sagt Daddy kopfschüttelnd. »Mehr gibt es dazu nicht zu sagen.«

Meine Eltern tauschen einen Blick, dann nickt Mom. »Außerdem«, sagt sie, »gehen all deine Freunde an die Ole Miss. Was

40

willst du denn in New York? Mutterseelenallein? Und an der Filmhochschule...« Sie bricht achselzuckend ab. »Du bist eine Einserschülerin, Jem. All das wegzuwerfen, nur wegen so einer verrückten Idee...«

»Ich würde gar nichts wegwerfen. An der NYU gibt es auch andere Studiengänge. Vielleicht könnte ich... keine Ahnung, nebenher noch englische Literatur oder so studieren.«

»Wie kommst du überhaupt auf diese Idee?«, fragt Daddy leicht verwundert.

Ich verschränke die Arme vor der Brust und bemühe mich, nicht allzu trotzig zu wirken. »Dieser Kurs, den ich letzten Sommer belegt habe, erinnert ihr euch? Die Lehrerin meinte, ich hätte ein gutes filmisches Auge. Kaum zu glauben, ich weiß, aber sie fand, dass ich Talent habe. *Richtiges* Talent.«

Meine Mom beäugt mich argwöhnisch. »Bist du sicher, dass das nichts mit Patrick zu tun hat? Er war auch in diesem Kurs, stimmt's?«

Ich verdrehe unwillkürlich die Augen. »Es hat *überhaupt* nichts mit ihm zu tun. Wir haben kein Wort darüber gesprochen. Das ist einfach nur etwas, was ich sehr, sehr gerne machen würde.«

Daddy fährt sich mit der Hand durchs Haar. »Hör mal, Jemma, wenn es dir wirklich ernst ist, dann gib uns doch deine Bewerbungsunterlagen, damit wir uns ein Bild davon machen können, ja?«

Mom wirft ihm einen wütenden Blick zu. Ich atme erleichtert auf und sitze gleich ein wenig gerader auf meinem Stuhl. Ich nicke und kann kaum fassen, was ich gerade gehört habe.

»Geben wir ihr doch die Chance, uns das Ganze richtig zu erklären, Shelby«, sagt er zu Mom. »Wenn sie sich wirklich für die Filmemacherei interessiert...«

»Wir reden hier von New York City, Brad«, schießt Mom zurück. »Wenn es Atlanta wäre oder wenigstens Houston...« Kopfschüttelnd verstummt sie. »Aber ich lasse mein kleines Mädchen auf keinen Fall nach New York gehen, weit weg von allen und allem, was sie kennt.«

Daddy legt ihr sanft die Hand auf das Handgelenk, dann richtet er den Blick fest auf mich. Seine grünen Augen wirken ernst. »Deine Mom und ich werden das später besprechen, in Ordnung, Schatz? Unter vier Augen. Aber ich will dir keine voreiligen Hoffnungen machen«, warnt er mich. »Die New York University ist eine Privatuniversität. Ich bin mir nicht einmal sicher, ob wir uns das überhaupt leisten könnten.« Entschuldigend sieht er zu Mom, doch die schweigt, den Mund zu einem dünnen Strich zusammengepresst. »Wie wär's jetzt mit Mittagessen? Hast du Hunger?«

Wie aufs Stichwort knurrt mein Magen. »Ich bin am Verhungern«, sage ich und verkneife mir ein Grinsen. Denn er hat mich zwar gewarnt, mir keine voreiligen Hoffnungen zu machen und so, aber es ist besser gelaufen, als ich dachte. *Viel* besser.

Vielleicht bekomme ich ja doch noch das Leben, das ich mir erträume.

AKT I
Szene 4

Der Braten ist köstlich, Laura Grace«, sagt Daddy, als er sein Besteck ablegt – echtes Silberbesteck – und nach seinem Wasserglas aus Bleikristall greift.

Laura Grace strahlt ihn an, ihr hellblondes Haar ist perfekt frisiert, keine Strähne am falschen Platz. »Ach, danke, Bradley. Allerdings gebührt das Lob nicht mir, sondern eigentlich Lou. Ich weiß nicht, was ich ohne sie anfangen würde. Wir würden glatt verhungern.«

»Amen«, murmelt Mr Marsden, woraufhin Laura Grace ihm einen erbosten Seitenblick zuwirft.

Dabei stimmt es doch. Laura Grace kann nicht mal Wasser kochen, ohne es anbrennen zu lassen, geschweige denn eine richtige Mahlzeit auf den Tisch bringen. Ohne Lou, die schon für die Marsdens arbeitet, solange ich zurückdenken kann, würden sie wahrscheinlich wirklich verhungern.

Was die Tischdekoration angeht, ist Laura Grace allerdings ein Ass. Alles, von der gestärkten Leinentischdecke über das Blue-Willow-Geschirr und das auf Hochglanz polierte Silberbesteck bis hin zu den hauchdünnen Kristallgläsern, ist perfekt aufeinander abgestimmt und eigens für diesen Anlass arrangiert. Auf meinem Schoß liegt eine bestickte Leinenserviette – kein Vergleich mit den billigen Papierservietten aus dem Supermarkt, die wir zu Hause benutzen.

Zwei farbenprächtige Blumenarrangements ergänzen die

Deko, eins in der Mitte der langen Mahagonitafel und ein zweites auf dem dazu passenden Sideboard neben der Schwingtür zur Küche. Kerzen in kunstvollen Silberleuchtern tauchen das ganze Ambiente in einen weichen, flackernden Schein und sorgen für warme, einladende Farbtöne.

Ein Sonntagsdinner bei den Marsdens ist mehr als ein Essen – es ist ein Ereignis. Dem Anlass entsprechend, bin ich auch gekleidet, mit meinem hellgrünen Sommerkleid und einem Pulli, um mich gegen die kühl eingestellte Klimaanlage zu schützen.

»Tja, daran ist meine Mutter schuld, Gott sei ihrer Seele gnädig«, meint Laura Grace seufzend. »Sie hat mir das Kochen nie beigebracht. Du hast ja keine Ahnung, wie glücklich ihr euch schätzen könnt, Jemma – du und Nan. Deine Mutter ist eine großartige Köchin, und sie hat sich auch darum gekümmert, ihr Wissen an euch weiterzugeben. Eure Ehemänner werden ihr bestimmt eines Tages dankbar sein.«

Es ist unmöglich, den sprechenden Blick zu übersehen, den sie Ryder zuwirft.

Er ignoriert sie und widmet sich unverdrossen seinem Braten. Er hat die Ärmel seines weißen Button-Down-Hemds hochgekrempelt, aber die Krawatte sitzt ordentlich und seine Khakihose ist perfekt gebügelt. Er schneidet sich ein Stück des blutigen Fleischs ab und führt es zum Mund. Langsam kauend fixiert er einen Punkt an der Wand direkt über dem Kopf meiner Mutter. Es ist ihm anzusehen, dass auch er jetzt lieber woanders wäre – überall, nur nicht hier als hilfloses Opfer unserer Ränke schmiedenden Mütter.

Laura Grace blickt von ihm zu mir und wieder zurück zu ihm. »Nächstes Jahr, wenn ihr beide in Oxford seid, müsst ihr jeden Sonntag gemeinsam zum Essen kommen, ja?«

»Das reicht jetzt wirklich, Laura Grace«, ermahnt Mr Marsden seine Frau. »Du weißt genau, dass Ryder sich noch nicht entschieden hat. Lass ihn doch in Ruhe, bis er sich im Klaren ist, was er will.«

Sie macht eine wegwerfende Handbewegung. »Ach ja, ich weiß. Aber als Mutter darf man sich doch wohl noch Hoffnungen machen, oder nicht? Tut mir leid, aber ich kann mir einfach nicht vorstellen, dass die beiden verschiedene Wege einschlagen.«

»Also, wenn es nach mir geht, gibt es für alle beide nur eine Möglichkeit«, sagt meine Mom. »Es ist höchste Zeit, dass die Rebels ihre Football-Mannschaft wieder auf Vordermann bringen, und Ryder ist genau der Richtige dafür – mit Jemma als Cheerleaderin.«

Unwillkürlich zucke ich zusammen und starre auf meinen Teller. Ich meine, ist das wirklich alles, was meine Mutter sich für mich erträumt? Etwas Besseres kann sie sich nicht vorstellen?

Einen Moment lang essen alle schweigend weiter. Die Spannung in der Luft könnte man mit dem Messer schneiden, doch ich bezweifle, dass Mom oder Laura Grace das überhaupt wahrnehmen.

»Die Universität von Alabama hat auch ein tolles Football-Programm«, bemerkt mein Dad schließlich, was ihm einen scharfen Blick meiner Mutter einbringt. »Wahrscheinlich landesweit das beste«, fügt er mit einem entschuldigenden Schulterzucken hinzu.

Am liebsten würde ich aufstehen und ihn umarmen. Stattdessen schenke ich ihm nur ein strahlendes Lächeln. Er erwidert es quer über den Tisch hinweg, wobei seine Augen schelmisch funkeln.

Manchmal kann man kaum glauben, dass mein Dad ein College-Professor ist – er sieht einfach nicht so aus, nicht im Ge ringsten. Er ist groß und schlaksig und hat zerzauste hellbraune Haare und hellgrüne Augen. In Cargohosen und armeegrünen T-Shirts scheint er sich wohler zu fühlen als in Khakihosen und Strickjacken, und er wirkt, als wäre er eher auf dem Schießstand oder in seiner Werkstatt zu Hause als in seinem Büro oder Vorlesungssaal. Stellt euch Daryl Dixon aus *The Walking Dead* vor, wie er eine Physikvorlesung hält. Ja, das ist Daddy. Er ist einfach toll.

Ich nehme ein wenig vom Kartoffelbrei und genieße die warme, cremige Köstlichkeit. Lou ist wirklich eine hervorragende Köchin.

»Nächste Woche findet das Homecoming statt«, sagt Mom, die das Gespräch offensichtlich unbedingt auf andere Themen lenken will – zurück in *ihre* Richtung. »Wie ich gehört habe, gibt es im Haus der Studentinnenverbindung einen Empfang für Ehemalige und ihre Töchter. Ich kann es kaum erwarten, dass Jemma all die netten Mädchen kennenlernt und ...«

»Mom«, unterbreche ich sie und verdrehe die Augen. »Bitte.«

»Siehst du die beiden nicht auch schon nächstes Jahr auf dem Nelkenball von Phi Delta vor dir?«, fragt Laura Grace und klatscht begeistert in die Hände.

Daddy wirkt verwirrt. »Welche beiden?«

»Na, Ryder und Jemma natürlich.« Mom tätschelt ihm die Hand. »Du weißt doch noch, der Nelkenball – die erste Phi-Delta-Party des Jahres. Sie müssen zusammen hingehen, stimmt's, Laura Grace?«

Die Angesprochene nickt. »Wir warten schon seit Jahren auf diesen Augenblick.«

Endlich sieht Mom zu mir rüber und bemerkt meine finstere Miene. »Ach, Schatz, wir necken euch doch bloß ein bisschen.«

Diese Neckereien muss ich jetzt schon mein ganzes Leben

lang ertragen – immer dieselbe Leier. Ich kann es echt nicht mehr hören.

»Darf ich aufstehen?«, frage ich und schiebe meinen Stuhl zurück.

»Iss doch erst auf«, sagt Laura Grace vollkommen ungerührt. »Wir frotzeln auch nicht mehr, versprochen.«

»Nein, schon gut. Ich bin satt. Es war köstlich, danke. Ich muss nur mal an die frische Luft, ich habe ein bisschen Kopfweh.«

Laura Grace nickt. »Das kommt von der Hitze – es ist viel zu heiß für September.« Sie winkt mit der Hand in meine Richtung. »Na dann geh. Ach Ryder, bring doch Jemma ein Aspirin oder so was.«

Ich spähe hinüber zu Ryder und unsere Augen begegnen sich. Ich schüttele den Kopf, in der Hoffnung, dass die Botschaft ankommt. »Nein, schon gut. Ich ... äh ... ich hab was in meiner Handtasche.«

»Los, begleite sie, mein Sohn«, fordert Mr Marsden ihn auf. »Sei ein Gentleman, und hol ihr eine Flasche Wasser, die sie mit rausnehmen kann.«

Mist. Ich geb's auf. Mein Fluchtplan ist gescheitert.

Wortlos steht Ryder auf und verlässt steifbeinig das Esszimmer. Ich folge ihm, wobei meine Sandalen hörbar auf dem alten Parkett klappern.

»Möchtest du nun Wasser oder nicht?«, fragt er, sobald die Tür hinter uns zuschwingt.

»Ja. Gut. Egal.«

Er dreht sich zu mir um. »Es ist wirklich ziemlich heiß draußen.«

»Ich bin auf der Herfahrt fast geschmolzen.«

Seine Lippen kräuseln sich zu einem angedeuteten Lächeln.

»Dein Dad hat sich wohl geweigert, die Klimaanlage einzuschalten, stimmt's?«

Ich nicke, während ich ihm in die weitläufige, marmorgeflieste Eingangshalle folge. »Du kennst ja seinen Spruch – ›Sinnlos für die paar Meter‹. Im Auto müssen es ungefähr tausend Grad gewesen sein.«

Er nickt mit dem Kopf zur Haustür. »Warte auf der Veranda, ich bringe dir eine Flasche Wasser.«

»Danke.« Während ich ihm nachsehe, frage ich mich, ob wir weiter so tun werden, als hätte der Streit gestern Abend nicht stattgefunden. Ich hoffe es, weil ich wirklich keine Lust habe, das Ganze noch einmal aufzuwärmen.

Ich ziehe meinen Pulli aus und gehe nach draußen, um mich in einen der weißen Schaukelstühle auf der Veranda zu setzen. Die Sonne geht gerade unter und wirft lange rötlich-orange Streifen zwischen die mächtigen Eichen, die die Auffahrt säumen. Die Luft ist warm und schwül und umschmeichelt sanft meine Haut. Eine ganz leichte Brise lässt das dichte Blätterdach rauschen und hebt den Saum meines Kleids, ohne jedoch die Luft zu kühlen.

Oh, ich wünschte mir wirklich, ich hätte meine Videokamera mitgenommen, dann könnte ich filmen, wie die Sonne langsam untergeht, wie der Himmel von rosa zu lavendelfarben und violett wechselt und wie schließlich der Mond sein silbriges Licht auf die Szenerie vor mir wirft.

»Bitte«, sagt Ryder, und ich fahre zusammen. Er reicht mir eine beschlagene Flasche Wasser, die ich dankbar entgegennehme und an meinen Hals drücke.

»Danke.« Ich sehe weg in der Hoffnung, er versteht den Wink und lässt mich in Frieden. In seiner Gegenwart fühle ich mich gehemmt, doch das war nicht immer so. Während ich den Blick über die Anlagen von Magnolia Landing schweifen lasse, kommen mir unwillkürlich die heißen Sommertage in den Sinn, als Ryder und ich unter dem Rasensprenger durchliefen und auf dem Rasen Wassereis lutschten, als wir mit unseren Rädern die lange Auffahrt auf und ab flitzten, als wir in der größten Eiche hinter dem Haus ein Baumhaus bauten.

Ich würde nicht sagen, dass wir als Kinder Freunde waren, das trifft es nicht richtig. Wir waren eher wie Geschwister. Wir spielten und wir stritten uns. Die meiste Zeit machten wir uns keine Gedanken um die Art unserer Beziehung – wir versuchten nicht, sie zu definieren. Und dann kam die Pubertät. Von einem Tag auf den anderen fühlte sich alles zwischen uns befangen und unangenehm an. Als ich in die Mittelstufe kam, war ich mir nur allzu bewusst, dass er *nicht* mein Bruder war, nicht einmal mein Cousin.

»Darf ich mich zu dir setzen?«, fragt Ryder.

Ich zucke die Achseln. »Du bist hier zu Hause.« Ich richte den Blick starr nach vorne und vermeide es, in seine Richtung zu sehen, als er sich in den Stuhl neben mir fallen lässt.

Nach einer oder zwei Minuten, in denen nur das Quietschen der Schaukelstühle zu vernehmen ist, seufzt er laut auf. »Können wir einen Waffenstillstand schließen?«

»Du hast doch angefangen«, blaffe ich zurück. »Gestern Abend, meine ich.«

»Also, ich habe darüber nachgedacht, was du gesagt hast. Du weißt schon, über das mit der achten Klasse ...«

»Müssen wir darüber reden?«

»In der Mittelstufe haben wir uns nämlich kaum gesehen, außer bei Familienzusammenkünften«, fährt er fort, ohne meinen Protest zu beachten. »Ungefähr bis zum Ende der achten Klasse. So um den Abschlussball herum.«

Mein ganzer Körper erstarrt und mein Gesicht brennt lichterloh bei der Erinnerung.

Alles hatte damals in den Weihnachtsferien angefangen. Wir waren mit den Marsdens an den Strand gefahren. Ich kann es nicht so richtig erklären, aber in jener Woche nahmen wir einander anders wahr – wir wechselten Blicke und musterten einander, zwischen uns schien eine Art elektrische Spannung zu bestehen. Wir schlichen wie auf Zehenspitzen umeinander herum, hatten Angst vor zu großer Nähe, aber auch davor, diesen Vorgeschmack auf... irgendetwas zu verlieren. Und dann bat Ryder mich, ihn zum Abschlussball zu begleiten. Unsere Eltern sollten aber nichts davon wissen. Wir verabredeten uns am Abend des Balls bei dem Felsen am Rand des Schulgeländes.

Zum vereinbarten Zeitpunkt machte ich mich auf den Weg zu dem Felsen, meine Hände zitterten vor Nervosität und Aufregung, als ich mein nagelneues smaragdgrünes Kleid glatt strich. Drei oder vier Meter vor dem Ziel hielt ich inne, weil ich Stimmen hörte. Verwirrt duckte ich mich hinter ein paar Bäume. Als ich hervorspähte, sah ich, dass Ryder tatsächlich wie versprochen auf mich wartete. Aber Mason und Ben waren ebenfalls dort. Das war so nicht abgemacht gewesen – wir wollten uns allein treffen und gemeinsam zum Ball gehen. Ich zögerte, unschlüssig, was ich tun sollte.

»Moment mal... lass mich raten«, tönte da Mason. »Es ist Jemma, oder? Du gehst mit ihr zum Ball. Deshalb hast du dich so herausgeputzt.«

»Nie im Leben«, sagte Ben ungläubig.

»Oh Mann, trägst du etwa eine Fliege?«, johlte Mason. Er krümmte sich vor Lachen. »Ernsthaft jetzt? Du musst wirklich auf sie stehen.«

»Hör mal, meine Mom wollte, dass ich sie frage, okay?«, sagte

Ryder. »Jemma tat ihr leid, weil keiner sie gebeten hatte, und ihr wisst ja, wie das ist. Unsere Mütter sind dicke Freundinnen und so. Glaub mir, ich hab echt keine Lust, mit ihr hinzugehen.«

Mason lachte immer noch. »Ach, gib's doch zu, Mann. Du willst mit Jemma Cafferty fummeln!«

»Was gibt's bei der schon zu befummeln. Jemma ist flach wie ein Brett. Egal, ich dachte, ich tanze ein- oder zweimal mit ihr, und das war's dann. Kein großes Ding.«

»Warum stehen wir dann eigentlich noch hier draußen rum?«, fragte Ben.

Mason gab Ryder einen Klaps auf die Schulter. »Ja, Mann. Ab ins Vergnügen.«

Damit zogen die drei los. Ich sah, wie Ryder einen Blick über die Schulter warf, bevor er ihnen in die Turnhalle folgte, und das war's dann.

Kaum waren sie weg, lief ich zu den Basketballplätzen und versteckte mich dort. Ich heulte mir die Augen aus dem Kopf. Als ich endlich meine Tränen getrocknet hatte, ging ich hinüber zur Turnhalle und linste hinein. Ich sah Ryder mitten auf der Tanzfläche, er tanzte mit Katie McGee – die alles andere als flach wie ein Brett war. Mason und Ben waren auch da und tanzten mit Katies Freundinnen. Alle lachten und strahlten und hatten jede Menge Spaß. Ich drehte auf dem Absatz um und ergriff die Flucht, weil mir schon wieder die Tränen über die Wangen kullerten. Bei den Bäumen neben dem Felsen wartete ich, bis Daddy mich wie vereinbart abholte.

Ich habe nie einer Menschenseele erzählt, was passiert ist. Lucy und Morgan nahmen an, ich wäre krank geworden oder so und sei deswegen nicht gekommen, und Mom und Daddy dachten, ich wäre dort gewesen und hätte einen tollen Abend gehabt.

Die Wahrheit war zu peinlich – dass Ryder mich gedemütigt, dass er mich total lächerlich gemacht hatte.

Nie wieder.

»Also, erzählst du mir jetzt, was ich damals getan haben soll, dass du so angepisst warst? Ich habe nämlich nicht den leisesten Schimmer.«

Ich drehe mich zu ihm. »Ernsthaft? Du hast keinen Schimmer?«

»Warum hilfst du mir nicht auf die Sprünge?«

Ich starre ihn nur verständnislos an.

»Komm schon, Jemma«, lockt er mich. »Spuck's aus.«

Ich stehe auf, die Hände in die Seiten gestemmt und zu Fäusten geballt. »Oh, und wie ich es ausspucke, Dumpfbacke. Weißt du noch, der Ball in der Achten? Klingelt da was bei dir?«

Er kratzt sich am Kopf und wirkt einen Augenblick lang nachdenklich. Und dann ... »Du meinst den Abschlussball? Wenn ich mich recht erinnere, bist du nicht aufgetaucht.«

»Denkst du das wirklich? Dass ich nicht aufgetaucht bin?« Am liebsten würde ich lachen, so absurd ist das alles – Ryder tut gerade so, als hätte *ich ihn* sitzen gelassen.

»Hast du eine bessere Erklärung?«, fragt er.

»Das muss ich dir nicht erklären. Du Arsch«, füge ich murmelnd noch hinzu. »Ich gehe spazieren.«

Er steht auf und baut sich in seiner ganzen Größe vor mir auf. »Du haust also einfach so ab? Wirklich, Jem?«

»Ja«, sage ich und nicke erbost. »Genau das werde ich tun. Was bist du nur für ein Schlaumeier, dass du wenigstens darauf gekommen bist.«

Ich spüre, wie sich Ryders Augen in meinen Rücken bohren, als ich die Treppe hinunterstolziere und mit so viel Würde, wie ich aufbringen kann, die Auffahrt entlanglaufe.

52

AKT I

Szene 5

Ich schließe meinen Spind und lehne mich dagegen, um auf
Lucy und Morgan zu warten. Die siebte Stunde ist gerade zu
Ende – ein Kurs, in dem ich leider zusammen mit Ryder bin –
und in einer Viertelstunde habe ich Cheerleading-Training. Keine
Ahnung, warum, aber ich bin irgendwie nicht in Stimmung. In
der Turnhalle ist es heiß. Und laut. Ich muss jetzt schon gegen
Kopfschmerzen ankämpfen, wahrscheinlich weil ich letzte
Nacht nicht genug Schlaf abbekommen habe.

»Hey, Jem.«

Als ich den Kopf hebe, sehe ich Patrick auf mich zukommen,
ein schiefes Grinsen im Gesicht. Na toll. Das hat mir gerade
noch gefehlt. Ich muss an Samstagabend denken, daran, wie
Patrick mich gegen den Baum gepresst, mich sanft geküsst hat.

»Was gibt's?«, frage ich ihn.

»Nichts Besonderes.« Er lehnt sich an den Spind neben meinem. »Hey, ich dachte, vielleicht hast du Freitag nach dem Spiel
Lust auszugehen. Pizza essen oder so.«

»Du meinst... nur wir beide?«, frage ich ein wenig beläm-
mert.

»Ja. Na ja, ich dachte ... das am Samstag war schön. Findest du
nicht?«

Meine Gedanken rasen, fieberhaft suche ich nach einer Aus-
flucht. Aber dann sehe ich aus dem Augenwinkel Ryder an seinem eigenen Spind stehen. Ich denke daran, wie er mir Vorwürfe

gemacht hat, weil ich Patrick einfach stehen gelassen habe, als hätte ich nur mit ihm gespielt – was nicht der Fall war. Außerdem hat Patrick recht – ihn zu küssen war wirklich überraschend schön.

»Klar«, antworte ich. »Warum nicht?«

»Cool«, sagt er und gibt sich dabei betont locker. »Also, ich muss jetzt zum Training. Bis dann, ja?«

Ich nicke nur. Entsetzt wird mir klar, dass ich mich gerade auf ein Date mit Patrick eingelassen habe. Was soll ich bloß meinen Eltern erzählen? Angesichts Patricks Verkehrssündenregister lassen die mich nie im Leben bei ihm mitfahren. Am besten treffen wir uns gleich dort, wo immer wir uns verabreden. Das ist sowieso keine schlechte Idee. Dann wirkt es nicht so wie ein offizielles Date, sondern als würden zwei Freunde was zusammen unternehmen.

Ich sehe ihm nach. Irgendwie hat sein Gang auf einmal etwas Großspuriges. Oder vielleicht hatte er das schon immer? Egal, ich jedenfalls komme gleich zu spät zum Training. Gott sei Dank kreuzen Lucy und Morgan endlich auf, sie laufen an Patrick vorbei, als er um die Ecke biegt.

»Hallo, bist du fertig?«, fragt Morgan.

»Fix und fertig«, sage ich leise und lehne mich niedergeschlagen gegen den Spind.

»Oh-oh. Was machst du denn für ein Gesicht?« Lucy sieht sich kurz um. »Hat Patrick was zu dir gesagt?«

Ich hole tief Luft, bevor ich antworte. »Er wollte mit mir ausgehen. Ich habe zugesagt.«

»Du hast *was*?«, kreischt Morgan.

»Ja, schon gut.« Ich stoße mich vom Spind ab. »Keine Ahnung ... ich finde ... nach Samstagabend bin ich ihm irgendwie was schuldig.«

Lucy schüttelt den Kopf. »Du bist diesem Typen überhaupt nichts schuldig.«

Morgan nickt. »Außerdem kriegt deine Mom einen hysterischen Anfall. Immerhin wurde er schon zweimal betrunken am Steuer erwischt. Wenn sein Daddy nicht wäre ...«

»Ja, ich weiß. Aber trotzdem ...«

»Aber trotzdem was?«, hakt Lucy nach. »Gut, du hast ihn geküsst. Na wenn schon – wir machen alle mal Fehler. Aber du kannst nicht mit ihm ausgehen.«

»Warum nicht?«, widerspreche ich. »Ohne seine Kumpel ist er gar nicht so übel.«

»Hörst du dir eigentlich selber zu? Nicht so übel?« Morgan schüttelt den Kopf. »Du solltest die Messlatte höher legen.«

»Ja, warte doch bis nächstes Jahr. Ich sage nur: College-Jungs!« Lucy zieht schwärmerisch die Augenbrauen hoch. »Warum sich mit der mageren Auswahl hier zufriedengeben? Das lohnt sich nicht, wenn du mich fragst.«

Morgan zuckt die Schultern. »Und was ist mit dem Abschlussball?«, gibt sie zu bedenken.

Lucy scheint das nicht zu kümmern. »Der ist doch erst in acht Monaten! Außerdem ...«

»Hey, Morgan.«

Wir drei drehen uns zu ihrem Bruder Mason um, der auf halber Höhe des Flurs steht.

»Ich fahre heute früher vom Training nach Hause«, ruft er ihr zu. »Kann dich jemand mitnehmen?«

Sie winkt in seine Richtung. »Klar, egal.«

»Danke. Hey, gut gemacht, Jemma. Ich habe gehört, du gehst am Freitag mit Patrick aus.«

Wie zum Teufel ...? Es ist erst drei Minuten her, dass ich zugesagt habe. Das hat sich wirklich schnell herumgesprochen.

»Mal sehen ... Patrick steckt es Mason. Mason erzählt es Ryder. Ryder erzählt es Ben«, zählt Lucy an ihren Fingern ab. »Im Handumdrehen ...«

»Ja, danke, Luce. Schon kapiert. Bis Sonnenuntergang weiß es die ganze Welt. Klasse.«

»Hey, *du* hast doch schließlich ja gesagt«, meint Lucy achselzuckend. »Du weißt doch, wie das ist in so einer kleinen Stadt und an so einer kleinen Schule. Wenn Jemma Cafferty ein Date hat, ist das schon eine Neuigkeit. Im Ernst, wann bist du eigentlich das letzte Mal mit jemandem ausgegangen – außer in der Clique? In der Zehnten?«

Ich zucke nur die Achseln. Sie liegt natürlich goldrichtig. Drew Thomson, zehnte Klasse. Es hat zwei Monate gehalten und ist dann irgendwie im Sande verlaufen. Seit damals habe ich immer nur mit meinen Freundinnen und denselben Typen was unternommen, keine Spur von einem Date.

Lucy packt meine Hand. »Jedenfalls kommen wir jetzt wirklich zu spät. Los, Abmarsch.«

Das Training ist anstrengend, wie ich es mir gedacht habe. Und zu allem Überfluss rutsche ich dann bei einer Hebefigur auch noch aus und knalle mit dem Kopf seitlich auf die Matte. Als ich endlich zu Hause bin, habe ich Kopfschmerzen, und mir ist ein bisschen schwindelig. Auf der Heimfahrt wollte Lucy unbedingt, dass ich bei ihrer Mom in der Praxis vorbeischaue, damit sie feststellen kann, ob ich eine Gehirnerschütterung habe, aber ich hatte es eilig und habe mich geweigert. Jetzt bereue ich es ein bisschen.

Als ich um Viertel vor fünf meinen kleinen Fiat parke, steht zu meiner Überraschung Moms Auto in der Auffahrt. Die Bibliothek schließt erst in einer Viertelstunde, und nach Mom kann man sonst die Uhr stellen, sie kommt immer Punkt fünf vor halb sechs nach Hause. Hier in Magnolia Branch ist ja kaum Verkehr auf der Straße. Und deshalb habe ich ein ungutes Gefühl, als ich ihr Auto sehe. Da stimmt was nicht.

Sobald ich das Haus betrete, höre ich Stimmen aus der Küche. Ich lasse meine Tasche fallen und haste durch die Diele. An der Küchentür bleibe ich stehen. Mom lehnt am Tresen und telefoniert. Ihre Augen sind rot und geschwollen. Daddy sitzt ihr gegenüber am Tisch und fährt sich nervös mit der Hand durch die Haare.

»Was ist denn los?«, flüstere ich ihm zu.

»Pscht«, macht er und winkt ab.

»Ein Cholesteringranulom«, sagt Mom zu Daddy, deutlich artikulierend. »Schreib es auf, Brad. Warte. Was meinst du, Nan? Die Felsenbeinspitze.« Sie macht Dad erneut ein Zeichen. »Schreib das auch auf.«

»Kannst du es buchstabieren?«, fragt er.

Sie tut es. Und dann: »Liebling, komm nach Hause. Ganz egal, das hier ist jetzt viel wichtiger als das College. Wir müssen eine zweite Meinung einholen, uns informieren. Und du ... du musst einen Gang zurückschalten. Dich ausruhen.«

»Lass mich mit ihr reden«, bittet Daddy und lässt sich von Mom den Hörer geben. »Nan, Schatz, wir würden uns alle besser fühlen, wenn du hier wärst und nicht vier Stunden entfernt. Ich kann mich um eine Vertretung für meine Vorlesungen in dieser Woche kümmern und – ja, ich weiß. Sicher? Warte. Was, Schatz? Jetzt mal ganz langsam.«

Sogar von meinem Platz aus kann ich Nans erregte Stimme hören, die durch den Hörer schallt, während Dad mit gerunzelter Stirn zuhört.

»Gut«, sagt er mit einem Seufzer. »Um welche Zeit ist dein Spiel? Okay, dann erwarten wir dich am Samstag zum

Abendessen. Hier. Deine Mutter möchte sich von dir verabschieden.«

Er gibt Mom den Hörer zurück.

»Was ist los?«, wiederhole ich, und das Herz schlägt mir hart gegen die Rippen. »Daddy?«

Er schluckt hart. »Gib mir eine Minute, ja, Dreikäsehoch?« Seine Stimme ist belegt, und ich glaube, Tränen in seinen Augenwinkeln glitzern zu sehen. »Geh doch schon mal nach oben und mach dich frisch. Ich muss noch mit deiner Mom reden, dann komme ich zu dir.«

Mit rasendem Puls tue ich, was er sagt. In meinem Kopf pocht es immer noch, und mein Mund ist trocken – zu trocken –, als ich hoch in mein Zimmer gehe. Ich steuere sofort das Badezimmer an, das ich mit Nan teile, fülle einen Pappbecher mit Leitungswasser und stürze es geräuschvoll hinunter. Das Gesicht, das mir aus dem Spiegel entgegenstarrt, ist bleich und sorgenvoll.

Ich verstehe nicht, wovon die gerade geredet haben – irgendwas mit Cholesterin und einem anderen Wort, das mir ebenso wenig sagt. Mein Magen verknotet sich in kalter Angst. Offensichtlich ist irgendwas mit Nan – etwas Schlimmes, den Gesichtern meiner Eltern nach zu schließen. Wie lange wollen die mich noch hier oben schmoren lassen? Während ich mir Sorgen mache?

Ich schlurfe zurück in mein Zimmer und weiß nichts so recht mit mir anzufangen. Mich an die Hausaufgaben zu setzen, hat keinen Sinn, dafür geht mir zu viel im Kopf herum. Aber irgendwie muss ich mich beschäftigen, während ich auf Daddy warte, sonst drehe ich durch. Ich schnappe mir meinen Laptop, mache es mir damit auf dem Bett gemütlich und öffne meine Videoschnitt-Software. Nur mit Mühe schaffe ich es, mich auf meine Bewerbung für die Filmhochschule zu konzentrieren und nicht an meine Schwester zu denken. Nur so werde ich jetzt nicht wahnsinnig.

Ich muss mir einen Überblick über mein Filmmaterial aus dem vergangenen Sommer verschaffen – ein Mischmasch aus Ferien, Cheerleading-Camps und diesem und jenem –, um zu sehen, ob etwas Brauchbares für meine Bewerbung dabei ist. Eine Art übergreifendes Thema, ein Erzählfaden. Irgendwas.

Ursprünglich hatte ich überlegt, etwas Heimatgeschichtliches zu machen – im Stil von Faulkner: »Das ist das echte Yoknapatawpha County.« Doch dann fand ich es ein bisschen spießig und akademisch, zu sehr Dokumentarfilm und zu wenig Kunst.

Andererseits würde ich damit bei der Auswahlkommission vielleicht einen bleibenden Eindruck hinterlassen, nach dem Motto: »die Kleine aus Nord-Mississippi.« Vielleicht ist die Idee gar nicht mal so schlecht.

Eine kurze Bestandsaufnahme meines Filmarchivs ergibt jedoch, dass ich nicht genug verwertbares Material habe. Ich muss noch mehr drehen, mehrere Stunden, an unterschiedlichen Locations und zu verschiedenen Tageszeiten. Frustriert seufze ich und stelle bestürzt fest, dass ich an einem Fingernagel kaue, eine Angewohnheit, die ich schon vor Jahren abgelegt habe – zumindest hatte ich das gedacht.

Da ich jetzt sowieso abgelenkt bin, neige ich den Kopf zur Seite und lausche aufmerksam. Von unten dringt nur gedämpftes Schluchzen herauf. Das muss Mom sein, die sich die Seele aus dem Leib weint. Mein Magen verkrampft sich, und einen Augenblick glaube ich, mir wird schlecht.

Ich lege die Hände an die Schläfen und versuche vergeblich, das Pochen wegzumassieren. Was macht Daddy so lange da unten? Und dann höre ich ihn mit schweren Schritten die Treppe heraufstapfen. Ich klappe den Laptop zu und schiebe ihn zur Seite, damit Dad Platz hat, sich zu setzen.

Sobald er durch die Tür tritt, weiß ich, dass es um etwas Ernstes geht. Das sehe ich an seinem angespannten Kinn. Er hält mir eine Flasche Pfirsichsaft hin. »Hier. Du siehst durstig aus.«

»Jetzt sag schon«, platze ich heraus, nehme den Saft und stelle ihn auf mein Nachtkästchen. »Und komm bitte gleich zur Sache, ja?«

Er nickt. »Deine Schwester hat einen gutartigen Gehirntumor – ein sogenanntes Cholesteringranulom. Es muss wahrscheinlich operiert werden, weil es auf ihre Karotis-Arterie und auf ihren Hörnerv drückt. Offenbar hat sich ihr Gehör auf dem linken Ohr bereits verschlechtert.«

»O mein Gott«, sage ich, mein Herz klopft wie verrückt. »Moment mal ... du hast was von Operieren gesagt – meinst du damit etwa am Gehirn?«

Daddy nickt. »Eine Schädelbasisoperation. Die Ärzte in Hattiesburg haben einen Spezialisten in Houston empfohlen.«

»Ich verstehe das nicht. Ich meine, woher hat sie das? Wie konnte das passieren?«

Er zuckt die Achseln. »Mehr weiß ich im Moment nicht, Jemma. Nan hatte in letzter Zeit richtig schlimme Migräne, erinnerst du dich? Sie war bei einem Neurologen und der schickte sie letzte Woche routinemäßig zur Kernspintomographie. Heute hat sie die Ergebnisse bekommen.« Er atmet tief und rasselnd ein, seine Schultern sacken nach unten. »Morgen rufe ich den Neurochirurgen in Houston an und versuche mehr herauszufinden. Vielleicht spreche ich auch mit ein paar Ärzten in Jackson. Nan kommt am Samstag nach Hause und dann sehen wir weiter.«

Plötzlich ist mein Mund wieder trocken – so trocken, dass ich kaum schlucken kann. Blindlings greife ich nach dem Saft und nehme einen kräftigen Schluck. Als ich die Flasche wieder abstellen will, zittern meine Hände so stark, dass ich sie fast umstoße. Mein Dad greift gerade noch rechtzeitig danach, bevor sie kippt.

»Wird Nan wieder gesund?«, frage ich ihn.

Er legt mir einen Arm um die Schultern und zieht mich an sich. »Wie gesagt, der Tumor ist gutartig. Zumindest mit ziemlicher Wahrscheinlichkeit. Deine Schwester ist stark – sie wird das schaffen. Sie kommt wieder in Ordnung.«

Ich nicke nur und lege meinen Kopf an seine Schulter, während ich gegen die Tränen ankämpfe, die mir in die Augen steigen.

Warum hat sie nicht mich angerufen? Oder mir eine SMS geschickt? Wir standen uns immer so nah – dachte ich jedenfalls. Warum habe *ich* sie eigentlich nicht angerufen? Sie ist inzwischen seit über einem Monat wieder am College und ich habe nicht ein einziges Mal mit ihr gesprochen. Stattdessen war ich mit meinen eigenen dummen Problemen beschäftigt – auf welche Musik wir unsere Pompon-Kür tanzen sollen, was ich zur Gala anziehen soll, ob ich mit Patrick ausgehen soll oder nicht, nachdem ich ihn geküsst habe. Lauter bedeutungslose Dinge angesichts dessen, was Nan durchmacht.

»Es wird schon wieder gut«, sagt Dad tröstend und drückt meine Schulter.

Aber was, wenn nicht?

Nan ist in unserer Familie die Sportliche, die Starfußballerin. Die einzige Tofu essende Vegetarierin in einer Familie von Fleischfressern. Sie ist die Fitness in Person, und man kann sich beim besten Willen nicht vorstellen, dass sie so krank sein soll, dass sie operiert werden muss.

Wir sind diesen Sommer für zwei Wochen nach Fort Walton Beach gefahren, und ich sehe noch vor mir, wie sie auf dem zuckerweißen Sand neben mir lag, braun und knackig, das Haar zu einem unordentlichen Knoten oben auf dem Kopf geschlungen, während über uns gemächlich die Möwen kreisten. Auf einen Ellenbogen gestützt, schaute sie Ryder dabei zu, wie er im klaren smaragdgrünen Wasser auf seinem Skimboard herumalberte.

»Okay, also wow«, sagte sie und nahm die Sonnenbrille ab, um mir in die Augen zu sehen. »Ich weiß, er ist drei Jahre jünger als ich und ihr wurdet einander praktisch schon bei der Geburt versprochen, aber wenn du ihn doch nicht willst, opfere ich mich gerne. Sag einfach Bescheid.«

Ich boxte sie spielerisch in den Arm, und es endete damit, dass ich ihr über den Strand hinterherjagte, während die schäumende Brandung an unseren Knöcheln hochspritzte. Ich konnte sie natürlich nicht einholen. Sie ist zu schnell. Daddy hat recht – sie ist stark, wie die Blätter der Magnolienblüte.

Aber hier geht es immerhin um eine Gehirnoperation. Unwillkürlich schaudere ich bei dem Gedanken und versuche die erschreckenden Bilder aus meinem Kopf zu verbannen.

»Danke, dass du es mir erzählt hast, Daddy«, sage ich und versuche mich zusammenzureißen – so stark zu sein wie meine Schwester.

Doch tief im Herzen weiß ich, dass ich es nicht bin. Dass ich es nie sein werde. Nan ist die Magnolie, nicht ich.

AKT I

Szene 6

Nach dem Essen schlüpfe ich sofort nach draußen und mache mich auf den Weg zum Fluss. Ich ziehe ein Kajak aus dem Bootsschuppen an der Anlegestelle und schleppe es zum Ufer.

Minuten später paddele ich auf dem dunklen, reglosen Wasser, das Kajak gleitet lautlos durch die purpurrote Abenddämmerung. An den Uferböschungen neigen sich farbenprächtige Wildblumen im Wind – wilde Hyazinthen, Sumpfhibiskus und Kardinalslobelien. Im hohen Gras links und rechts von mir höre ich Bisamratten und Opossums rascheln. Eine Schlange gleitet mit einem Platschen ins Wasser. In der Ferne ruft eine einsame Eule. All das sind vertraute Geräusche für mich – Heimatklänge. Während mein Paddel das Wasser durchpflügt, spüre ich, wie die Sorgen von mir abfallen und ich innerlich ruhig werde.

Es dauert nicht lange, bis ich mein Ziel erreicht habe, eine kleine Bucht an der Flussbiegung mit einem schmalen Sandstrand. Ich springe aus dem Kajak, ziehe es auf den Sand und schnappe mir das Handtuch, das ich mitgenommen habe. Dann klettere ich die steile, grasbewachsene Böschung hinauf.

Mit einem Seufzer komme ich oben an und lasse den Anblick auf mich wirken. Vor mir steht die Ruine eines Gebäudes – ein Überbleibsel aus der Zeit, als Magnolia Landing noch als Plantage genutzt wurde. Bis auf ein steinernes Fundament und bröckelnde, weiß gekalkte Backsteine ist nicht mehr viel davon übrig. Zwei Mauern stehen noch, zumindest teilweise, und eine baufällige Treppe ragt in den Himmel.

Wahrscheinlich war es mal eine Art Lagerhaus, es steht ja nicht weit von der Fähranlegestelle entfernt, die der Plantage ihren Namen gab. Wie dem auch sei, inzwischen wurde die Ruine jedenfalls von der Natur in Besitz genommen, Schlingpflanzen winden sich über die Backsteine und das Fundament.

Doch dieser Ort hat irgendetwas an sich, eine Art gruselige Atmosphäre, die Nans Fantasie anregte. Als Kinder verbrachten wir Stunden hier und stellten uns vor, wir wären die Töchter des Plantagenbesitzers, die darauf warteten, dass ihre Verehrer aus dem Krieg zurückkämen, oder Gegner der Sklaverei, die sich hier versteckten, um Pläne zur Befreiung der Sklaven zu schmieden. Manchmal spielte ich auch Nans Kammerzofe und flocht ihr langes Haar zu Zöpfen und schmückte es mit Löwenzahnblüten. Oder Ryder kam mit und übernahm jede männliche Rolle, die Nan ihm zuwies.

Ich suche mir eine Stelle auf der kleinen Anhöhe, wo ich mein Handtuch ausbreiten kann. Dann setze ich mich darauf und ziehe das Handy aus der Hosentasche. Hastig schreibe ich eine SMS: *Bist du okay?*

Nan antwortet fast sofort. *Mir geht's gut. Bis Samstag.*

Mehr nicht – keine Erklärung, keine Einzelheiten. Ich bin nicht sicher, was ich erwartet habe oder warum ich den ganzen Weg zurücklegen musste, um hier mit ihr in Kontakt zu treten. Auf einmal fühle ich mich allein. Zu allein. Ich vermisse meine Schwester, ich möchte, dass sie hier bei mir ist. Samstag ist erst in fünf Tagen – was soll ich bis dahin tun? Ich muss die ganze Zeit daran denken, dass Nan einen Gehirntumor hat. Ich kann nicht aufhören, mir Sorgen zu machen. Sogar jetzt ist mein Magen total zusammengeschnürt.

Ich höre Schritte, und als ich mich umdrehe, sehe ich Ryder auf mich zukommen. Irgendwie überrascht es mich nicht. Er hebt eine Hand zum Gruß, während er in ausgebleichten Jeans und einem schlichten weißen T-Shirt näher kommt. Seine Haare sind nass, als hätte er gerade geduscht.

So ungern ich es zugebe, ich freue mich, ihn zu sehen. Ich bin froh über Gesellschaft, selbst wenn er es ist.

»Ich dachte mir schon, dass ich dich hier finde«, sagt er und blickt mich voller Anteilnahme an. Alles an ihm, von seiner Körperhaltung bis hin zu seinem angespannten Kiefer, zeigt, dass er sich genauso große Sorgen macht wie ich.

Unsere Fehde ist vergessen. Ich rutsche zur Seite und mache ihm auf dem Handtuch Platz. »Du hast also schon davon gehört?«

»Ja. Deine Mom hat meine angerufen.« Er setzt sich neben mich und ein Duft nach Seife und Aftershave umfängt mich. »Sie kommt wieder in Ordnung, Jemma. Nan ist stark«, versichert er mir mit fast den gleichen Worten wie vorhin mein Vater.

Ich reiße einen Grashalm aus und drehe ihn abwesend zwischen den Fingern. »Das erscheint mir alles so unwirklich. Ich hoffe die ganze Zeit, dass ich aufwache und alles nur ein böser Traum war. Nan war immer kerngesund – das ergibt einfach keinen Sinn.«

»Ich weiß«, sagt er und nickt. »Aber so läuft das immer mit solchen Dingen. Mom hat gesagt, es ist aller Wahrscheinlichkeit nach gar kein Krebs. Dass diese Art von Tumor meistens gutartig ist. Das klingt doch ermutigend, oder?«

»Ja. Nan braucht offenbar keine Chemo oder Bestrahlung oder so was, aber das macht die Operation nicht weniger schrecklich.« Meine Eltern haben beim Essen darüber geredet – sie haben das Wort »Kraniotomie« benutzt, das hörte sich einfach furchterregend an.

»Schon, aber die moderne Medizin vollbringt wahre Wunder. Und die Chirurgen machen so was jeden Tag, für sie ist es Routine.«

»Nichts ist *Routine*, wenn sie meiner Schwester den Schädel aufschneiden.« Bei diesem Gedanken wird mir flau im Magen und ich schiebe ihn ganz weit weg. Ich will jetzt nicht darüber nachdenken – ich kann nicht.

»Nan ist auch für mich wie eine Schwester«, sagt Ryder leise. »Weißt du eigentlich, dass ich dich immer um sie beneidet habe? Du kannst dir nicht vorstellen, wie ruhig es auf Magnolia Landing ist, wenn ihr Caffertys nicht da seid. Dad ist ständig in der Kanzlei, und Mom...« Er verstummt und seine Wangen überzieht eine leichte Röte. »Mom ist fleißig dabei, mein ganzes Leben zu verplanen. Jedenfalls, ich bin sicher, Nan wird das überstehen.«

»Ich hoffe, du hast recht.«

Er beugt sich zu mir und knufft mich in die Schulter. »Hey, ich habe immer recht. Klar?«

Ich kann nichts dagegen tun – meine Mundwinkel gehen automatisch nach oben. »Das *denkst* du zumindest, so viel ist sicher.«

Ryder sieht hinauf zum Himmel und wirkt einen Augenblick nachdenklich, bevor er seinen Blick wieder auf mich richtet. »Komm, gehen wir zu mir nach Hause, ich fahre dich dann heim.«

»Nein, ich bin mit dem Kajak hier. Es liegt unten am Fluss.«

»Kein Problem. Ich bringe es dir morgen oder irgendwann. Es wird schon dunkel. Da solltest du nicht allein auf dem Wasser sein.«

»Meinst du das ernst? Ich bin an diesem Fluss aufgewachsen.«

»Trotzdem, ich würde mich einfach besser fühlen, wenn ich dich heimbringen dürfte.«

Mir ist schleierhaft, warum er das sagt – er weiß genau, dass ich den Heimweg auch alleine schaffe. Dennoch gebe ich nach.

»Na gut«, sage ich. Offen gestanden finde ich die Vorstellung, allein im Dunkeln zu paddeln, auch nicht gerade prickelnd, nicht in meinem derzeitigen Gemütszustand. »Aber jetzt noch nicht. Ich will noch ein bisschen bleiben.«

»Wir haben es nicht eilig.«

»Danke.« Ich lehne mich, auf die Ellenbogen gestützt, zurück und lasse den Blick in den Himmel schweifen. Die ersten Sterne gehen auf, schwache Lichtpunkte am violetten Firmament. Ich seufze tief auf. »Denkst du manchmal darüber nach, wie es nächstes Jahr wird – wie es sein wird, woanders zu wohnen? Selbst wenn wir nur nach Oxford ziehen, wird sich alles verändern.«

Er zuckt bloß die Achseln. Dann sagt er: »Darüber mache ich mir kaum Gedanken. Das letzte Schuljahr hat ja gerade erst angefangen.«

»Ich weiß, aber trotzdem. Und was ist mit deinen Eltern? Stell dir bloß deine Mom und deinen Dad ganz allein in dem großen Haus vor. Keine Ahnung ... es macht mich irgendwie traurig.«

»Dann bleib doch zu Hause wohnen«, schlägt er vor.

»Ähm, lieber nicht. So habe ich es auch gar nicht gemeint. Es ist nur ... alles wird sich ändern. Und jetzt das mit Nan ...«

Er schluckt schwer. »Sie kommt wieder in Ordnung.«

»Das erzählt mir jeder.« Trotz der Hitze läuft mir ein kalter Schauer über den Rücken. Ich setze mich auf und schlinge die Arme um die Knie.

»Schau«, sagt Ryder und deutet in den Himmel. »Genau da –

das ist die Venus. Ein kleines Stück rechts über dem Mond. Siehst du sie?«

Ich lasse meine Knie los und stütze mich mit den Händen am Boden ab, während ich zu dem Punkt schaue, den er mir zeigt – ein hell leuchtender Stern. »Das ist die Venus? Sicher?«

Er nickt. »Und schau, etwas weiter oben links. Das ist der Saturn.«

»Cool«, sage ich. »Du hast dich schon immer gut mit solchem Zeug ausgekannt, mit Sternen und Planeten und so.« Er hat mir unsere gesamte Kindheit hindurch die Sternbilder am Nachthimmel gezeigt, aber ich konnte sie nie richtig erkennen – Gebilde, die wie Bären oder Drachen oder was auch immer aussehen sollten. Für mich waren das einfach nur ... Sterne.

Eine kurze Weile sitzen wir schweigend da, die Köpfe in den Nacken gelegt, und starren hinauf in den Himmel. Eine Minute vergeht, vielleicht zwei. Und dann streift Ryders Hand meine, als er sich abstützen will, und unsere kleinen Finger berühren sich.

Ich atme hörbar ein, mein ganzer Körper erstarrt. Während ich mich noch frage, ob er es auch bemerkt hat, ob er überhaupt weiß, dass er mich berührt, zieht er die Hand wieder weg.

Ryder räuspert sich. »Also ... wie ich gehört habe, gehst du am Freitag mit Patrick aus.«

»Und?«, frage ich. Schon ist die kurzzeitige Verbindung zwischen uns wieder gekappt – puff, weg ist sie.

»Und was?«, fragt er achselzuckend.

»Oh, du hast doch ganz bestimmt eine Meinung dazu, die du mir unbedingt mitteilen willst.« Ryder hat nämlich zu *allem* eine Meinung.

»Ach, es ist nur ... Patrick ...« Er schüttelt den Kopf. »Vergiss es. Ich hätte nicht davon anfangen sollen.«

»Doch, raus mit der Sprache. Was ist mit Patrick?«

»Ernsthaft, Jemma. Das geht mich gar nichts an.«

»Komm schon, Ryder, spuck's aus. Was ist mit ihm? Er will mich nur ins Bett kriegen? Er benutzt mich nur? Er wird mich versetzen?« Alles sprudelt einfach so aus mir heraus, ich kann es nicht verhindern.

»Ich wollte eigentlich sagen, ich glaube, dass er dich wirklich mag«, sagt er mit ausdrucksloser Stimme.

Ich verkneife mir eine pampige Erwiderung und zwinge mich, tief einzuatmen. Das hatte ich nicht erwartet, ich bin total baff. Patrick mag mich wirklich? Ich weiß nicht so recht, wie ich das finden soll – und ob ich möchte, dass es stimmt.

»Wie meinst du das, er mag mich wirklich?«, frage ich ziemlich blöd zurück.

»So wie ich es gesagt habe. Das ist ja wohl nicht schwer zu verstehen: Er *mag* dich. Ich glaube, das hat er schon immer getan.«

»Und woher willst du das wissen?«

Er sieht mich eindringlich an. »Glaub mir einfach, ja? Patrick hat vielleicht ein paar Probleme, aber er ist ein anständiger Kerl. Brich ihm nicht das Herz.«

Ich rücke ein Stück von ihm ab. »Ich habe ihm bloß versprochen, dass ich einmal mit ihm ausgehe. Und wahrscheinlich werde ich das Date sowieso wieder absagen, weil ich nach allem, was ich heute erfahren habe, eh keine Lust mehr habe. Aber wenn ich eins nicht brauche, dann sind das Dating-Tipps von dir.«

»Warum muss eigentlich jedes Gespräch zwischen uns damit enden, dass du auf mich losgehst? Früher warst du doch auch nicht so. Was ist passiert?«

Er hat recht, und ich hasse mich dafür – ich hasse es, welche Gefühle er in mir hervorruft, als wäre ich nicht gut genug. Ich meine, mal ganz ehrlich – ich bin nichts Besonderes. Ich bin keine makellose Schönheit wie Morgan und auch nicht so modelmäßig umwerfend wie Lucy. Anders als bei Ryder und Nan stehen bei mir nicht reihenweise Sporttrophäen im Zimmer. Meine Singstimme ist auch bloß so lala, ich kann nicht malen, spiele kein Instrument, und wenn die Theateraufführungen an der Schule ein Indikator sind, bin ich auch eine lausige Schauspielerin.

Okay, ich kann ausgezeichnet schießen, aber wofür ist das gut? Und ja, ich bin eine super Schülerin und nicht schlecht als Cheerleaderin, na, wenn schon? Mädchen wie mich gibt es im Staat Mississippi wie Sand am Meer.

Und das ganze Getue, das unsere Eltern um uns veranstalten – all das »wenn ihr erwachsen seid, müsst ihr heiraten und die Marsdens und die Caffertys für immer vereinen« – ist für Ryder bestimmt der größte Horror. Denn die Wahrheit ist, er wird hundertprozentig auf der Sonnenseite des Lebens stehen – kann sich das College, das Stipendium, die Mädchen aussuchen. Wahrscheinlich spielt er einmal in der NFL, reist um die Welt und scheffelt Millionen Dollar, während ich für den Rest meines Lebens hier in Magnolia Branch festsitze und was auch immer mache.

Tränen des Selbstmitleids und der Sorge steigen mir in die Augen und verschleiern mir den Blick. Ein Schluchzer entringt sich meiner Kehle und die Tränen beginnen zu kullern. *Mist.* Ich vergrabe das Gesicht in den Händen und wünsche mir nichts sehnlicher, als dass sich der Boden auftut und mich verschlingt. Aber das passiert nicht – und ich kann nicht aufhören zu weinen, meine Kehle schnürt sich schmerzhaft zu, als ich es versuche.

»O, Mann. Weinst du? Ja, oder? Verdammt.« Unbeholfen legt

Ryder mir einen Arm um die Schultern. »Bitte, Jemma. Wein doch nicht.«

Auf einmal lehne ich mich an seine Brust und heule sein T-Shirt nass. Er sagt kein Wort. Er sitzt nur ruhig da und streicht mir übers Haar, während ich alles aus mir herausheule. Fünf, vielleicht zehn Minuten verstreichen, dann versiegen meine Tränen und aus dem Schluchzen wird ein gelegentliches Schniefen.

»Es ... tut mir leid«, presse ich schließlich hervor, als ich mich endlich von ihm löse. Meine Wangen brennen vor Scham.

»Das muss es nicht.« Er streicht mit der Hand über meine Wange und wischt die Tränen weg.

Ich erschauere. Ohne Vorwarnung zieht er mich an sich und umarmt mich. Seine Arme umschlingen mich, halten mich ganz fest, während ich meine Wange auf seine Brust lege und seinen frischen Duft einatme. Ich höre sein Herz laut an meinem Ohr, im Einklang mit meinem schlagen.

So nah bei ihm zu sein fühlt sich seltsam vertraut und gleichzeitig fremd an. Es ist so richtig und doch so falsch. In meinem Kopf dreht sich alles, ich versuche mir über all die gegensätzlichen Gefühle klar zu werden, die in mir herumwirbeln und mich schwindlig machen.

Dann lässt er mich genauso abrupt wieder los. »Komm«, sagt er, steht auf und hilft mir auf die Beine. »Ich sollte dich jetzt nach Hause bringen.«

Wortlos begleite ich ihn zu seinem Truck. Auf der kurzen Fahrt zu mir nach Hause schweigen wir. Die Fenster des Wagens sind ganz geöffnet, der hereinströmende Nachtwind kühlt meine Haut und macht eine Unterhaltung fast unmöglich. Als wir anhalten, stellt Ryder den Motor ab, steigt aus und läuft um den Wagen herum, um mir die Tür zu öffnen.

Ich trete in die Auffahrt und versuche mein Haar im Wind zu

bändigen. »Danke«, murmele ich. »Fürs Fahren und für... du weißt schon... alles.«

Er lehnt am Truck, die Hände in den Hosentaschen vergraben, und nickt stumm.

Ich weiß, dass ich gehen sollte, aber etwas hält mich zurück. Er beugt sich zu mir und greift nach meiner Schulter. Einen Augenblick lang denke ich, er will mich küssen.

Stattdessen drückt er nur leicht zu.

Und während ich noch darüber nachdenke, stürmt meine Mom aus dem Haus. »Da bist du ja! Oh, Gott sei Dank. Wir waren krank vor Sorge!«

»Mir... mir geht's gut«, stammele ich.

Mom wirft mir einen vernichtenden Blick zu. »Daddy hat überall nach dir gesucht! In der Scheune, am Fluss...« Sie bricht ab und schüttelt den Kopf. »Danke, dass du sie nach Hause gebracht hast, Ryder. Ich bin dir wirklich dankbar, mein Lieber.«

»Kein Problem, Miss Shelby«, antwortet Ryder achselzuckend, dann klettert er wieder in seinen Truck.

Während Mom ihm nachsieht, wie er davonfährt, kräuselt sich ihr Mund zu einem Lächeln. »Dieser Junge ist wirklich ein Gentleman.«

Ich verdrehe die Augen und folge ihr zum Haus. Gerade als ich reingehen will, summt mein Handy. Ich lehne mich an den Türrahmen, ziehe es aus der Tasche und schaue auf das Display. Eine Nachricht von Ryder. Er muss am Ende der Auffahrt angehalten haben, um sie abzuschicken. Mein Herz schlägt einen seltsamen kleinen Purzelbaum – jedenfalls bis ich die SMS gelesen habe.

Sag Patrick nicht ab.

AKT I

Szene 7

D u isst ja gar nichts«, bemerkt Patrick stirnrunzelnd. Sein zerzaustes blondes Haar ist noch feucht vom Duschen nach dem Spiel und er trägt Jeans und ein blau-weiß kariertes Button-Down-Hemd. Er sieht gut aus. Schlank und durchtrainiert, ein bisschen wie die Models von Abercrombie & Fitch.

»Tut mir leid. Ich habe einfach keinen Hunger.« Ich zupfe am Rand meiner Pizza herum und zerpflücke ihn in kleine Teigstückchen.

»Echt schön, dass du gekommen bist. Ich hatte schon befürchtet, du würdest absagen. Du weißt schon, wegen der Sache mit deiner Schwester und so.«

»Nein, ich … Die Ablenkung tut mir gut. Dann denke ich wenigstens auch mal an etwas anderes.« Ich ringe mir ein Lächeln ab, obwohl ich mich überhaupt nicht danach fühle. Eigentlich fühle ich kaum noch etwas – als wäre ich innerlich taub.

Morgen kommt Nan nach Hause. Nur noch ein paar Stunden …

»Das Spiel heute war super«, sage ich. »Du hast echt gut gespielt.«

»Ja, und das Beste ist, dass es von Talentscouts nur so gewimmelt hat. In erster Linie wollten sie sich natürlich Ryder ansehen. Der Typ hat's wirklich geschafft. Ich glaube, er weiß gar nicht, was für ein Glückspilz er ist. Klar, er hat Talent, aber in der Regel kommt es hauptsächlich auf die Größe an, weißt du?«

Ich zucke nur unverbindlich die Achseln und zupfe weiter an meinem Pizzarand herum.

»Du hast heute toll ausgesehen. Nachdem ich im dritten Viertel diesen heftigen Stoß abbekommen hatte, konnte ich dir von der Bank aus ein bisschen zuschauen.«

»Danke. Aber ich war nicht ganz bei der Sache. Bei einem Wurf wäre ich beinahe gestürzt.«

»Du meinst die Figur, wo sie dich in die Luft werfen und dann wieder auffangen?«, fragt er noch mal nach, obwohl sich das meiner Meinung nach doch von selbst versteht. Schließlich heißt es »Wurf«.

»Ja. Du, hör mal, Patrick...«

»Oh-oh, jetzt kommt's. Bitte, Jemma, lass mich etwas klarstellen. Wir kennen uns schon so lange...«

»Seit wir klein waren.«

»Genau. Und ich weiß, es könnte so aussehen, als wäre das, was am Samstag passiert ist, aus heiterem Himmel gekommen, aber ich wollte das schon so lange. Dich küssen, meine ich.«

Mein Mund wird ganz trocken und ich nehme hastig einen Schluck von meiner Cola. Ich kann die ganze Zeit nur an Montagabend denken – wie Ryder mich im Arm hielt und mir die Tränen abwischte. Und dann später, als wir neben seinem Auto standen und ich dachte, er würde mich gleich küssen. Na ja, nach der SMS, die er mir nur Minuten später geschickt hat, kommt mir das inzwischen ziemlich dumm vor.

Ist das nicht verrückt? Ich war irgendwie enttäuscht, dass er mich nicht geküsst hat. Die halbe Nacht lag ich wach und konnte an nichts anderes denken und die restliche Woche war es auch nicht besser. Ich war verwirrt. Und vor allem war ich wütend auf mich selbst.

Ich verdränge jeden Gedanken an Ryder und konzentriere

mich wieder auf den Jungen, der mir gegenübersitzt und mich hoffnungsvoll ansieht. Ich mag ihn. Mag ihn wirklich. Aber ich glaube nicht, dass ich ihm das geben kann, was er sich von mir wünscht. Zumindest nicht zum jetzigen Zeitpunkt.

»Ich wollte eigentlich nur sagen, dass das Timing denkbar schlecht ist, mehr nicht. Morgen kommt Nan nach Hause und ich möchte so viel Zeit wie möglich mit ihr verbringen. Vor der OP«, erwidere ich.

»Ich weiß.« Er greift über den Tisch nach meiner Hand und ich lasse es geschehen. »Aber ich würde auch gern Zeit mit dir verbringen.«

»Wollen wir es nicht lieber ... du weißt schon, ganz locker angehen? Es auf uns zukommen lassen? Mehr kann ich dir im Moment nicht versprechen.«

Er zuckt die Achseln. »Hey, ich nehme, was ich kriegen kann.«

Bei diesen Worten zucke ich zusammen. Vor allem, weil Patrick in Liebesdingen recht erfahren ist – ich habe mir schon Gott weiß wie oft seine Storys anhören müssen. Ryder hatte recht. Patrick ist dafür bekannt, dass er öfter mal Geschichten aus seinem Liebesleben zum Besten gibt, gern auch mit allen anschaulichen Details. Wer weiß, vielleicht wollte er mich beeindrucken? Von mir kriegt er jedenfalls nichts, schon gar nicht meine Jungfräulichkeit.

»Möchtest du Nachtisch?«, fragt er und lässt meine Hand los, um den Kellner herbeizuwinken. »Sie haben hier einen super Käsekuchen.«

»Nein, für mich nicht, aber bestell dir ruhig was.« Mein Handy brummt und ich werfe einen Blick auf das Display.

Amüsierst du dich?

Es ist Lucy. Rasch tippe ich eine Antwort. *Denke schon.*

Tu nichts, was ich nicht auch tun würde, antwortet sie, gefolgt von einem zwinkernden Smiley.

Patrick spricht immer noch mit dem Kellner, also simse ich weiter. *Was machst du?*, tippe ich.

Bin im Ward's. Ryder ist da.

Warum sollte mich das interessieren?

Weiß nicht. Ich mein bloß.

Hm, okay.

Ich schiebe das Handy zurück in meine Hosentasche. »Sorry. Es war nur Lucy.«

»Ah, die Eiserne Lucy.« Er hebt vielsagend die Augenbrauen.

»Die was?«

»Die Eiserne Lucy – manche Jungs nennen sie so. Du weißt schon, weil niemand über ein zweites Date mit ihr rauskommt.«

Ich zucke zusammen. »Im Ernst? Ihr Typen seid echt mies.«

»Ich habe dir übrigens ein Stück Käsekuchen bestellt. Mit Kirschen.«

»Oh. Danke.« Hatte ich nicht gesagt, ich möchte kein Dessert? »Weißt du eigentlich schon, auf welches College du nächstes Jahr gehst?«

»Das hängt davon ab, von welchem Football-Team ich ein Angebot bekomme. Die Ole Miss kann ich wahrscheinlich vergessen, aber vielleicht wird's was mit der Delta State. Und du?«

Ich überlege kurz, ihm von der NYU zu erzählen – schließlich haben wir zusammen den Filmkurs besucht –, aber dann entscheide ich mich dagegen, denn ich möchte nicht, dass die Sache bis morgen früh in der ganzen Stadt herum ist. »Ich bin mir noch nicht ganz sicher«, antworte ich stattdessen.

In diesem Moment kommt der Kellner mit unseren Kuchentellern. Er stellt sie vor uns auf den Tisch und füllt bei der Gelegenheit auch beflissen unsere Wassergläser nach.

»Weißt du denn schon, was genau du studieren willst?«, frage ich, sobald wir wieder allein sind.

»Du meinst, ich soll auch noch richtig was studieren? Also was anderes als die Regeln für Saufspiele, meine ich?« Er schaufelt sich eine Gabel voll Käsekuchen in den Mund, und ich frage mich, ob das jetzt ein Scherz sein sollte oder nicht.

Eigentlich ist er kein schlechter Schüler. Zwar hat er keinen von den Kursen auf College-Niveau belegt, aber er ist nicht dumm. Patrick nimmt einen Schluck Wasser und betrachtet mich dabei über den Rand seines Glases hinweg. »Okay, Spaß beiseite, mein Dad meint, ich sollte Jura studieren. Du weißt schon, in seine Fußstapfen treten und alles. Aber wer macht sich denn jetzt schon über so was Gedanken?«

Ich würde am liebsten antworten: »Ach, weißt du ... Leute, die an die Zukunft denken«, schaffe es jedoch, mir rechtzeitig auf die Zunge zu beißen.

Ich stochere in meinem Kuchen herum und beobachte stumm, wie Patrick sein Stück verschlingt.

»Lecker, hm?«, sagt er mit vollem Mund.

Ich nicke nur und stochere weiter. Möglichst unauffällig linse ich auf meinem Handy nach der Uhrzeit. Es ist schon spät. Ich schlage ein Bein über das andere. Stelle den Fuß wieder auf den Boden. Spiele mit der Serviette herum.

»Was ist, wollen wir gehen?«, fragt Patrick nach einigen Minuten unbehaglichen Schweigens. »Ist schon okay, ich hab's kapiert. Es war ein langer Tag. Lass mich bloß noch zahlen.«

Wir greifen beide gleichzeitig nach unseren Geldbörsen. »Nein, kommt nicht infrage«, wiegelt er kopfschüttelnd ab. »Das geht auf meine Rechnung. Schließlich wollte *ich* ein Date mit dir.«

»Bist du sicher?«

»Ja, ganz sicher.« Grübchen graben sich in seine Wangen, als er mich anstrahlt. »Und jetzt entspann dich, du kommst schon noch schnell genug hier weg.«

Er ist wirklich nett, und ich fühle mich schrecklich, weil ich so leicht zu durchschauen bin. »Es tut mir leid, dass ich unser Date so vermasselt habe. Es ist nur... schlechtes Timing, wie gesagt. Das ist alles.«

»Schon okay«, entgegnet er achselzuckend. »Du kannst es ja beim nächsten Mal wiedergutmachen.« Grinsend zieht er ein paar Zwanziger aus seiner Geldbörse.

Ich stehe auf und fische meinen Schlüssel aus der Handtasche. Ich möchte nur noch weg von hier und das misslungenste Date aller Zeiten hinter mir lassen.

Er winkt dem Kellner. »Warte einen Augenblick, dann bringe ich dich noch raus.«

Zumindest das bin ich ihm schuldig.

✳ ✳ ✳

»Wo ist Nan?«, frage ich Mom und sehe mich in der Küche um.

Sie öffnet den Kühlschrank und holt einen Krug mit Eistee heraus. »Auf der Veranda. Sie hat letzte Nacht nicht gut geschlafen und hält jetzt ein Nickerchen.«

Ich kann mir vorstellen, wie sie sich fühlt – auch ich habe nicht gut geschlafen. Es war bereits nach acht Uhr abends, als wir Nans Wagen endlich in der Auffahrt hörten. Meine Eltern hatten sie eigentlich zwei Stunden früher erwartet. Wie man sich vorstellen kann, herrschte dann beim Abendessen eine angespannte Atmosphäre. Wir brachten kaum einen Bissen hinunter und die Unterhaltung schleppte sich zäh dahin. Selbstverständlich waren Mom und Daddy ziemlich wütend, aber angesichts der Situation verkniffen sie sich die Standpauke für Nan.

Nach dem Essen wollten sie mit ihr über alles reden, was sie in Erfahrung gebracht hatten – was der Neurochirurg in Houston gesagt hatte, was die Ärzte in Jackson empfahlen, was sie im Internet recherchiert hatten. Verschiedene Behandlungsmöglichkeiten, Operationsmethoden, bla bla bla. Mitten in der Diskussion hielt ich es nicht mehr aus und verdrückte mich, denn es machte mich einfach zu fertig. Ich musste immerzu daran denken, wie Nan wohl zumute war.

»Dann will ich sie nicht aufwecken«, sage ich. Mom nickt und reicht mir ein Glas Tee. Sie wirkt erschöpft. Älter. Die letzten Tage haben ihren Tribut gefordert – von uns allen.

Sanft berühre ich sie am Arm. »Hey, warum legst du dich nicht auch ein bisschen hin?«

Seufzend lässt sie die Schultern hängen. »Ja, vielleicht sollte ich das.«

Ich küsse sie auf die Wange und nehme ihr den Krug aus der Hand. »Geh nur«, sage ich und deute auf die Tür. »Ich räum das schon weg.«

»Danke, Schatz.«

Als ich ihr nachsehe, fällt mir auf, wie sehr sie von hinten Nan ähnelt. Das gleiche lange, glatte, honigblonde Haar, die gleiche sportliche Figur.

Ich dagegen komme nach meinem Dad – rotblondes Haar, helle Haut und eher schmächtig. Nur dass ich irgendwie Moms blaue Augen geerbt habe, während Nan Daddys grüne Augen hat. Mit den Genen ist es manchmal eine seltsame Sache.

Vorsichtig stelle ich den Krug zurück in den Kühlschrank. Ich weiß, wie sehr Mom daran hängt. Ein wunderschöner Tiffany-Krug, bauchig, mit geschwungenem Rand. Er war ein Hochzeitsgeschenk und sieht immer noch aus wie neu.

Rasch wische ich die Arbeitsplatte sauber, dann schleiche ich mich auf Zehenspitzen hinaus auf die Schlafveranda auf der Westseite des Hauses. Der lang gezogene Raum ist rundum mit Fliegengitter eingefasst, an der Decke surren träge zwei Ventilatoren. Von der Holzverkleidung unterhalb der Fliegengitter blättert bereits an manchen Stellen die weiße Farbe ab.

In der Ecke neben der Tür hängt ein großes hölzernes Bettgestell von der Decke wie eine riesige Schaukel. An der Wand steht ein Tischchen aus weiß gestrichenem Korbgeflecht, zwei dazu passende weiße Korbstühle befinden sich auf der anderen Seite der Veranda. Alle Decken und Kissen sind blau-weiß gestreift und als Beleuchtung dienen mehrere Sturmlaternen und um die Dachsparren gewundene weiße Lichterketten.

Auf der gegenüberliegenden Seite des Hauses gibt es eine zweite Schlafveranda – sie gehört meiner Mom und sieht fast identisch aus, nur dass sie in Weiß und Gelb gehalten ist. Allerdings gefällt mir diese hier viel besser. Das hier ist unser Reich, von Nan und mir.

Nan liegt ausgestreckt auf dem Bett, die Füße überkreuzt. »Jemma, Jemma, Bo-Bemma«, ruft sie aus, als ich die Glastür hinter mir schließe und mein Teeglas abstelle.

»Nan, Nan, Bo-Ban«, antworte ich. Bei der letzten Silbe wird meine Stimme leicht brüchig. Ein alberner Reim, ich weiß, aber das ist nun mal unser Begrüßungsritual. »Wie geht es dir?«

»Gut. Schließlich liege ich nicht im Sterben. Als ich aufgewacht bin, hatte ich Kopfweh, aber durch die Medikamente ist es weg.«

»Das kommt bestimmt vom Wetter.« Ich sehe hinauf zu den grauen Wolken am Horizont. »Da braut sich was zusammen.«

Sie nickt. »Ja, das ist immer so. Mein Kopf ist das reinste Barometer.«

»O ja, meiner auch. Es nervt.« Migräne ist eins der Dinge, die wir gemeinsam haben. Ich frage mich glatt, ob die Zukunft auch für mich einen Tumor bereithält. Vielleicht trifft einen so etwas aber auch nur rein zufällig. Das hoffe ich jedenfalls.

»Komm, leg dich zu mir«, sagt sie und klopft einladend auf den Platz neben sich.

»Gut, nur bitte keine Witze mehr übers Sterben«, erwidere ich und klettere auf das Bett. »Das ist nicht lustig.«

Sie ignoriert meine Bitte. »Hast du gewusst, dass Uroma Cafferty auch so ein Ding im Kopf hatte? Also höchstwahrscheinlich ist sie daran gestorben.«

»Ich dachte, das war wegen einem Aneurysma oder einer Gehirnblutung oder so was.«

»Ja, als Folge einer Schädeloperation. Sie haben das Ding erfolgreich entfernt, aber dann ist Uroma verblutet«, sagt sie, und es klingt so sachlich bei ihr.

Mir wird ganz flau im Magen. »Das ist doch Ewigkeiten her. Seither hat die Gehirnchirurgie garantiert Riesenfortschritte gemacht. Operieren die nicht heutzutage mit Laser oder so was in der Art?«

»Kann sein. Ich werde es ja bald herausfinden«, entgegnet sie achselzuckend. »Und was gibt's bei dir Neues? Mom hat gesagt, du gehst mit Patrick Hughes aus.«

»Ein einziges Mal!« Ich verdrehe die Augen, bin jedoch insgeheim froh über den Themenwechsel. »Das ist doch kein großes Ding. Dass sie dir überhaupt davon erzählt hat!«

»Na ja, du kennst sie ja. Du machst ihr all die großen Pläne kaputt, die sie für dich und deinen Sandkastenfreund hat. Apropos, wo wird er nächstes Jahr Football spielen? Ryder, meine ich.«

»Woher zum Teufel soll ich das wissen? Er erzählt mir doch nicht, was er vorhat. Wir reden nur miteinander, wenn es sich nicht vermeiden lässt.«

»Hm, vielleicht solltest du das mal überdenken.« Nan grinst. »Du weißt schon, was ich meine.«

Ich stupse sie mit dem Fuß an. »He, ich dachte, du wärst auf meiner Seite.«

»Na ja ... Nachdem ich ihn diesen Sommer am Strand gesehen habe – vielleicht liegt Mom ja gar nicht mal so falsch. Eins steht auf jeden Fall fest: Der Junge ist heiß. Du könntest es schlechter treffen. Viel schlechter.«

»Na ja ... gutes Aussehen ist nicht alles«, grummele ich.

»Genau. Wichtig ist auch Intelligenz – trifft zu, Talent – trifft zu, ein guter Charakter – trifft auch zu.« Sie zählt die Eigenschaften an den Fingern ab. »Soweit ich das beurteilen kann, hat er alles – das gesamte Paket. Ich meine, okay, er ist der Nachbarsjunge und Mom und Laura Grace nerven euch schon ewig mit ihren Verkupplungsversuchen. Aber mal im Ernst, was willst du mehr?«

Ich seufze tief. »Weißt du, was mich an Ryder so stört? Es gibt keine Zwischentöne bei ihm. Alles ist schwarz oder weiß, richtig oder falsch. Er ist so was von ... unflexibel.«

»Wow, ist das eines der Wörter, die du für deinen College-Eignungstest brauchst?«

»Haha, sehr lustig. Du weißt genau, was ich meine.«

Sie zuckt die Schultern. »Ja, klar. Er war schon immer so. Ich hab eigentlich immer gedacht, irgendwann wächst sich das aus.«

»Sprich nur weiter. Also wenn du mich fragst, hat man dem Typen einen Stock in den Hintern gerammt.«

»Der übrigens sehr attraktiv ist.«

»Was jetzt, der Stock oder der Hintern?«

Nan lacht – ein tief aus dem Bauch kommendes, schallendes Lachen, das mich schmunzeln lässt. Ich bin so froh, dass sie wieder zu Hause ist. Doch dann fällt mir der Grund dafür ein ...

»Also, wann fliegst du nach Houston?«, frage ich ernüchtert.

»Wahrscheinlich nächste Woche. Oder die Woche darauf. Der Arzt meinte, wir sollten keine Zeit verlieren. Ich glaube, der Tumor drückt auf irgendwas Wichtiges.«

Ich kuschele mich näher an sie und lege den Kopf auf ihre Schulter. »Es tut mir so leid, dass du das durchmachen musst, Nan.«

»Ja, mir auch«, antwortet sie und verstummt. Einige Minuten liegen wir still da und starren an die Decke.

»Entschuldige, dass ich dich nicht angerufen oder dir wenigstens eine SMS geschickt habe«, sagt Nan schließlich. »Ich habe mich nur ... du weißt schon, in mein Schneckenhaus verkrochen. Ich wollte mit niemandem reden.«

»Ist schon in Ordnung. Ich weiß, wie das ist.« Denn ich mache es genauso, wenn mir alles zu viel wird. Dann will ich bloß noch allein sein und ziehe mich von allen zurück. Diese Woche beispielsweise habe ich kaum auf SMS und E-Mails reagiert. Morgan und Lucy kennen mich zum Glück gut genug und lassen mich dann in Ruhe. Was man von Patrick nicht unbedingt behaupten kann. Daran müssen wir arbeiten.

»Du wirst wieder gesund«, sage ich mit aller Überzeugung, die ich aufbringen kann.

Ehrlich gesagt hatte ich noch niemals im Leben solche Angst.

AKT I
Szene 8

Am Donnerstag findet im Kurs für europäische Geschichte ein Quizwettbewerb statt. Stellt euch den guten alten Buchstabierwettbewerb vor, bei dem sich die Schüler in einer Reihe vor der Klasse aufstellen. Mr Donaldson fragt im Stakkato Geschichtsfakten ab und bei der richtigen Antwort darf man für die nächste Runde stehen bleiben. Ansonsten muss man zurück auf seinen Platz. Der Letzte, der noch vorne steht, wird zum Sieger erklärt.

Ich muss zugeben, dass es irgendwie Spaß macht – jedenfalls viel mehr, als einem trockenen Vortrag zuzuhören. Außerdem bekommt der Sieger einen superleckeren Schokoriegel.

»Die Ardennen«, antworte ich, als ich an der Reihe bin. Ich möchte unbedingt den Schokoriegel gewinnen.

Mr Donaldson hält die Hand ans Ohr. »Könntest du bitte etwas lauter sprechen, Jemma?«

»Die Ardennen!«, schreie ich. Ich wünschte, er würde sich endlich ein Hörgerät zulegen.

»Richtig. Damit bist du in der Endrunde.«

Neben mir hebt Lucy die Hand zum angedeuteten High Five.

Eine halbe Stunde später funkelt sie mich böse an, während ich mit dem Schokoriegel in der Hand zu meinem Pult zurückgehe. »Ich teile mit dir«, flüstere ich und schlüpfe auf den geformten Plastikstuhl hinter ihr.

»Du nervst«, wirft sie mir über die Schulter zu. Gleich darauf klingelt die Glocke zur ersten Mittagspause. »Gott sei Dank. Ich bin am Verhungern.«

»Ich auch.« Ich stecke den Schokoriegel in meinen Rucksack und folge der Meute in die Cafeteria.

Nachdem wir unser Essen geholt haben – etwas, das entfernt aussieht wie Fettucine Alfredo –, setzen wir uns zu Morgan auf die Terrasse, wie immer bei schönem Wetter. Mason und Patrick sind bereits da, ihre Tabletts vollbeladen mit verschiedenen Sandwiches und Chipstüten. Ben und Ryder haben dieses Halbjahr später Mittagspause, daher geht es etwas gesitteter zu.

Morgan rutscht in die Mitte der Bank, damit wir uns rechts und links neben sie quetschen können. »Und?«, fragt sie, eine blonde Augenbraue in die Höhe gezogen.

Lucy rümpft die Nase und nickt in meine Richtung. »Sie hat schon wieder gewonnen. Streberin!«

»Tataa, zum Nachtisch gibt's Schokolade!«, sage ich und ziehe den Riegel mit einer schwungvollen Bewegung aus meinem Rucksack.

Morgan schnappt ihn sich mit finsterer Miene und versteckt ihn unter dem Tisch. »Lass das bloß die Jungs nicht sehen.«

»Was sollen wir nicht sehen?«, fragt Mason, den Mund vollgestopft mit irgendeinem undefinierbaren Sandwich.

Morgan schüttelt den Kopf. »Nichts. Und geht's vielleicht noch ein bisschen unappetitlicher?«

»Och, sicher doch«, antwortet er grinsend.

Ich probiere vorsichtig von meinen Nudeln. Zu meiner Überraschung sind sie gar nicht so übel.

»Wie geht es Nan?«, fragt Morgan.

Ich muss schlucken. »Ganz gut. Die meiste Zeit ... ruht sie sich aus, weißt du. Sie versucht, sich nicht verrückt zu machen.«

Nächste Woche fliegen sie nach Houston – Mom, Daddy und Nan. Sogar Laura Grace kommt mit. Alle außer mir. Sie behaupten, ich würde sonst zu viel Unterricht versäumen. Schließlich wissen sie nicht, wie lange sie fortbleiben werden, und jemand muss zu Hause die Stellung halten. Ich bin mir nicht sicher, ob ich deswegen eher wütend oder verletzt bin. Vermutlich vor allem verletzt.

»Meinst du, sie hätte was dagegen, wenn Morgan und ich dieses Wochenende mal vorbeikommen und sie besuchen?«, fragt Lucy.

»Nö. Bestimmt freut sie sich, euch zu sehen. Ihr könnt jederzeit vorbeischauen.«

»Da wir gerade vom Wochenende sprechen…« Patrick räuspert sich, um die Aufmerksamkeit auf sich zu lenken. »Josh Harrington schmeißt am Samstag eine Party. Er veranstaltet ein großes Krebsessen bei sich am Fluss. Gehst du auch hin, Jemma?«

Ich schüttele den Kopf. »Ich glaube nicht. Mir ist zurzeit nicht danach.«

»Och, komm schon, Jem«, bettelt er. »Ich könnte dich mitnehmen. Wir brauchen ja nicht lange zu bleiben, höchstens eine Stunde.«

Ich schaue erst zu Morgan, dann zu Lucy.

»Ich wollte eigentlich hingehen«, sagt Lucy achselzuckend.

Morgan nickt. »Ja, ich auch. Ist ja sonst nicht viel los.«

Zischend lasse ich den Atem entweichen. »Also gut. Aber nur kurz. Und wir treffen uns dort«, füge ich, an Patrick gewandt, hinzu.

»Immer noch vorsichtig wegen der Anzeigen, hm?«, fragt Mason mit einem schiefen Lächeln.

»So ähnlich.« Meine Wangen brennen. »Tut mir leid, Patrick.«

Er wirft mir quer über den Tisch einen scharfen Blick zu. »Im Ernst? Das ist Monate her.«

»Ja, aber ... du kennst doch meine Eltern«, entgegne ich lahm. Ehrlich gesagt würde ich nicht einmal zu ihm ins Auto steigen, wenn meine Eltern nichts davon wüssten. So bescheuert bin ich nicht.

»Gut«, murmelt er. »Wie du willst.«

»Hey, ich hab eine Idee«, sagt Morgan. »Wie wär's, wenn Lucy und ich dich abholen, Jemma? Dann können wir Nan Hallo sagen und danach gemeinsam zur Party fahren.«

»Ja, und ich mache auf dem Weg zu euch einen Abstecher zu Ward's und hole ein paar Burger«, bietet Lucy an.

»Warte mal, du willst dir *vor* einem Krebsessen noch einen Burger reinziehen?«, fragt Morgan.

»Na klar. An Krebsen ist doch nichts dran. Viel Arbeit für zu wenig Fleisch. Da sollte man besser mit vollem Magen hingehen.«

Ich nicke zögernd. »Klingt nach einem guten Plan.« Nicht, dass ich nichts mit ihnen unternehmen will. Aber ich fühle mich schuldig, wegen Nan. Sicher, sie verbringt die meiste Zeit allein in ihrem Zimmer, hört Musik und schreibt Tagebuch. Ich habe mich bemüht, sie nach Möglichkeit in Ruhe zu lassen, aber trotzdem ... immerhin ist es tröstlich zu wissen, dass sie da ist, direkt auf der anderen Seite der Wand.

Außerdem erscheint es mir nicht richtig, auszugehen und Spaß zu haben, während meine Schwester mit einem Gehirntumor zu Hause hockt. Das ist doch verständlich, oder?

✳ ✳ ✳

Nach der Schule laufe ich direkt zur Scheune. Donnerstags hält Daddy nur am Vormittag Vorlesungen, daher arbeitet er bereits in seiner Werkstatt. Gerade ist er dabei, von einem alten Küchenbüfett die Farbe abzuschleifen.

»Hallo«, ruft er mir über die laute Musik hinweg zu. »Hast du eine Verabredung mit Delilah?«

»Yep. Heute ist so ein Tag.« Seit der Mittagspause bin ich ganz durcheinander. Also, ich habe zugesagt, mich am Samstag mit Patrick auf der Party zu treffen. Ist das dann ein Date? Und heißt das, dass wir zusammen sind? Schließlich habe ich ihn schon zweimal geküsst – das erste Mal bei der Gala des Historischen Vereins und das zweite Mal am Freitagabend, als er mich nach dem Essen zum Wagen begleitet hat. Beide Küsse waren nett. Aber eben genau das: »nett« – im Sinne von »nicht weltbewegend«. Keine Schmetterlinge im Bauch oder so was in der Art. Und außer diesem Filmkurs, an dem wir beide teilgenommen haben, haben wir eigentlich nichts gemeinsam. Was also soll das Ganze?

Bin ich nur mit ihm zusammen, damit ich jemanden habe, mit dem ich ausgehen kann? Oder fühle ich mich wirklich zu ihm hingezogen? Ganz ehrlich, ich weiß es nicht. Vielleicht hat mich sein Bad-Boy-Image gereizt – was eigentlich mehr als bescheuert ist, wie mir gerade aufgeht. Außerdem ist er gar nicht *so* schlimm, wie er immer tut. Dafür ist er das genaue Gegenteil von Ryder. Wenn ich mit ihm ausgehe, tue ich damit auch exakt das Gegenteil von dem, was meine Eltern wollen. Vielleicht ist das meine Art von Rebellion.

Daddy legt die Schleifmaschine beiseite. »Möchtest du darüber reden?«

»Eher nicht«, erwidere ich. »Ich dachte, ich mache heute draußen ein Zielscheibenschießen. Unten am Fluss. Willst du mitkommen?«

»Klar. Ich räume nur noch schnell das Werkzeug weg. Kannst du mir meine Ruger aus dem Safe holen?«

»Okay. Ich nehme auch einen Gehörschutz und eine Brille für dich mit. Treffen wir uns in fünf Minuten draußen?«

Er lächelt. »Abgemacht, Dreikäsehoch.«

Zehn Minuten später bauen wir in der Nähe des Flusses die Zielscheiben auf.

»Ach übrigens, hattet ihr beiden, Mom und du, mal Zeit, einen Blick auf die Sachen von der Filmhochschule zu werfen, die ich euch gegeben habe?«, frage ich währenddessen. »Du weißt schon, die Broschüre von der NYU und die Bewerbungsunterlagen?«

Er lässt die Zielscheibe los, die er ausrichtet, und sieht mich stirnrunzelnd an. »Schatz, wie kannst du im Moment überhaupt daran denken, nach New York zu gehen? Bei dem, was mit deiner Schwester los ist?«

Ich muss schlucken. »Aber ... es wäre doch erst nächstes Jahr. Sie ... ich meine, bis dahin wird sie doch wieder gesund sein, oder?«

Er schüttelt den Kopf. »Ich fürchte, du musst dich an den ursprünglichen Plan halten. Ein staatliches College.«

Ich nicke stumm. Ich will nicht mit ihm streiten, nicht jetzt. Aber klein beigeben will ich auch noch nicht. Was würde es schon schaden, wenn ich mich bewerbe? Bedrückt seufze ich auf. Im Moment kommt mir alles so verworren und unsicher vor. Das letzte Schuljahr sollte sich eigentlich anders anfühlen. Oder ist das normal? Jedenfalls läuft es definitiv nicht so, wie ich es mir vorgestellt hatte. Irgendwie hatte ich erwartet, dass sich jetzt alles so langsam zusammenfügen würde, dass die noch verschwommene Vorstellung von meiner Zukunft klare Konturen annehmen würde. Und jetzt das – nur Verwirrung und Zweifel.

»Fertig?«, fragt Daddy und holt mich aus meinen Gedanken.

Ich packe Delilah mit festem Griff und nehme meinen Platz

gegenüber meiner Zielscheibe ein. Dad geht neben mir in Stellung. Nachdem ich die Brille und den Gehörschutz aufgesetzt habe, hole ich tief Luft, um mich zu konzentrieren – durch die Nase einatmen, durch den Mund ausatmen.

Mit durchgestreckten Armen hebe ich die Pistole, und mein Blick richtet sich automatisch auf den Punkt, den ich anpeile – einen roten Kreis von der Größe eines Vierteldollars in mehr als zwanzig Metern Entfernung. Ich atme noch einmal tief ein und schaffe es, meine Mitte zu finden. Alle störenden Gedanken sind wie weggeblasen. Es gibt nur noch Delilah und mich. Als ich abdrücke, fühlt sich alles irgendwie richtig an.

Zu schade, dass dieses Gefühl nicht anhalten wird.

AKT I
Szene 9

Die Prügelei auf der Party am Samstagabend hat nur wenige Minuten vor unserer Ankunft angefangen. Man sieht sofort, dass Tanner im Vorteil ist. Mason hat bereits ein blaues Auge und eine aufgeplatzte Lippe, als Lucy, Morgan und ich uns durch die johlende Menge auf der Wiese drängen.

»Was ist denn hier los?«, frage ich in die Runde. Ich muss schreien, um das Durcheinander zu übertönen.

»Sie haben sich über Football gestritten, was denn sonst?«, antwortet mir Jessica Addington.

»Du weißt schon, über das Spiel gegen die West Lafayette«, fügt Rosie hinzu, die plötzlich neben mir auftaucht. »Tanner hat sich über irgendeine Bemerkung von Ryder aufgeregt. Er ist total ausgerastet und wollte Ryder zu einer Schlägerei provozieren. Ryder hat sich geweigert und ist gegangen. Und dann, ich weiß auch nicht genau, hat Tanner Ryder Weichei genannt, und Mason hat ihm den Stinkefinger gezeigt...« Sie verstummt und schüttelt den Kopf.

»Plötzlich hat sich Tanner auf Mason gestürzt«, erzählt Jessica weiter. »Dieses blöde Konkurrenzgehabe, wenn es um Football geht – dann mutieren die Jungs immer zu Vollidioten.«

Jessica ist mit uns im Cheerleading-Team. Wir sind zwar keine BBFs, aber schon irgendwie Freundinnen. Ich bin mir ziemlich sicher, dass sie auf Mason steht. Das würde ihren besorgten

Blick erklären, als Tanners Faust auf Masons Nase kracht und Blut daraus hervorquillt.

»Jetzt tut doch mal was!«, schreit sie und sieht sich hektisch um, wobei mir ihr dunkler Pferdeschwanz ins Gesicht schlägt.

»Ryder!«, brüllt Rosie, die Hände wie einen Trichter vor den Mund gelegt. »Wo ist er hin?«

Zu meiner Rechten entdecke ich Patrick, der auf die Kämpfenden zugeht. »Tanner! Das reicht jetzt, Mann!« Er packt ihn am Kragen, in einem halbherzigen Versuch, ihn von Mason wegzuziehen, der bereits am Boden liegt, aber ohne Erfolg. Tanner teilt weiter Schläge aus.

Ich muss Morgan mit Gewalt davon abhalten, zur Rettung ihres Zwillingsbruders einzuschreiten. Tanner ist völlig durchgeknallt, und ich möchte nicht, dass sie verletzt wird. Ich verstärke den Griff um ihren Arm, meine Fingernägel graben sich tief in ihre Haut.

Endlich bahnt sich Ryder einen Weg durch die Leute und macht kurzen Prozess. Innerhalb von Sekunden hat er Tanner von Mason weggezerrt und ihn einen Meter weiter zu Boden geworfen. Mit geballten Fäusten steht er über ihm. »Was zum Teufel ist eigentlich dein Problem, Mann?«

Tanner ist ungefähr halb so groß und kräftig wie Ryder – es war sowieso total verrückt, einen Streit mit jemandem wie ihm zu provozieren. Vielleicht hat sich Tanner jetzt eines Besseren besonnen, denn er liegt einfach nur erschöpft und keuchend da.

Da sein Gegner nun außer Gefecht ist, läuft Morgan zu ihrem Bruder, kniet sich neben ihn und hilft ihm, sich aufzusetzen. Jessica kommt an seine andere Seite und reicht ihm eine Lage Taschentücher.

»Arschloch!«, brüllt Mason und presst sich die Tücher an die Nase.

»Du hast wohl immer noch nicht genug, was?«, knurrt Tanner, aber Ryder packt ihn am Arm, zieht ihn hoch und führt ihn weg. Ben folgt den beiden.

Patrick taucht neben mir auf. »Hi, Jem.« Er legt mir den Arm um die Schultern. »Ich hab mich schon gefragt, ob du überhaupt noch kommst. Beinahe hättest du das Aufregendste verpasst.«

»Wollt ihr alle nur herumstehen und blöd gucken oder holt vielleicht mal jemand Mason einen Eisbeutel?«, ruft Lucy.

Jessica steht auf, läuft zum Pavillon und füllt einen Beutel mit Eis aus der Kühlbox. »Hier«, sagt sie ganz außer Atem, als sie zurückkommt.

Ich schüttele Patricks Arm ab und schließe mich den Leuten an, die sich um Mason versammelt haben. Er sieht furchtbar aus. Ein Auge ist zugeschwollen und aus seiner Nase – oder vielleicht auch seiner Lippe? – strömt Blut.

»Dein Cousin ist echt ein Kotzbrocken«, sagt Morgan zu mir und sieht mich böse an.

Ich hebe abwehrend die Hände. »Hey, ich kann nichts dafür! Außerdem ist er nur über zwei Ecken mit mir verwandt.«

Mason will sich aufrappeln, doch Morgan und Jessica halten ihn fest. »Ich bin okay«, beteuert er, obwohl er überhaupt nicht danach aussieht.

»Leg einfach den Eisbeutel auf dein Auge«, sagt Jessica. »Oder deine Nase. Mensch, du blutest ja ganz schön. Hat irgendjemand einen Lappen oder so?«

Wir alle blicken hilflos in die Runde.

»Vielleicht im Auto«, sagt Rosie und steht auf. »Ich schau mal nach.« Sie läuft zu den in einiger Entfernung parkenden Autos.

Genau in diesem Moment taucht Ryder wieder auf. »Hier«, sagt er und knöpft sein Karohemd auf. Darunter kommt ein weißes T-Shirt zum Vorschein. Blitzschnell hat er beides ausgezogen, knüllt das T-Shirt zusammen und reicht es Morgan.

Sie nimmt es mit einem Nicken. »Danke. Was hast du mit Tanner gemacht?«

»Ben fährt ihn nach Hause.«

Ich riskiere einen Blick in Ryders Richtung. Mein Mund wird ganz trocken und ich muss schlucken. Denn mal ehrlich, der Anblick von Ryder mit nichts an als seiner tief auf den Hüften sitzenden Jeans ist ziemlich beeindruckend. Natürlich habe ich ihn am Strand oder so schon mit weniger Klamotten gesehen, aber da ist was an dieser ausgewaschenen Jeans und der Art, wie der Bund erst tief am Unterleib endet ...

Patrick muss meinen Blick bemerkt haben, denn er legt mir erneut den Arm um die Schultern, diesmal fester. »Hey, wie wär's mit einem Spaziergang?«

»Klar«, sage ich gedehnt. Doch als er mich wegführt, muss ich doch noch einen Blick über meine Schulter auf Ryder werfen, der in sein Hemd schlüpft und es rasch zuknöpft.

Mit einem Seufzer wende ich mich wieder Patrick zu. »Wo wollen wir hin?«

»Hier ist es genau richtig«, sagt er und presst mich gegen den Lattenzaun. Als sich sein Gesicht zu meinem herabneigt, stemme ich die Hände gegen seine Brust.

»Warte.« Ich schiebe ihn weg, möchte Abstand zwischen unseren Körpern schaffen. Die anderen sind keine fünfzig Meter von uns entfernt und ich komme mir vor wie auf dem Präsentierteller.

»Was ist?«, fragt er. In seiner Stimme schwingt Ungeduld mit. »Brauchst du ein Bier oder so?«

»Nein, alles bestens.«

»Ich hab dich vermisst, Jem«, sagt er, und seine Hand wandert unter den Saum meines rot gepunkteten Vintage-Neckholder-kleids und meinen Oberschenkel hinauf.

Ich stoße sie weg. »Du hast mich doch erst gestern in der Schule gesehen und später beim Spiel.«

»Du weißt, was ich meine.« Sein Mund nähert sich meinem und ich spüre seinen Atem warm auf meiner Wange.

In meinem Kopf dreht sich alles, das Herz schlägt mir hart gegen die Rippen.

Irgendwie strahlt Patrick ... keine Ahnung ... etwas *Gefähr-liches* aus. Am liebsten würde ich fortlaufen, doch ich bleibe reg-los stehen wie ein Reh im Scheinwerferlicht.

Seine Lippen treffen auf meine, und ich ziehe scharf die Luft ein, als seine Zunge über meine Zähne fährt. Ich möchte etwas empfinden, eigentlich sollte jetzt die Erde unter mir erbeben. Aber ich spüre keine Schmetterlinge im Bauch, kein Kribbeln auf der Haut. Stattdessen registriere ich bloß den mechanischen Vorgang – Lippen, Zunge, Hände. Sein Kuss wird intensiver, und ich merke, wie ich mich innerlich zurückziehe, auch wenn mein Körper reagiert.

Meine Gedanken schweifen ab. Jetzt habe ich doch Durst, und ich frage mich, was meine Freundinnen bei den anderen wohl gerade machen. Wir hatten nicht vor, länger als eine Stunde zu bleiben, und eine halbe ist bestimmt schon um. Ich würde gern wissen, wie spät es ist, aber mein Handy steckt in meiner Handtasche. Das hohe Gras kitzelt mich an den Knöcheln, ich verlagere das Gewicht und widerstehe dem Verlangen, mich zu kratzen.

Patrick lässt mich los und mustert mich scharf. »Was hast du?«

Jetzt brauche ich irgendeinen Vorwand, und zwar schnell. »Na ja ... Glaubst du, Mason ist okay?«

»Der wird schon wieder. Machst du dir ernsthaft jetzt Gedanken über diesen Mist?«

Bevor ich antworte, hole ich tief Luft. »Na ja, wir haben ihn einfach blutend zurückgelassen.«

»Mit einem halben Dutzend Leuten, die sich um ihn kümmern, darunter seine Schwester.«

»Ja, schon, aber ich bin mit Morgan gekommen. Wenn sie ihn nun nach Hause bringen will ...«

»Dann fahre ich dich eben. Okay? Komm schon, Jemma, entspann dich mal.«

Ich nicke und schaue hinüber zu den Leuten. Jemand hat die Musik aufgedreht, und alle haben sich in den Pavillon verzogen, wo die Unmengen von Essensresten – Krebsschalen, abgenagte Maiskolben und Kartoffeln – in mit Zeitungspapier ausgeschlagenen Kinderplanschbecken aus Plastik gelandet sind.

Das heißt, alle bis auf Ryder. Mit den Händen in den Hosentaschen steht er etwas abseits. Ich bin mir nicht ganz sicher, aber ich habe den Eindruck, dass er direkt in meine Richtung schaut, dass er Patrick und mich beobachtet.

Ich bekomme eine Gänsehaut und erschauere.

»Ist dir kalt?«, fragt Patrick.

Ich nicke, auch wenn es nicht stimmt. Immerhin ist es eine gute Ausrede. »Ich habe meinen Pullover bei meiner Tasche im Pavillon liegen gelassen.«

»Okay, okay. Dann gehen wir zurück. Sieht allerdings so aus, als gäbe es nichts mehr zu essen.« Er nimmt meine Hand und ich lasse mich von ihm zur Party zurückbringen.

Mason sitzt an einem Picknicktisch unter dem Pavillon, den Beutel mit dem inzwischen geschmolzenen Eis neben sich. Jessica, Morgan und Lucy leisten ihm Gesellschaft und unterhalten sich lautstark über die Musik hinweg. Ich schnappe mir meinen Pullover und setze mich rasch zu meinen Freundinnen.

»Er redet dauernd über diesen neuen Quarterback, den sie haben, als wäre er das Größte seit der Erfindung des Rades«, sagt Mason gerade. Offensichtlich kann er nicht vom Streitthema lassen. »Also bitte, er soll mich bloß damit in Ruhe lassen. Ryder ist der beste Quarterback von ganz Mississippi. Ich hab die Nase voll von Tanners blödem Gelaber.«

Mit geröteten Wangen taucht Rosie an unserem Tisch auf. »He, hat jemand von euch Ryder gesehen?«

»Er muss hier irgendwo sein«, antwortet Morgan und blickt über die Schulter zu der Stelle, an der ich ihn noch vor knapp einer Viertelstunde gesehen habe. Aber er ist verschwunden.

»Toll«, wirft Mason ein. »Ich bin seine Mitfahrgelegenheit. Hey, Jess, hast du nicht gesagt, du brauchst auch eine?« Mason versucht ein Grinsen in Jessicas Richtung, aber mit seinem geschwollenen Auge und der aufgeplatzten Lippe wird nur eine schiefe Grimasse daraus.

»Kommt gar nicht infrage, dass du fährst«, sagt Morgan resolut. »Du könntest eine Gehirnerschütterung haben, Blödmann. Lucy kann meinen Wagen nehmen und ich fahre deinen. Und, Jess – dich setze ich auch zu Hause ab, das macht mir nichts aus.«

»Na gut«, brummt Mason. »Wie du meinst.«

Rosie lässt sich neben mir auf die Bank plumpsen. »Mist, ich wollte Ryder unbedingt was fragen. Weiß jemand, warum er so früh abgehauen ist? War jemand bei ihm?«

»Keine Ahnung.« Morgan schüttelt den Kopf.

Ich frage mich, was Rosie von Ryder will – und ob diese Gerüchte, die ich über die beiden gehört habe, wahr sind. Es geht mich eigentlich nichts an, aber trotzdem.

Die Sache ist die – Rosie ist hübsch, wirklich *sehr* hübsch. Klar, sie ist dumm wie Bohnenstroh, aber viele Jungs stört das nicht. Sie hätte die freie Auswahl, doch stattdessen himmelt sie Ryder an. Und das ziemlich offensichtlich.

Manchmal überlege ich, ob ich sie nicht mal beiseitenehmen und ihr raten sollte, etwas mehr Selbstachtung an den Tag zu legen, aber was hätte das für einen Sinn? Sie würde sowieso nicht auf mich hören. Cousine hin oder her, sie mag mich nicht besonders. Außerdem, wenn es stimmt, dass sie miteinander rumgemacht haben ... na ja, dann läuft zwischen den beiden ja vielleicht wirklich was. Woher soll ich das wissen? Und überhaupt, wieso sollte es mich interessieren?

Patrick greift nach meiner Hand. »Möchtest du tanzen?«

Ich schüttele die Gedanken an Ryder und Rosie ab. »Gern. Komm mit, Luce.« Ich gebe ihr einen auffordernden Klaps auf die Schulter.

»Hey, und was ist mit mir?«, fragt Morgan und runzelt die Stirn.

»Ich dachte, du wärst zu sehr damit beschäftigt, Krankenschwester zu spielen.«

»Nö, ich denke, ab jetzt kann Jess übernehmen.« Sie steht auf und lässt Ryders inzwischen blutverschmiertes T-Shirt fallen. »Du passt doch gut auf ihn auf, oder?«

Ohne Jessicas Antwort abzuwarten, folgt sie uns hinaus auf das Areal aus festgestampfter Erde hinter dem Pavillon, das als Tanzfläche dient.

Als ich noch einmal zurückschaue, ist Ryder wieder aufgetaucht und steht neben Rosie. Er hat sich zu ihr hinuntergebeugt und flüstert ihr etwas ins Ohr. Sie nickt.

Patrick kommt näher und versperrt mir den Blick. Er ist einer von denen, die glauben, Tanzen bedeute, auf der Stelle herumzuhüpfen und die Fäuste in die Luft zu werfen. Während Patrick sich also beim Head-Banging austobt, erhasche ich ab und zu einen Blick auf Ryder, der Rosie zur Tanzfläche führt.

Neugierig drehe ich mich leicht von Patrick weg, um möglichst unauffällig eine bessere Sicht auf die beiden zu haben. Irgendwie scheinen sich Ryders und meine Augen über die Menge hinweg zu treffen. Ich erstarre und weiß plötzlich nicht mehr, wie ich tanzen soll, als ich beobachte, wie Rosie ihre Arme um Ryders Nacken schlingt. Er wendet den Blick von mir ab und legt die Arme um Rosies Taille. Sie schmiegt ihre Wange gegen seine Brust, und sie beginnen, langsam zu tanzen.

Zu einem schnellen Lied. *Würg.*

Als Patrick nach meiner Hand greift und mich an sich zieht, lasse ich es geschehen. Alles ist mir recht, damit ich vergessen kann, was ich da gerade gesehen habe.

AKT I

Szene 10

Okay, der Kühlschrank ist aufgefüllt und ich habe ein paar Portionen Auflauf für dich eingefroren.« Meine Mom schaut auf ihre Liste, die sie auf den Küchentresen gelegt hat, und seufzt. »Bist du sicher, dass du nicht bei Lucy bleiben möchtest? Dr. Parrish würde sich freuen, dich aufzunehmen. Ich müsste sie nur anrufen und ...«

»Und wer soll sich dann um die Hunde und die Katzen kümmern? Ach komm, Mom, ich kriege das schon hin.«

»Wir könnten sie in eine Tierpension geben. Ich rufe gleich mal dort an und frage, ob sie ...«

»Jetzt hör aber auf.« Genervt verdrehe ich die Augen. »Wir geben die Hunde nicht in eine Pension. Also mach dir keine Sorgen, sondern schau lieber, dass du deinen Flug nicht verpasst.«

Sie sieht auf ihre Uhr. »Daddy holt gerade Laura Grace ab.«

Laura Grace ist ausgebildete Krankenschwester, hat ihren Beruf aber schon vor Ryders Geburt aufgegeben. Dennoch hat sie darauf bestanden mitzufahren und als eine Art Mittlerin zwischen meinen Eltern und dem Krankenhauspersonal in Houston zu fungieren. Ich glaube jedoch, vor allem möchte sie dabei sein, um Mom moralisch zu unterstützen.

»Ach«, meint meine Mutter dann, »vielleicht sollte ich doch Ryder fragen, ob er rüberkommen und bei dir bleiben kann.«

»Auf keinen Fall. Vergiss es. Ich hab dir doch gesagt, ich kriege das hin.«

»Mir gefällt eben der Gedanke nicht, dass du hier ganz allein auf dich gestellt bist. Außerdem fährt Rob in ein paar Tagen nach Jackson und dann ist bei Ryder auch niemand zu Hause. Er könnte sich bei uns im Gästezimmer einquartieren.«

Das meint sie doch wohl nicht ernst! »Wozu der Aufwand, Mom? Da schlafen wir am besten gleich in einem Bett!«

»Och, Schatz, du weißt, dass ich es nicht so meine«, lenkt sie ein. »Aber da fällt mir ein... Keine Jungs im Haus, während wir weg sind. Vor allem nicht *Patrick Hughes*.« Sie sieht mich scharf an und hebt eine ihrer blonden Augenbrauen. »Ich musste mir gestern stundenlang Cheryl Jacksons Gerede über euch beide anhören, wie sehr sie sich wundert, dass ich dir den Umgang mit ihm erlaube.«

»O Gott! Warum hörst du dieser Frau überhaupt zu? Ich schwöre dir, du brauchst dir wegen Patrick keine Sorgen zu machen. Ich halte mich an die Regeln, Ehrenwort. Außerdem habe ich neben Schule und Cheerleading und Theatergruppe...«

»Du sprichst für das Theaterstück vor?«

»Ich glaube schon. Das mache ich doch immer.« Eins der Dinge, die Morgan, Lucy und ich schon immer gemeinsam unternommen haben. Lucy ergattert jedes Mal eine gute Rolle, während Morgan und ich eher wie ein Teil der Kulisse auf der Bühne herumstehen. Wir haben trotzdem einen Heidenspaß.

Mom nickt. »Bitte übernimm dich nicht. Es wäre schlimm, wenn du gerade zum jetzigen Zeitpunkt in der Schule absacken würdest.«

»Ich weiß, ich weiß. Mach dir keine Sorgen.«

Das Knirschen von Reifen in der Auffahrt kündigt Dads Rückkehr an. Ich atme hörbar aus, kann es gar nicht erwarten, dass sie endlich weg sind, und fürchte mich doch gleichzeitig davor.

Mom schließt mich in die Arme. »Ach, Liebes. Bist du sicher, dass du alles schaffen wirst?«

»Ich kriege das hin«, wiederhole ich mit einem Kloß im Hals. »Nur ... passt gut auf Nan auf, okay?«

Sie lässt mich los, tritt zurück und wischt sich die Augen. »Lou hat gesagt, sie würde ab und zu vorbeischauen, aber falls du etwas brauchst, kannst du mich oder Daddy jederzeit anrufen, das weißt du ja – Tag und Nacht.«

Ich bringe nur ein Nicken zustande.

»Und wenn es hier im Haus irgendwelche Probleme gibt, ruf sofort Ryder an. Er kommt dann bestimmt rüber und ...«

»Aber gerade hast du noch gesagt, keine Jungs«, argumentiere ich stur.

Sie sieht mich durchdringend an. »*Außer* Ryder. Nan!«, ruft sie. »Komm, Daddy ist zurück. Wir müssen los.«

»Bin schon da!« Nan poltert mit ihrem Koffer im Schlepptau die Treppe herunter. Wenn man sie so ansieht, käme man niemals auf die Idee, dass sie zur Behandlung eines Gehirntumors in ein Krankenhaus fährt. Sie hat die Haare zu einem Pferdeschwanz gebunden und wirkt strahlend, vergnügt und gesund.

Tränen steigen mir in die Augen. Ich dränge sie zurück.

Nan sieht mich streng an. »Fang jetzt bloß nicht an zu heulen, Jemma. Sonst kriege ich echt die Krise, ohne Scheiß!«

»Pass auf, was du sagst«, mahnt Mom sie, die gerade ihre Reisetasche durch die Haustür zerrt.

Nan verdreht die Augen. »Komm schon her und umarme mich. Keine Abschiedsszene. Das mein ich ernst!«

Ich muss mich auf die Zehenspitzen stellen, um sie zu umarmen. Ihr schneller Herzschlag beweist, dass sie nicht so gelassen ist, wie sie tut, als sie mich fest an sich drückt und gleich wieder loslässt. »Hör mir genau zu«, sagt sie, sobald Mom durch die Tür ist und nichts mehr mitbekommt. »Wenn du dich nicht an der NYU bewirbst, obwohl es das ist, was du wirklich willst, mache ich dir die Hölle heiß.«

Am Samstagvormittag haben wir uns lange unterhalten und ich habe ihr alles erzählt – von Patrick, von der Filmhochschule und dass Mom und Dad gegen meine Bewerbung sind.

»Mach dir um mich keine Sorgen«, fährt sie fort. »Sei der Mensch, der du sein willst, Jemma. Du darfst nicht zulassen, dass Mom und Daddy alles für dich entscheiden, verstanden?«

Ich nicke stumm. Mir sitzt ein dicker Kloß im Hals von all den zurückgehaltenen Tränen.

»Pfadfinder-Ehrenwort?« Sie hält mir die Hand hin und streckt den kleinen Finger aus.

Ich verhake meinen kleinen Finger in ihrem und drücke zu. »Pfadfinder-Ehrenwort.«

Ich folge ihr hinaus auf die vordere Veranda, lehne mich gegen das Geländer und schaue zu, wie das Gepäck im Kofferraum des gemieteten SUVs verstaut wird. Ich hatte meinen Eltern angeboten, sie zum Flughafen in Memphis zu bringen, aber Daddy wollte nicht, dass ich alleine zurückfahren muss. Letztendlich fand er es am sinnvollsten, einen Mietwagen zu nehmen. Schließlich wissen sie ja nicht, wie lange sie fort sein werden. Und es wäre idiotisch, eines unserer Autos auf dem Flughafenparkplatz abzustellen und dort ein Vermögen an Gebühren zu berappen.

Sadie und Beau laufen mit federndem Schritt die Stufen zur Veranda hinauf und lassen sich mit hängenden Zungen neben mir nieder. Ich bücke mich und streichele ihr seidiges Fell.

»Okay, ich glaube, wir haben alles.« Daddy schlägt den Kofferraum zu und kommt zu mir. Er beugt sich herunter, schließt mich kurz in die Arme und gibt mir einen Kuss auf die Wange.

»Ich hab dich lieb, Dreikäsehoch. Wenn irgendwas ist, ruf jederzeit an.«

»Ist gut«, erwidere ich schniefend. »Ich hab dich auch lieb.«

Laura Grace, die hinten neben Nan sitzt, winkt mir zu. »Pass gut auf dich auf, Süße! Ruf meinen Jungen an, wenn du irgendwas brauchst, hörst du?«

»Mach ich.« Ich winke zurück, während Daddy sich hinters Steuer setzt und die Tür zuzieht.

Der Motor springt an und schon sind sie in einer Staubwolke verschwunden. Ich stehe da und schaue ihnen nach, bis das Auto in der Ferne verschwunden ist. »Tja, jetzt sind nur noch wir übrig«, sage ich zu den Hunden. »Und die Katzen«, füge ich hinzu, als Kirk so würdevoll auf die Veranda spaziert, dass sein Namenspatron stolz auf ihn wäre. »Wo ist der Rest deiner Crew?«

Als Antwort miaut Kirk nur einmal kurz, bleibt stehen und dehnt sich.

Vollkommen sorgenfrei. Das muss toll sein.

Weil ich nichts Besseres zu tun habe, hole ich meine Videokamera aus dem Haus. In ungefähr einer Stunde geht die Sonne unter, da kann ich gleich einen Sonnenuntergang für meine Bewerbung filmen. Vielleicht sollte ich dazu rüber zu der alten überdachten Brücke fahren. Zumindest wird mich das von der Tatsache ablenken, dass meine ganze Familie gerade ohne mich auf dem Weg nach Houston ist und dass Nan ...

Stopp. Ich darf nicht weiterdenken. Ich hole tief Luft, um mich zu beruhigen, schnappe mir auf dem Weg nach draußen die Wagenschlüssel, scheuche die Hunde ins Haus und will gerade absperren, als Ryders Durango vorfährt. Ryder stellt den Motor ab und springt aus dem Truck. In der Hand hält er eine kleine Patchworktasche mit Blumenmuster.

»Sind sie schon weg?«, fragt er ganz außer Atem.

»Ja, du hast sie gerade verpasst.«

»Mist. Mom hat das hier auf dem Bett liegen lassen – sie wollte es bestimmt mitnehmen.«

Es sieht aus wie ihr Kosmetiktäschchen. »Oh-oh. Am besten schickst du es ihr nach.«

»Ja, gut. Weißt du, wo sie wohnen?«

»Bei den Prescotts«, antworte ich. Lana Prescott ist eine ehemalige Kommilitonin von Mom und Laura Grace und war in derselben Studentinnenverbindung. »Sie hat ein Gästehaus oder Poolhaus oder so was in der Art. Jedenfalls hat Mom mir die Adresse aufgeschrieben. Die liegt auf dem Küchentresen. Möchtest du mit reinkommen? Dann gebe ich sie dir.«

»Klar, wenn's dir nichts ausmacht.«

Ich öffne die Tür wieder und er folgt mir ins Haus. Natürlich spielen die Hunde verrückt.

»Na, ihr beiden, leistet ihr Jemma Gesellschaft?«, fragt er, beugt sich zu ihnen hinunter und krault sie hinter den Ohren.

Ryder liebt Hunde, aber Laura Grace erlaubt ihm keinen – nicht einmal einen winzig kleinen Schoßhund. Angeblich, weil sie allergisch ist. Ich vermute allerdings eher, sie hat einfach nur Angst vor Hunden. Beau und Sadie sind lammfromm, doch wir müssen sie jedes Mal einsperren, wenn Laura Grace zu Besuch kommt.

»Hier«, rufe ich aus der Küche. »Am Ende der letzten Seite.«

Er kommt herein und nimmt mir die Blätter ab. »Wow. Drei Seiten, hm? Ist das nicht ein bisschen ... übertrieben?«

»Doch, schon. Du kennst ja meine Mom.«

Er zieht sein Smartphone heraus und gibt die Adresse ein. »Es hat mich überrascht, dass du am Samstag auf Joshs Party warst«, beginnt er, den Blick starr auf das Display gerichtet.

»Wieso denn? Alle waren da.«

105

»Ja, aber ... wo doch Nan zu Hause war, hatte ich angenommen, dass du lieber Zeit mit ihr verbringen willst.«

»Ich *habe* Zeit mit ihr verbracht, danke der Nachfrage«, zische ich verärgert. Wie kann er es wagen anzudeuten, ich hätte meine Schwester vernachlässigt? Sie war diejenige, die mich gedrängt hat, zur Party zu gehen, die mir geschworen hat, es wäre ihr unangenehm, wenn ich wegen ihr etwas »verpassen« würde – das waren ihre Worte, nicht meine.

»Du und Patrick habt ja recht innig gewirkt«, sagt Ryder und legt Moms Notizen wieder auf den Küchentresen.

Also hatte ich recht – er hat uns tatsächlich beobachtet.

»Und?«

»Nichts und.« Er zuckt die Schultern. »Es war lediglich eine Feststellung.«

»Als ob du jemals nur etwas *feststellen* würdest. Du und Rosie habt übrigens auch recht ›innig‹ gewirkt. Ich hoffe nur, du machst ihr nichts vor. Du weißt doch, dass sie dich wirklich mag.«

Ein Muskel an seinem Unterkiefer zuckt, als er das Handy wieder in die Hosentasche schiebt. »Du denkst also, zu dieser Art Typen würde ich gehören? Ehrlich, Jem?«

Ich schlucke schwer und kann nicht antworten. Die Wahrheit ist, ich weiß es einfach nicht.

»Bis später«, sagt er kalt und kurz angebunden. Er dreht sich um und verlässt steifbeinig die Küche.

Ich weiß nicht, warum, aber ich folge ihm – die Diele entlang und durch die Haustür bis nach draußen. »Lass mich nicht einfach so stehen«, brülle ich, als er um den Durango herumgeht und die Fahrertür öffnet. »Wenn du mir etwas zu sagen hast, dann immer raus damit.«

Er steigt ein und schlägt die Tür zu, aber ich reiße sie wieder auf. »Na los«, fordere ich ihn heraus und gestikuliere wild.

Anscheinend bin ich kurz vorm Durchdrehen. Vor meinen Augen flimmern weiße Punkte, die Tränen strömen mir über die Wangen. Ich schnappe nach Luft, als würde ich gleich hyperventilieren.

Es hat überhaupt nichts mit Ryder zu tun, fällt mir plötzlich auf. Es ist wegen Nan. Auf einmal wird mir schmerzlich bewusst: Was ist, wenn ich sie nie wiedersehe?

Meine Beine geben unter mir nach und ich sacke zusammen. Irgendwie schafft es Ryder, mich aufzufangen, bevor ich zu Boden gehe. »Verdammt, Jemma! Was hast du?« Er zerrt mich hoch und lehnt mich gegen den Truck. »Mein Gott, jetzt hol mal richtig tief Luft!«

Ich tue, was er sagt. Beim dritten Atemzug hat sich mein Herzschlag wieder halbwegs beruhigt. Nur meine Wangen brennen inzwischen vor Scham. Jetzt habe ich zum zweiten Mal vor Ryder die Fassung verloren. Wahrscheinlich hält er mich für total durchgeknallt – völlig durch den Wind.

»Geh einfach«, flüstere ich mit zitternder Stimme.

Er fährt sich mit den Fingern durchs Haar. »Machst du Witze? Ich kann dich doch in diesem Zustand nicht allein lassen.«

»Geh«, wiederhole ich, dieses Mal eindringlicher. »Steig einfach in den Wagen und fahr nach Hause.«

»Hör auf, Jemma. Du weißt, dass ich das nicht kann.«

»Mir fehlt nichts, versprochen.« Ich straffe die Schultern und hebe das Kinn, bemühe mich, möglichst ruhig, gelassen und geistig vollkommen zurechnungsfähig zu wirken. »Ehrlich, Ryder. Ich muss jetzt nur allein sein.«

»In Ordnung«, meint er kopfschüttelnd. »Wenn du es sagst.«

Ich trete vom Wagen weg. Mir ist etwas flau im Magen, als Ryder einsteigt und den Motor anlässt.

Bevor er wegfährt, lässt er noch einmal das Fenster herunter und sieht mich an. Der Blick aus seinen dunklen Augen ist intensiv, voller widerstreitender Gefühle. Für den Bruchteil einer Sekunde frage ich mich, was wohl in seinem Kopf vorgeht – und ob er mich verurteilt. Ob er irgendeine Ahnung hat, was ich gerade durchmache. Ob es ihn überhaupt interessiert.

»Sie wird wieder gesund, Jemma«, sagt er. Dann setzt er seine Sonnenbrille auf und fährt davon.

Ich glaube, er versteht mich irgendwie doch.

AKT I
Szene 11

Fünf Tage später sitze ich an meinem Schreibtisch, starre auf meinen Laptop und warte darauf, dass die Videoschnitt-Software hochfährt. Ich habe eine Menge neues – und gutes – Material gedreht. So ziemlich alle historischen Sehenswürdigkeiten im County und dazu die wichtigsten Wahrzeichen von Magnolia Branch. Ich bin mir immer noch nicht ganz sicher, was ich mit all dem anfangen werde – zum Beispiel mit welcher Rahmenhandlung ich die einzelnen Sequenzen verbinde –, aber das Projekt hat sich die letzten paar Tage als perfekte Ablenkung erwiesen.

Denn die Nachrichten aus Houston waren alles andere als ermutigend. Nans Tumor ist seit den letzten Untersuchungen beängstigend schnell gewachsen. Die Ärzte haben für Anfang nächster Woche einen Operationstermin festgesetzt – eine Kraniotomie, was bedeutet, dass sie ihr den Schädel öffnen werden.

Und als wäre das nicht alles schon schlimm genug, braut sich außerdem ein gewaltiger Hurrikan – einer der letzten der Saison – im Golf von Mexiko zusammen. Man kann noch nicht vorhersagen, welche Richtung er einschlagen wird, doch es besteht die Möglichkeit, dass er als Wirbelsturm der Kategorie eins oder zwei auf die Küste von Mississippi treffen und sich dann genau über Magnolia Branch hinweg langsam landeinwärts bewegen wird.

Natürlich kriegen meine Eltern die Krise. Es besteht keine

Möglichkeit, den Termin von Nans OP zu verschieben. Meine Schwester muss jetzt operiert werden, sonst könnte der Tumor noch mehr Schaden anrichten. Zunächst hat Daddy überlegt, für ein paar Tage nach Hause zu fliegen, aber da man nicht weiß, in welche Richtung der Sturm ziehen wird, wäre es einfach zu gefährlich.

Stattdessen mailt Dad mir nun seitenweise Notfall-Anweisungen, sicher ist sicher. Ich war schon bei Wally World, habe mich mit lebenswichtigen Dingen wie Toilettenpapier, Mineralwasser und Batterien eingedeckt und die Vorräte an haltbaren Lebensmitteln wie Dosensuppen und Spaghetti mit Tomatensoße aufgestockt. Aber jetzt soll ich noch mal hinfahren und so Ausrüstungsgegenstände wie Plastikplanen, Sandsäcke und Petroleum für die Sturmlaternen besorgen. Dabei ist hier schon jetzt die reinste Panik ausgebrochen, obwohl der Hurrikan erst in einigen Tagen erwartet wird. Morgen nach dem Cheerleading-Training muss ich mich also wieder ins Getümmel stürzen, um den Rest von Daddys Liste einzukaufen. Vielleicht überrede ich Lucy und Morgan mitzukommen.

Wie dem auch sei, ich versuche, nicht zu viel über den Sturm nachzudenken. Okay, ich habe schon das Gefühl, ich müsste rund um die Uhr den Wetterkanal gucken, aber das mache ich eigentlich sowieso immer. Was soll ich sagen? Ich sehe mir eben gern die Wetterberichte an. Und okay, vielleicht schwärme ich auch ein klitzekleines bisschen für Jim Cantore. Doch damit bin ich schließlich in bester Gesellschaft.

Mein knurrender Magen erinnert mich daran, dass die Abendessenszeit schon lange vorbei ist. Vor ein paar Stunden hat Lou mir eine Auflaufform Lasagne vorbeigebracht – die vermutlich inzwischen kalt ist. Am besten backe ich sie zusammen mit dem halben Baguette von gestern im Ofen auf. Ich habe bereits eine

Gurke aus Moms Gemüsegarten mit Essig angemacht und den fertigen Salat zum Durchziehen in den Kühlschrank gestellt.

Als ich mich wieder dem Bildschirm zuwende, entfährt mir ein Seufzer. Was hat es denn überhaupt für einen Zweck, meine Bewerbungsmappe für die NYU fertigzustellen? Selbst wenn sie mich dort annehmen, meine Eltern lassen mich sowieso nicht hingehen. Letzten Endes wird die Enttäuschung bloß noch größer. Eigentlich sollte ich mich einfach in mein Schicksal fügen, das aus einem staatlichen College, Phi Delta und Debütantinnenbällen bestehen wird. Und danach lande ich wahrscheinlich wieder hier in Magnolia Branch. O Mann, wahrscheinlich erbe ich auch noch das Haus, falls meine Eltern sich entschließen, genau wie ihre eigenen Eltern im Alter an die Küste zu ziehen. Nan will es nämlich nicht, sie möchte nicht ihr ganzes Leben hier festsitzen.

Mom und Dad würden es niemals verkaufen – und ehrlich gesagt würde ich das auch nicht wollen. Es ist Teil unseres historischen Erbes. Ich liebe dieses Haus mit allem Drum und Dran. Ich könnte mir durchaus vorstellen, den Rest meines Lebens hier zu verbringen. Allerdings hätte ich nur gern die Möglichkeit... ich weiß auch nicht... mir ein wenig den Wind um die Nase wehen zu lassen, bevor ich mich endgültig niederlasse. Wenn ich schon in Magnolia Branch ende, dann, weil ich mich freiwillig dafür entschieden habe. Ist das wirklich zu viel verlangt?

Die Türklingel reißt mich aus meinen Gedanken. Während ich die Treppe hinunterlaufe, frage ich mich, wer um alles in der Welt wohl um diese Uhrzeit unangemeldet vorbeischaut. Es ist zwar noch nicht mitten in der Nacht, aber morgen ist immerhin Schule.

Die Hunde spielen verrückt und rennen aufgeregt vor der Eingangstür im Kreis. Ich brauche ein oder zwei Minuten, um sie fortzuscheuchen und wegzusperren, bis ich wieder in die Diele trete.

»Jemma!«, höre ich eine gedämpfte Stimme, gefolgt von gegen die Tür hämmernden Fäusten. »Nun mach schon auf, ich muss dringend aufs Klo!«

Ich entriegele die Tür und reiße sie auf. »Was willst du denn hier, Patrick?«, frage ich mit finsterer Miene.

»Hallo, Jem«, lallt er und lehnt sich gegen den Türrahmen. Ganz offensichtlich ist er betrunken. Seine Bierfahne macht mich ganz benommen. »Äh, könnte ich mal euer Bad benutzen?«

Ich trete zur Seite und winke ihn herein. »Gut, aber mach schnell.«

»Keine Jungs« war die strikte Anweisung meiner Eltern – vor allem nicht Patrick. Normalerweise halte ich mich an Regeln, so bin ich nun mal. Also muss er wieder gehen.

Einige Minuten später kommt er schwankend aus dem Badezimmer. »Puh, so ist's besser«, nuschelt er. Mit dem Ellbogen stößt er gegen Moms Vase auf dem Tisch in der Diele. Sie fällt auf den Boden und zerbricht in tausend Scherben. Na toll. Das war eine von ihren Lieblingsvasen.

»Uups«, ist Patricks einziger Kommentar. Und dann bricht er in hysterisches Gelächter aus, als wäre es das Lustigste, was er je erlebt hat.

»Okay, Zeit für dich zu gehen.« Ich packe ihn bei den Schultern und schiebe ihn zur Tür.

»Och nö, ich bin doch gerade erst gekommen, Jem. Die Nacht ist noch jung. Wir könnten doch ein bisschen Spaß zusammen haben.« Er drängt mich gegen die Wand und schaut mit einem seltsam kalten Blick auf mich herab.

Ich tauche unter seinem Arm durch. »Im Ernst, Patrick, du musst gehen. Keine Jungs im Haus, solange meine Eltern weg sind – ich hab's dir gesagt. Ich werde schon genug Ärger wegen der kaputten Vase kriegen.«

»Was deine Mom nicht weiß, macht sie nicht heiß, oder?« Er beugt sich vor, um mich zu küssen, aber ich trete einen Schritt zur Seite, und er knallt mit der Stirn gegen die Wand. So gegen die Wand gelehnt, bleibt er ein paar Sekunden stehen, um sich wieder zu fangen. »Ach, komm schon, Jemma«, sagt er schließlich und greift kraftlos nach meiner Hand. »Das ist doch *die* Gelegenheit. Deine Eltern werden nie erfahren, dass ich über Nacht geblieben bin.«

»Du gehst mir echt auf die Nerven, weißt du das? Du kommst stinkbesoffen hierher, zerbrichst Moms Vase und bietest nicht mal an, die Sauerei wegzuräumen. Und dann erwartest du, dass ich mit dir *schlafe*?« Ich schüttele den Kopf. »Ich hab wirklich keine Lust auf deinen Scheiß, Patrick. Geh, bevor Ryder noch deinen Wagen in der Auffahrt sieht.«

»Ach, wartest du etwa auf Ryder?«, lallt er. »Er soll wie der strahlende Ritter auf seinem weißen Pferd herbeireiten und dich retten? Ist es das, was du dir wünschst? Vielleicht hältst du mich ja deswegen hin. Du willst dich für *ihn* aufsparen.«

Seine Augen sind glasig, sein Blick geht hin und her. In diesem Zustand kann ich ihn bestimmt nicht nach Hause fahren lassen.

Mist.

Ohne auf sein betrunkenes Gebrabbel zu achten, packe ich ihn bei der Hand und ziehe ihn ins Wohnzimmer, wo ich ihn in Richtung des samtbezogenen Sofas schiebe. »Komm, Patrick, du musst dich hinlegen. Ich rufe jemanden an, der dich abholt.« Sobald Patrick mit seinen Knien gegen die Sofakante stößt, geben die Kissen unter ihm nach, und er sinkt halb auf den Boden, halb aufs Sofa. Plötzlich gibt er würgende Geräusche von sich,

ich ziehe hastig meinen Kapuzenpulli aus und schiebe ihn unter sein Gesicht. »Also eins sag ich dir, wenn du mir aufs Sofa kotzt, bringe ich dich um!«

Gott sei Dank tut er's nicht. Stattdessen beginnt er leise zu röcheln, als wäre er total weggetreten. Ich laufe nach oben, hole mein Handy aus meinem Zimmer und überlege, wen ich anrufen könnte. Am besten Ryder, er wohnt gleich die Straße rauf und wäre in ein paar Minuten hier.

Und wenn er es seiner Mom erzählt? Natürlich könnte ich ihn bitten, nichts zu verraten, doch dann sieht es so aus, als hätte ich was Verbotenes getan, als hätte ich wirklich etwas zu verbergen. Aber es ist schließlich nicht meine Schuld, dass Patrick unangemeldet vor der Tür stand.

Im Geist gehe ich die anderen Optionen durch. Ein Anruf bei Ben oder Mason würde auf dasselbe hinauslaufen wie bei Ryder. Sie sind seine besten Freunde. Sie würden es ausposaunen. Ich könnte Tanner bitten. Er ist immerhin mein Cousin, also könnte ich an seine Loyalität als Verwandter appellieren und ihn zu Stillschweigen verpflichten. Das Problem dabei ist, dass Tanner am anderen Ende der Stadt wohnt, so weit weg, wie es innerhalb von Magnolia Branch nur möglich ist. Es würde bedeuten, einen bewusstlosen Patrick, der sich vielleicht gleich übergibt, mindestens weitere zwanzig Minuten hier liegen zu haben, bis er abgeholt wird.

Nein. Das will ich nicht. Mit einem resignierten Seufzer wähle ich Ryders Nummer.

Genau sieben Minuten später klopft er an die Tür. Ryder, der Retter in der Not. Ich widerstehe dem Drang, mich suchend nach seinem weißen Pferd umzuschauen.

»Okay, wo ist er?«, fragt er stirnrunzelnd. Sein Haar ist nass, das T-Shirt klebt ihm feucht am Körper. Mit meinem Anruf habe ich ihn entweder aus der Dusche oder aus dem Pool gescheucht. Wahrscheinlich aus dem Pool, dem schwachen Chlorgeruch nach zu urteilen.

Ich deute mit dem Daumen Richtung Wohnzimmer. »Dort drin. Auf dem Sofa. Völlig weggetreten.«

Er sieht mich scharf an. »Du hast aber nichts getrunken, oder?«

Am liebsten würde ich ihm eine Ohrfeige verpassen, kann mich jedoch gerade noch beherrschen. »Ich habe oben in meinem Zimmer gearbeitet, als er plötzlich vor der Tür stand. Was denkst du eigentlich?«, schimpfe ich los, gefolgt von einem leisen »Blödarsch!«

Er zieht die Augenbrauen zusammen. »Wie war das?«

»Nichts. Los. Schaff ihn weg, bevor er hier noch eine Sauerei anrichtet.«

»Was ist mit seinem Auto?«

Ich zucke die Achseln. »Ich fahre es morgen zur Schule und lasse mich auf dem Rückweg von Lucy mitnehmen.«

»Ich fahre dich heim«, bietet er an. Nein, ich muss mich korrigieren: Er stellt es fest, in einem arroganten, befehlsgewohnten Tonfall. »Wir müssen ja sowieso noch Plastikplanen und Sandsäcke und so besorgen.«

»Woher weißt du ...?« Ich beende den Satz nicht, weil es mir dämmert. »Mein Dad hat dir eine E-Mail geschickt, was?«

»Mich angerufen, um genau zu sein. Wir erledigen es morgen nach der Schule. Nein, nach dem Training.«

»Ja, gut. Wie auch immer.« Offen gestanden fand ich die Aussicht, Sandsäcke zu schleppen, nicht gerade verlockend. Ich wusste nicht einmal, ob sie in meinen kleinen Fiat passen würden. Problem gelöst.

Aber zunächst zu meinem anderen Problem – dem auf meinem Sofa.

AKT I

Szene 12

Es dauert eine Weile, bis ich Ryder nach dem Cheerleading-Training ausfindig mache. Schließlich entdecke ich ihn auf der großen Grasfläche neben dem Parkplatz, zusammen mit Mason und Ben, wo sie einen Football zwischen sich hin und her werfen.

»Ich dachte, wir treffen uns an der Sportarena«, rufe ich ihm zu, als ich auf die drei zusteuere.

Er dreht sich nicht mal um. »Nö, ich bin ziemlich sicher, dass ich Parkplatz gesagt habe.«

»Du hast definitiv Sportarena gesagt«, widerspreche ich. Warum kann er nie zugeben, wenn er unrecht hat?

»Meine Güte, Sportarena oder Parkplatz, was macht das für einen Unterschied?«, fragt Mason. »Entspann dich mal!«

Ich werfe ihm einen wütenden Blick zu. »Ach, Mason. Weißt du noch, als du lange Haare hattest und alle dachten, du wärst ein Mädchen?«

Ryder gluckst, während er einen perfekten Spiral in Masons Richtung wirft. »Eins zu null für sie.«

»Hey, auf welcher Seite stehst du eigentlich?« Mason fängt den Ball und drückt ihn an seine Brust, dann schleudert er ihn zu Ben. Ich stehe nur da und schaue zu, wie die Jungs zu dritt Ball spielen. Hatten sie heute nicht schon genug Football?

Ich sehe auf meinem Handy nach, wie spät es ist. »Wir sollten jetzt fahren.«

»Ja, wahrscheinlich«, sagt Ryder mit einem übertriebenen Seufzer, als müsste er mir einen lästigen Gefallen tun oder so. Was besonders deshalb so ärgerlich ist, weil schließlich er darauf bestanden hat, dass ich mit ihm heimfahre.

Ben joggt zu mir herüber, den Football unter den Arm geklemmt. »Wo wollt ihr denn hin? Boah, bist du verschwitzt.«

Ich verschränke die Arme über meinem feuchten T-Shirt. »Hey, Mädchen aus dem Süden schwitzen nicht. Sie glühen.«

Ben schnaubt verächtlich. »Sagt wer?«

»Sagt Ryders Mom«, entgegne ich grinsend. Das ist einer von Lauras Lieblingssprüchen – bei dem Ryder jedes Mal zusammenzuckt.

»Zum Baumarkt«, antwortet Ryder und schnappt sich den Ball von Ben. »Wir müssen Ausrüstung für den Sturm besorgen – Sandsäcke und solche Sachen. Wollt ihr mitkommen?«

»Nö, ich passe.« Mason rümpft die Nase. »Ich möchte nicht mit Jemma im Truck eingepfercht sein, wenn sie so *glüht* wie jetzt.«

»Alle dachten, du und Morgan seid Zwillingsschwestern«, sage ich mit einem Grinsen. »Weißt du noch, Mason? Ist das nicht einfach *süß*?«

»Ich komme mit«, schaltet Ben sich ein. »Wenn ihr Sandsäcke kauft, braucht ihr jemanden, der euch beim Einladen hilft.«

»Danke, Ben. Wenigstens einer mit Manieren.«

»Schau nicht hin, Ryder, da drüben steht dein allergrößter Fan.« Mason nickt mit dem Kopf zum Schulgebäude in der Ferne. »Sie muss dich gewittert haben. Schnell, lauf weg.«

Als ich mich umblicke, erkenne ich Rosie auf dem Gehweg vor dem Schulportal. Sie sieht sich hoffnungsvoll um.

»Hey!«, ruft Mason und winkt mit beiden Armen über seinem Kopf. »Er ist hier drüben.«

Ryders Wangen laufen puterrot an. Er starrt auf den Boden, seine Kiefer mahlen erregt.

»Hör auf, Mann«, sagt Ben und stößt Mason mit dem Ellenbogen in die Seite. »Sei nicht so ein Arsch.« Er schnappt sich den Football und steuert auf Ryders Durango zu. »Fahren wir. Der Baumarkt schließt bestimmt um sechs.«

Schweigend folgen Ryder und ich ihm zum Truck, Ben springt nach vorne auf den Beifahrersitz, ich gehe nach hinten auf die Rückbank. Wir werfen keinen Blick zurück, um festzustellen, ob Rosie zu uns rüberkommt.

Die Sache ist nämlich die – ich habe immer vermutet, dass *Ben* etwas für Rosie übrig hat. Auch wenn er es sich nie hat anmerken lassen. Ist ja sowieso sinnlos, wenn man bedenkt, wie verschossen Rosie in Ryder ist. Ich bezweifle, dass sie Ben überhaupt zur Kenntnis genommen hat, ihr Pech, denn er ist echt ein toller Typ.

»Hey!«, schreit Rosie hektisch winkend. »Ryder! Warte!«

Ich starre ihn vorwurfsvoll im Rückspiegel an, als er den Motor anlässt und aus der Parklücke zurückstößt.

Für mich liegt klar auf der Hand, dass er Rosie etwas vorgemacht hat. Auf Joshs Party hat er mit ihr rumgeknutscht und jetzt lässt er sie links liegen. Als ich ihn neulich darauf ansprach, ist er natürlich wütend geworden und hat alles aufs Heftigste geleugnet. Aber das ist typisch Ryder.

Ich drehe mich auf dem Sitz herum und sehe, wie Rosie die Arme sinken lässt. Die Enttäuschung steht ihr ins Gesicht geschrieben. Gott, ich hoffe, sie kommt irgendwie nach Hause. Rasch suche ich den fast leeren Parkplatz nach ihrem Auto ab und atme erleichtert auf, als ich es neben der Turnhalle entdecke.

»Tja«, sagt Ben und klopft sich mit den Fingern auf die Oberschenkel, »dann passt Ryder wohl während des Sturms auf dich auf. Auf das Haus und alles?«

»Ich habe es ihrem Dad versprochen«, antwortet Ryder.

Sonst gäbe es ja auch weiß Gott keinen Grund, warum er etwas Nettes für mich tun sollte. Unwillkürlich verdrehe ich die Augen.

»Ich wohne zwar nicht bei dir um die Ecke wie Ryder, aber wenn du was brauchst, melde dich, ja? Es macht mir nichts aus, zu dir rauszufahren.«

»Danke, Ben«, sage ich und tätschele ihm die Schulter. »Das ist lieb von dir.«

Und dann stellt Ryder das Radio an. Die laute Country-Musik macht eine Unterhaltung unmöglich.

Das soll wohl heißen, dass das Gespräch beendet ist. Von mir aus.

* * *

LETZTE MELDUNG ZUM TROPENSTURM flimmert es bedrohlich über den Bildschirm und ich greife zur Fernbedienung und stelle den Ton lauter. Der Tropensturm Paloma wurde jetzt offiziell zum Hurrikan erklärt, verkündet der örtliche Meteorologe – für meinen Geschmack ein bisschen zu euphorisch. Momentan wird er als Hurrikan der Kategorie eins eingestuft, aber man geht davon aus, dass er sich zur Kategorie zwei entwickelt, noch bevor er auf Land trifft.

Na toll.

Nach amerikanischen Berechnungen wird er westlich von Pensacola, Florida, auf Land treffen, nach europäischen in Gulfport, Mississippi. Klingt ganz so, als müsste man es auswürfeln, nur dass sie Jim Cantore nach Gulfport schicken, und jeder weiß, was das bedeutet.

Für die Mississippi-Küste sieht es zappenduster aus.

Besorgniserregend ist nicht so sehr die Sturmstärke – auch ein Hurrikan der Kategorie zwei wäre nicht übermäßig schlimm –, sondern eher seine enorme Größe und wie langsam er sich vorwärts bewegt. Schon jetzt, Tage vor seiner Ankunft, hat sich der Himmel mit einem schmutzigen Grau überzogen und dabei sind wir fast sechs Stunden von der Küste entfernt. Das Satellitenbild im Fernsehen sieht beängstigend aus. Er ist einfach gigantisch.

Die Anrufe meiner Eltern werden immer hysterischer. Erst wollten sie, dass ich mit Sack und Pack nach Magnolia Landing ziehe. Das Haus der Marsdens ist stabiler gebaut, meinen sie, und weiter vom Fluss entfernt, sodass es nicht so leicht überschwemmt wird. Dort haben wir viel bessere Aussichten, alles unbeschadet zu überstehen.

Doch das würde bedeuten, die Hunde und Katzen mitzunehmen, und Laura Grace duldet keine Tiere in ihrem Haus, sie müssten also in die Garage. Außerdem wäre unser Haus dann unbeaufsichtigt. Deshalb hat Ryder vorgeschlagen, hierherzukommen und mit mir gemeinsam dem Sturm zu trotzen. Falls er uns überhaupt trifft – obwohl es immer mehr danach aussieht, als würde aus der bloßen Möglichkeit bittere Realität werden.

Und wir müssen uns nicht nur wegen des Hurrikans Sorgen machen – oder was davon noch übrig ist, wenn er bei uns ankommt. Solche Stürme lösen häufig Tornados aus. Ich bin schon dabei, die Abstellkammer unter der Treppe zu einem Tornadoschutzraum umzufunktionieren, nur für alle Fälle. Sie ist lang und schmal und ziemlich geräumig. Ich habe sie mit Schlafsäcken, Kissen und batteriebetriebenen Lampen ausgestattet, dazu einigen Snacks und einem Kasten Mineralwasser. Wenn die Tornadosirenen losgehen, bin ich gerüstet.

»Bewohner im Norden an der Grenze zu Tennessee sollten

sich auf orkanartige Böen einstellen«, liest der Ansager gelang-
weilt ab. »Sichern Sie lose Gegenstände wie Mülleimer und Gar-
tenmöbel, damit sie sich nicht in Geschosse verwandeln. Rich-
ten Sie sich auf mögliche Stromausfälle und auf verschmutztes
Trinkwasser ein. Legen Sie sich einen Vorrat regelmäßig benötig-
ter Medikamente an und füllen Sie Ihre Hausapotheke auf.«

Ich stelle den Ton ab, weil ich mir dieses düstere Weltunter-
gangsgeschwafel nicht länger anhören kann. Mein Handy piept
und ich checke es. Eine SMS von Lucy.

Sieht ganz so aus, als hätten wir Montag schulfrei. Jippie!

Auf solche Informationen von Lucy kann man sich in der
Regel verlassen, weil sie neben Mrs Crawford wohnt, der Direktorin der Magnolia Branch High.

*Juhu! Da kann ich zu Hause sitzen und den ganzen Tag den Wet-
terkanal gucken!*, schreibe ich zurück.

*Dies ist eine offizielle Anordnung – Schalten Sie den Fernseher
aus! Sofort!*

Ich muss laut lachen. Das ist typisch Lucy.

*Meine Mom macht sich Sorgen um dich. Sie möchte, dass du
deine Sachen packst und zu uns kommst.*

*Kann nicht. Aber Ryder kommt hierher, wenn es ganz schlimm
wird.*

Lucys Antwort ist nur eine Zeile mit Smileys.

Nicht witzig, simse ich zurück, obwohl es das doch ist.

*Ihr könnt dann ja schon mal euer Hochzeitsmenü planen. Die
Tischwäsche aussuchen. Und all das*, schreibt sie, gefolgt von einem
weiteren Smiley.

Ich sehe mit gerunzelter Stirn auf mein Handy. *Auch nicht
witzig.*

*Themenwechsel – gehst du morgen zu Morgans Schönheitswett-
bewerb?*

Findet der denn statt? Ich hatte irgendwie erwartet, dass sie ihn wegen der Unwetterwarnung abblasen würden.

Ja, leider schon.

Gott sei Dank ist es nur ein Bezirkswettbewerb – die Vorauswahl für den landesweiten Junior-Miss-Wettbewerb, glaube ich –, wir müssen also nur ins Ford Center nach Oxford.

Dann ja, antworte ich. *Soll ich fahren?*

Lucy meldet sich nicht sofort zurück. Ich nehme an, ihr ist was dazwischengekommen, deshalb stelle ich den Ton des Fernsehers wieder an. Eher keine so gute Idee. Jetzt sprechen sie darüber, dass der Sturm während der Flut eintreffen und großflächige Überschwemmungen verursachen könnte. Sie zeigen alte Berichte über den Hurrikan Katrina, was absolut unnötig ist – wir wissen alle nur zu gut, was Katrina angerichtet hat.

Gähnend sehe ich auf die Uhr. Es ist schon spät. Heute war ein langer Tag – erst die Schule, dann das Football-Spiel. Ich sollte bald ins Bett gehen.

Endlich, nach fünf Minuten, piept mein Handy wieder. *Klar. Holst du mich gegen zwölf ab?*

Bis dann, tippe ich und nehme mir vor, beim Entenjagdverein wegen des Tontaubenturniers am Samstag anzurufen. Wahrscheinlich wird es verschoben, aber man weiß ja nie. An dem Turnier nehme ich schon teil, seit ich dreizehn bin – und habe jedes Mal gewonnen.

Eine Tatsache, die den alteingesessenen Jägern immer unglaublich stinkt. All die Jungs und ihre Daddys treten super ausstaffiert mit Tarnklamotten an, um es dieser Göre zu zeigen, die es wagt, ihre Männlichkeit anzugreifen.

Und ich gebe es zu, es macht mir Spaß, sie ein bisschen zu ärgern. Ich habe die letzten Jahre absichtlich ein möglichst mädchenhaftes Outfit angezogen – meistens ein leichtes Sommerkleid mit Blümchenmuster, dazu Cowboystiefel. Das macht sie wahnsinnig. Wenn sie schon von einem Mädchen geschlagen werden, dann bitte von einem burschikosen mit Latzhose und Flanellhemd. Dämliche Machoschweine.

Ich checke noch einmal mein Handy, weil mir plötzlich einfällt, dass ich von Nan seit Tagen nichts gehört habe. Natürlich halten meine Eltern mich regelmäßig auf dem Laufenden, aber das ist nicht dasselbe. Die meiste Zeit ist Nan ganz optimistisch. Sie mag ihre Chirurgen, sagt sie – ein Neurochirurg und ein Neurootologe, was immer das Zweite sein soll. Sie versucht sich zu entspannen und es locker zu nehmen. Mit Mom und Dad unternimmt sie Museumsbesuche und kleine Ausflüge – ins Johnson Square Center oder nach Galveston. Trotzdem, sie muss doch Angst haben so kurz vor der Operation.

Ich schalte den Fernseher aus und lasse die Hunde raus, damit sie noch einmal ihr Geschäft erledigen. Und wenn ich dann bettfertig bin, schicke ich Nan eine SMS, um zu schauen, ob sie noch wach ist.

✳ ✳ ✳

Wir haben dann am Montag doch nicht schulfrei. Stattdessen heißt es, dass wir schon mittags nach Hause dürfen. Doch jetzt, eine Stunde vor Schulschluss, zeichnet sich ab, dass das womöglich eine schlechte Entscheidung war.

Das Wochenende ist relativ ereignislos verlaufen. Morgan hat wenig überraschend ihren Wettbewerb gewonnen und mein Tontaubenturnier wurde wie vorhergesehen abgesagt. Das Wetter verschlechterte sich zusehends und gestern spätabends hat der Wind besorgniserregend aufgefrischt. Deshalb habe ich kaum geschlafen.

Gähnend blicke ich zum Fenster, wo der Regen an die Scheibe

peitscht. Der Himmel ist von einem dunklen, unheilschwange-
ren Grau – fast schon grünlich. Mir schnürt sich der Magen zusammen. Am liebsten würde ich nach Hause fahren und mich
verkriechen. Heute bringen wir sowieso nicht viel zustande. Gerade sitzen wir im Klassenzimmer und stellen eine Kandidatin
für den Homecoming-Hofstaat auf. Morgan war seit der Neunten jedes Jahr die Hofdame unseres Jahrgangs, deshalb ist sie die
haushohe Favoritin für die Wahl der Homecoming Queen. Die
Nominierungen sind eher Formsache. Die Frage ist nur, wen
wählt sie als Begleiter?

Vielleicht ihren Bruder. Das ist genauso wahrscheinlich wie
jeder andere. Von ihr gibt es dazu keinen Kommentar, das
brächte bloß Unglück für ihre eigene Wahl.

Jedenfalls soll jeder drei Namen auf den Zettel schreiben und
das Mädchen mit den meisten Stimmen wird dann die Kandidatin aus unserer Klasse. Anschließend wählt der ganze Jahrgang.
Die Gewinnerin wird die Homecoming Queen, die Zweite Hofdame des zwölften Jahrgangs.

Für die Zweite kommt so gut wie jede infrage, trotzdem würde
ich mein Geld – im übertragenen Sinn natürlich – auf Jessica
Addington verwetten, zumal sie und Mason inzwischen anscheinend ein Paar sind. Jessica ist an sich schon ziemlich beliebt,
aber durch die Verbindung mit Mason ist ihr Ansehen noch um
einiges gestiegen.

Das einzige Problem dabei ist, dass Mason nicht Begleiter von
beiden werden kann.

Ich schreibe Jess' Namen unter die von Morgan und Lucy und
lege den Wahlzettel umgedreht auf den Tisch, als ein heftiger
Donner die Fensterscheibe zum Klirren bringt. Mrs Blakely,
meine Klassenlehrerin, blickt finster zum Lautsprecher der
Sprechanlage.

»Sie sollten jetzt wirklich alle nach Hause schicken«, murmelt sie. »Das wird allmählich lächerlich.«

Aber wenn wir bis Mittag dableiben, wird es als ganzer Schultag gewertet, und wir müssen ihn nicht am Schuljahresende dranhängen. Ich nehme an, deshalb halten sie uns hier fest, während sich die Wetterbedingungen alarmierend schnell verschlechtern.

Wie aufs Stichwort knistert es in der Sprechanlage.

»Das ist eine Durchsage an alle Schüler und Lehrer«, hören wir unsere Direktorin. »Aufgrund der Wetterverhältnisse endet der Unterricht heute um elf Uhr fünfzehn.«

Also in fünf Minuten, wie mir ein Blick auf die Uhr an der Wand sagt.

»Bitte beenden Sie unverzüglich alle Aktivitäten in den Klassenräumen. Danke und kommen Sie gut nach Hause.«

»Also, ihr habt es gehört«, sagt Mrs Blakely. »Gebt eure Wahlzettel ab, dann könnt ihr gehen.«

Alle stehen auf und trotten mit bangen Mienen nach vorne. Wie sollen wir bei diesem Wetter gut nach Hause kommen?

Am meisten tun mir diejenigen leid, die zu Fuß heimgehen müssen. Besorgt werfe ich einen Blick zu Francie Darlington. Sie wohnt nur ein paar Straßen von der Schule entfernt, aber sie wird klatschnass werden. Ich beeile mich, um sie auf dem Weg zur Aula einzuholen.

»Hey, Francie!«, rufe ich. »Warte mal. Soll ich dich mitnehmen?«

Sie dreht sich um und lächelt mich hocherfreut an. »Ja! Danke. Es ist irre da draußen.«

»Ja, oder? Schon bis wir im Auto sitzen, werden wir bis auf die Haut durchnässt sein. Warte, ich muss noch zu meinem Spind.« Ich blicke hinüber zu der Reihe orangefarbener Metallkästen, die die Wand säumen.

»Ich auch. Sollen wir uns in fünf Minuten am Wasserspender treffen?«

Ich nicke. »Klingt gut.«

Francie und ich sind keine richtigen Freundinnen – wir haben völlig unterschiedliche Cliquen. Aber sie ist nett. Und klug. Früher in der Grundschule waren wir zusammen im Ballett. Jetzt trägt sie meistens Schwarz und hört düstere Bands wie Evanescence und die Black Veil Brides und gelegentlich färbt sie sich knallbunte Strähnen ins Haar. Ich habe sie immer dafür bewundert, wie sie einfach sie selbst ist.

Wir trennen uns, ich laufe zu meinem Spind und fummele hektisch am Schloss herum. Erst nach mehreren Versuchen kriege ich es auf. Ich weiß gar nicht, was ich eigentlich mitnehmen soll – keine Ahnung, ob wir morgen oder übermorgen Schule haben. Ich beschließe, für alle Eventualitäten vorzusorgen, und stecke sämtliche Schulbücher in meinen Rucksack. Der ist so vollgestopft, dass ich den Reißverschluss gar nicht ganz zukriege.

»Hallo, brauchst du Hilfe?«

Als ich mich umdrehe, steht Patrick, an die Spinde gelehnt, vor mir. »Nö, geht schon.« Ich hieve mir den Rucksack auf den Rücken und versuche, nicht unter seinem Gewicht zu stöhnen.

»Ich wollte mich nur noch einmal für neulich entschuldigen.« Er streicht mir eine Haarsträhne aus den Augen und lässt seine Finger noch ein bisschen auf meinem Gesicht verweilen. »Ich hatte wohl ein bisschen zu viel getrunken.«

»Ach ja?«, sage ich scharf. Zu allem Überfluss ist mir am nächsten Morgen, als ich mit seinem Auto zur Schule fuhr, beim Einbiegen auf den Magnolia Landing Drive auch noch Lou begegnet, die auf dem Weg zu den Marsdens war. Es ist nämlich so – an unserer Straße stehen nur zwei Häuser, ihres und unseres. Es gibt nur eine Zufahrt, und ich bin ziemlich sicher, dass Lou Patricks Auto erkannt hat. Ich meine, wie viele Kids in Magnolia Branch fahren schon ein bonbonrotes BMW-Cabrio? Für sie muss es so ausgesehen haben, als hätte Patrick sich nach einer Nacht zügelloser Ausschweifungen im Morgengrauen aus unserem Haus geschlichen. Wenn sie das Laura Grace erzählt, bin ich geliefert.

Inzwischen ist mir klar geworden, dass er den ganzen Ärger nicht lohnt. Sicher, er ist schon süß, und auch sein Bad-Boy-Image ist irgendwie aufregend. Aber ... das reicht nicht. Die letzten Tage habe ich ihm die kalte Schulter gezeigt, in der Hoffnung, dass die Botschaft ankommt. Doch offenbar versteht Patrick nicht mal einen Wink mit dem Zaunpfahl.

»Komm schon. Ich habe doch gesagt, dass es mir leidtut.« Er zuckt die Achseln und kommt mir hinterher. »Ich weiß nicht, was du sonst noch von mir willst.«

»Ich will *überhaupt* nichts von dir, Patrick. Hör mal, können wir das ein andermal besprechen? Ich muss los. Ich bringe Francie nach Hause.«

Er verzieht das Gesicht. »Warum das denn?«

»Weil ich Francie mag, darum.«

»Seit wann?«

»Schon immer, und ich will sie nicht da draußen ertrinken lassen.« Ich bleibe stehen und sehe ihn an. »War's das dann?«

»Klar«, meint er und zuckt wieder mit den Achseln.

Die Schüler haben sich inzwischen weitgehend zerstreut, alle wollen möglichst schnell nach Hause, bevor das Wetter noch schlechter wird. »Bis dann, ja? Fahr vorsichtig.«

»Ja, du auch«, murmelt er.

Ich schüttele verärgert den Kopf, als er davonmarschiert. Warum ist *er* jetzt eigentlich sauer auf *mich*?

Seufzend eile ich zum Wasserspender, wo Francie bereits wartet. »Bist du fertig?«, frage ich.

»Ja. Danke noch mal, Jemma. Das ist wirklich nett von dir.« Ihr Lächeln kommt von Herzen, und ich bin froh, dass ich ihr das Angebot gemacht habe. Ich glaube, ich würde sie wirklich gern besser kennenlernen.

»Ach was, kein Problem. Meine Güte, das sieht ja grauenvoll aus da draußen.« An der gläsernen Eingangstür bleiben wir stehen und starren ungläubig auf die sich uns bietende Szene. Schüler stapfen durch knöcheltiefes Wasser auf dem Parkplatz und weichen den riesigen Spritzwasserfontänen der davonfahrenden Autos aus. Der Regen scheint jetzt direkt von der Seite zu kommen.

»Ich habe einen Regenschirm«, bietet Francie an und zieht ihn aus der Tasche. »Aber ich weiß nicht, ob der viel bringt.«

»Eher nicht. Ich würde sagen, wir rennen. Ich stehe da vorne in der ersten Reihe. Der blaue Fiat.«

»Ich sehe ihn«, sagt sie und nickt.

Noch einmal tief Luft holend, greife ich nach dem Türgriff. »Auf drei?«

Und da heult die erste Tornadosirene los.

AKT II

Denn eine Macht, zu hoch dem Widerspruch,
Hat unsern Rat vereitelt.

William Shakespeare, *Romeo und Julia*

AKT II

Szene 1

N a toll«, seufze ich angesichts der drohend blinkenden Warnleuchten. »Und jetzt?«

Francie neben mir zuckt die Achseln. »Ähm, ich nehme an, wir gehen in Deckung?«

Erneut meldet sich knisternd die Sprechanlage. »Alle Schüler und Lehrer begeben sich bitte direkt in den Flur A und bleiben bis auf Weiteres dort. Ich wiederhole, Flur A. Das ist keine Übung, sondern eine Tornadowarnung.«

Einen Augenblick stehe ich einfach nur da wie gelähmt. Francie packt meine Hand und zieht mich von der Tür weg, weil alle, die den Parkplatz noch nicht verlassen hatten, zurück in die Schule stürzen. Wir rennen gemeinsam zum Flur A, der sich genau in der Mitte des Gebäudes befindet, in der Nähe des Medienraums.

Nach all den Tornadoübungen wissen wir genau, was wir dort zu tun haben, auch wenn wir uns albern dabei vorkommen. Mit dem Rücken zur Wand setzen wir uns auf den rauen Fliesenboden und schützen den Kopf mit den Händen. Wir sind ungefähr fünfundsiebzig, würde ich sagen. Gesprochen wird nur das Nötigste, denn die Situation ist ehrlich gesagt ganz schön brenzlig. Ich meine, man ist sich ziemlich sicher, dass man es heil übersteht, aber was, wenn nicht?

Gott sei Dank dauert es nicht lange. Etwa fünf Minuten später gibt die Stimme aus der Sprechanlage Entwarnung. Gehen dürfen wir allerdings noch nicht, deshalb bleiben wir noch zehn oder fünfzehn Minuten sitzen, bis man uns mitteilt, dass wir ungefährdet den Heimweg antreten können.

»Das war ja krass«, sagt Francie, steht auf und klopft sich ihren Hosenboden ab.

»Ja, oder? Ich hab immer noch ganz weiche Knie.« Zum Beweis strecke ich meine zitternde Hand aus.

Die Heimfahrt ist ein Albtraum. Ich sehe buchstäblich keinen Meter weit, obwohl die Scheibenwischer auf Hochtouren arbeiten. Nachdem ich Francie abgesetzt habe, wird es sogar noch schlimmer – vor allem deshalb, weil ich allein bin. Für eine Strecke von zehn Minuten brauche ich fast eine halbe Stunde, und als ich vor unserem Haus halte, sind meine Hände ganz verkrampft, weil ich mich so am Lenkrad festgekrallt habe.

Erst beim Aussteigen – wobei sich meine Beine wie Pudding anfühlen – merke ich, dass Ryders Durango vor mir parkt.

»Wo zum Teufel warst du?«, ruft er mir von der Veranda aus zu, während ich zu ihm rübersprinte. Sein Gesicht ist rot, die Brauen über seinen wütend blickenden Augen zusammengezogen. »Sie haben uns schon vor einer Stunde gehen lassen!«

Auf so einen Mist habe ich jetzt im Moment echt keine Lust. »Ja, und?«

»Ich war krank vor Sorge. Drüben bei den Roberts ist ein Tornado durchgezogen.«

»Ich weiß! Ich meine, nicht was konkret passiert ist, aber ich war noch in der Schule, als die Sirenen losgingen.« Ich stelle meinen lächerlich schweren Rucksack ab und schüttele mir den Regen aus dem Haar. »Haben sie es heil überstanden?«

Er fährt sich mit sichtlich zittrigen Händen durchs Haar. »Ja, es wurde nur der Zaun beschädigt oder so. Mein Gott, Jemma!«

»Was hast du denn bloß? Warum bist du überhaupt hier?«

»Ich sollte doch rüberkommen, schon vergessen?«

»Was ... etwa jetzt?« Ich sehe an ihm vorbei und entdecke eine armeegrüne Reisetasche an der Haustür. Ryder hat einen Schlüssel – er hätte einfach reingehen können.

»Ich dachte mir, jetzt ist genauso gut wie später. Wir müssen die Hintertür mit Sandsäcken sichern, bevor es noch schlimmer wird, und dann müssen wir uns um die Scheune kümmern. Sie steht ziemlich nah am Fluss und das Wasser steigt schnell.«

»Und was sollen wir deiner Meinung nach tun?«

»Bewahrt ihr dort nicht eure Waffen auf? Die sollten wir ins Haus bringen. Und dein Dad hat teures Werkzeug in der Scheune – das müssen wir auch retten.«

Ich seufze auf. Er hat recht. »Kann ich vorher noch meine Sachen wegpacken?«

»Klar.« Er tritt an den Rand der Veranda und blickt zum Himmel hinauf. »Sieht ganz danach aus, als bekämen wir eine Regenpause, wenn dieses Wolkenband durchgezogen ist. So lange können wir ja warten.«

Ich krame meinen Schlüssel heraus und schließe auf. Kaum bin ich drin, fangen die Hunde wie verrückt zu jaulen an. »Ich muss Beau und Sadie rauslassen«, rufe ich über die Schulter, während ich in die Küche gehe. »Bring deine Sachen ins Gästezimmer und richte dich schon mal ein, ja?«

Damit versuche ich klarzustellen, dass *ich* hier das Sagen habe, nicht er. Das ist *mein* Haus. Mein Zeug. Mein Leben.

Beau und Sadie verrichten ihr Geschäft in Rekordzeit, und als sie wieder ins Haus flitzen, sind sie tropfnass. Ich greife mir ein Geschirrtuch, das neben dem Spülbecken hängt, und rubbele sie damit einigermaßen trocken. Im Geiste notiere ich mir, vorne in der Garderobe ein paar alte Handtücher zu deponieren.

Wenn wir die Hintertür mit Sandsäcken abgedichtet haben, müssen die Hunde durch die Vordertür raus und rein, und dann sollen sie nicht den Dreck ins ganze Haus tragen.

»Hey, wo ist eigentlich die Vase, die sonst immer hier in der Diele auf dem Tisch steht?«, ruft Ryder in die Küche.

Ich zucke zusammen, als ich an ihr Schicksal zurückdenke. Ich habe die Scherben in einer Tüte gesammelt, aber da ist wohl nichts mehr zu machen. Sie ist hinüber. Typisch, dass er so etwas merkt. Wer ist er, etwa Oberst von Gatow aus Cluedo? *Im Wintergarten*, bin ich versucht zu sagen. *Mit dem Kerzenleuchter.*

»Das war Patrick«, erkläre ich stattdessen, während ich zu ihm in die Diele gehe. »Du weißt schon, neulich Abend. Als er aus dem Badezimmer kam.« Keine Ahnung, warum ich ihm das alles so genau erzähle. Es geht ihn ja gar nichts an. Ich hätte sagen sollen, wir hatten wilden Sex in der Diele und dass sie dabei versehentlich zu Bruch gegangen ist. Das hätte er dann von seiner Neugier.

»Du solltest ihn dafür zur Kasse bitten«, schlägt Ryder vor.

»Ja, vielleicht. Hast du alles reingebracht?«

»Ich hab mir überlegt ... hier im Erdgeschoss ist es sicherer, bei euch stehen ja so viele Bäume ums Haus herum. Wahrscheinlich wird der Sturm ein paar umknicken. Du schläfst am besten im Schlafzimmer deiner Eltern und ich nehme das Sofa.«

»Wir haben fünf leere Betten, die auf der Schlafveranda nicht mitgezählt, und du willst auf dem Sofa übernachten?« Ich schüttele ungläubig den Kopf.

»Ist das im Familienwohnzimmer denn keine Schlafcouch?«

»Ja, aber die ist fürchterlich. Darauf kann man nicht schlafen, die Federn drücken überall durch.«

»Das geht schon«, meint er achselzuckend.

»Wie du willst.« Ich sehe zum Fenster und betrachte den bedrohlich wirkenden Himmel. »Glaubst du wirklich, dass wir unten schlafen müssen?«

Er zieht eine Augenbraue hoch. »Hast du mal den Wetterkanal eingeschaltet?«

Ob *ich* mal den Wetterkanal eingeschaltet habe? Ha! »Meinst du, es wird wirklich so schlimm, wie sie sagen?«

»Könnte der schlimmste Wirbelsturm an unserer Küste seit Katrina sein.«

»Ja, aber wir leben ja nicht an der Küste«, wende ich ein. »Ich kann mir nur einfach nicht vorstellen...« Ich verstumme, weil ich mir albern vorkomme. »Egal, verlegen wir jetzt die Sandsäcke?«

Er nickt. »Ich bin bereit. Klingt, als hätte der Regen ein bisschen nachgelassen. Hast du einen Regenponcho oder etwas in der Art?«

»Wozu? Ich bin eh schon vollkommen durchweicht.« Ich kann es kaum erwarten, in Moms Whirlpool ein langes, heißes Bad zu nehmen. »Ich ziehe nur meine Gummistiefel an.«

Wir brauchen fast eine Stunde, bis die Sandsäcke ordentlich vor der Hintertür aufgestapelt sind. Immer wieder prasseln heftige Regenschauer herab und der Wind heult merkwürdig schrill. Der sonst so gemächliche Fluss ist zu einem reißenden Strom geworden und das patschnasse Gras quietscht unter meinen Gummistiefeln. Alles außerhalb des Rasens hat sich in Schlamm verwandelt, in große, matschige Pfützen.

»Glaubst du, das reicht?«, frage ich und richte mich stöhnend auf. Mein Rücken bringt mich jetzt schon um und dabei haben wir mit der Scheune noch gar nicht angefangen.

»Sieht gut aus«, sagt Ryder mit einem zufriedenen Nicken. »Möchtest du eine Pause machen und etwas zu Mittag essen?«

Toll, jetzt darf ich ihm auch noch was kochen.

»Lou hat ein paar Sandwiches rübergebracht«, fügt er noch hinzu.

Natürlich. Typisch Lou.

»Es ist eigentlich ein ganzer Korb voll Zeug. Kartoffelsalat, eingelegtes Gemüse ...«

»Stopp.« Ich hebe eine Hand. »Mit dem Kartoffelsalat hast du mich schon überzeugt.« Lou macht nämlich den besten Kartoffelsalat in ganz Lafayette County, ungelogen. Man wird förmlich süchtig danach, als würde sie Drogen untermischen. Mom hat schon oft versucht, ihn nachzumachen, ohne Erfolg. Mir läuft das Wasser im Mund zusammen, wenn ich nur daran denke.

Klatschnass und alles volltropfend, ziehen wir in der Garderobe die Gummistiefel aus. »Das ist irre«, sage ich und schüttele den Kopf nach Hundeart wie Sadie, wenn sie nass geworden ist. »So können wir nicht im Haus herumlaufen – da wird ja alles dreckig.« Ryders Jeans trieft und ist schlammverkrustet. Ich trage Shorts, aber meine nackten Beine starren genauso vor Schmutz. »Wir müssen uns hier ausziehen«, sage ich kopfschüttelnd. »Leg einfach alles auf einen Haufen. Ich werfe es dann nach dem Essen in die Maschine.«

Er starrt mich mit großen Augen an. »Was? Gleich hier?«

»Ja, du zuerst«, sage ich, amüsiert über die Röte, die seinen Hals hinaufkriecht. »Meine Güte, Ryder, ich sehe dich nicht zum ersten Mal in Unterhosen.«

Dunkel erinnere ich mich daran, wie Ryder, mit nichts anderem an als seiner Superhelden-Unterhose, auf dem Rasen von Magnolia Landing herumgerannt ist. Und nach all den Jahren, die wir gemeinsam in Strandhäusern und Hotelzimmern verbracht haben, tja ... wie gesagt, als wir noch klein waren, waren wir mehr wie Geschwister.

»Wenn du dich dann wohler fühlst, kann ich mich auch umdrehen«, biete ich an.

»Nein, schon gut.« Er greift nach dem Saum seines T-Shirts und zieht es sich in einer geschmeidigen Bewegung über den Kopf.

Und dann merke ich, dass es doch eine schlechte Idee war. Mein Mund wird trocken, als ich seine gebräunte, wohldefinierte Brust sehe, seinen Waschbrettbauch und seine hervorstehenden Hüftknochen. O, Mann. Was habe ich mir nur dabei gedacht?

Ich schlucke schwer, als er den Knopf seiner Jeans öffnet und den Reißverschluss aufzieht. *Boxershorts oder Slip?* Mehr kann ich nicht denken, als er sich aus der nassen Jeans schält, ganz langsam, als würde er den kleinen Striptease genießen. Elegant steigt er aus den Hosenbeinen und wirft die Jeans neben das T-Shirt auf den Boden, bevor er sich zu seiner vollen Größe aufrichtet und mich ansieht.

O. Mein. Gott.

Ich stoße scharf den Atem aus. Die Antwort lautet Retropants, grau melierte. Und im Augenblick kleben sie an ihm und überlassen rein gar nichts der Fantasie. Er sieht aus wie ein Gott. Ein 1,93 Meter großer, Football spielender Gott, und ich glotze ihn mit offenem Mund an wie eine erbärmliche Irre.

Reiß dich zusammen.

»Entschuldige«, sage ich und wende den Blick ab. Meine Wangen glühen. Wahrscheinlich sehe ich aus wie ein Clown. So ergeht es nämlich einer Rothaarigen mit heller Haut wie mir, wenn sie errötet. »Wenn du ... ähm ... duschen willst. Ich meine, du weißt ja ...«

»Ich ziehe mir nur was Trockenes an. Wir sollten jetzt wirklich essen und dann das Zeug aus der Scheune holen.«

Ich nicke nur und beiße mir auf die Unterlippe. Ich schaffe es nicht mal, ihn anzusehen. Das ist verrückt.

»Jetzt bist du mit dem Strippen dran«, sagt er. Ich hebe unwillkürlich den Kopf und starre ihn an. Er lächelt und seine Grübchen entfalten ihre volle Wirkung.

»Äh, geh du doch schon mal und zieh dich um.« Ich lege mir eine Hand vor die Augen und wedele mit der anderen in Richtung Diele.

»Wir treffen uns in fünf Minuten in der Küche«, sagt er.

»Super.« Ich senke die Hand erst, als ich seine Schritte höre. Und dann, ja, ich gebe es zu, erlaube ich mir einen schönen langen Blick auf seinen Hintern, während er sich von mir entfernt.

Und glaubt mir, das hat sich wirklich gelohnt.

AKT II

Szene 2

Ein Hoch auf Lou. Als ich den Kühlschrank aufmache, lacht mich ein Berg Sandwiches an – gefüllt mit Hühnersalat mit Äpfeln und Pekannüssen, mit Schinken und Käse und meinem Lieblingsbelag, Roastbeef mit Meerrettichsoße. In zwei Tupperschüsseln befinden sich Kartoffel- und Nudelsalat und Lou hat auch an diverse Pickles gedacht. Sogar ein Karamellkuchen – Ryders Lieblingskuchen – steht da, in Frischhaltefolie verpackt, auf dem Küchentresen. Sie muss alles hier vorbeigebracht haben, als ich in der Schule war.

»Möchtest du Chips?«, frage ich Ryder, als ich alles auf den Küchentisch ausbreite, dazu Tassen und eine Karaffe Eistee.

»Nein, lass mal«, antwortet er. So selbstverständlich, als wäre er hier zu Hause, holt er Servietten und Pappteller aus der Speisekammer.

Wir essen schweigend, nur unterbrochen durch die eine oder andere kurze Bemerkung.

»Wann ist Nans Operation?«, fragt Ryder, als er nach einem Glas Pickles greift. Er hat bereits zwei Sandwiches verdrückt und ist beim dritten.

»Morgen«, antworte ich, den Mund voller Kartoffelsalat. »Gleich in der Früh.«

Ryder nickt bloß und widmet sich wieder seinem Sandwich.

Heute nach dem Abendessen geht Nan ins Krankenhaus. Sie hat versprochen anzurufen, wenn sie sich eingerichtet hat. Ich versuche, nicht zu viel daran zu denken, weil mir dann immer so flau im Magen wird. Wie zum Beispiel jetzt.

»Dein Dad ist in Jackson?«, frage ich ein paar Minuten danach, obwohl ich die Antwort schon kenne.

»Ja, er hat einen großen Fall. Er sagt, er muss wahrscheinlich ein paar Wochen dort bleiben, mindestens.«

Ich runzele unwillkürlich die Stirn. Nach Jackson sind es von hier nur drei Stunden mit dem Auto. Da könnte man meinen, er kommt für ein paar Tage nach Hause, um seinem einzigen Kind während des Sturms beizustehen.

Andererseits, das ist eben typisch Ryders Dad. Für Rob Marsden gibt es nur Arbeit, Arbeit und wieder Arbeit. Er ist so grundverschieden von meinem Dad, dass man manchmal kaum nachvollziehen kann, warum sie so gute Freunde sind. Auch Daddy liebt seinen Job, klar, und er ist genauso gut darin. Aber die Arbeit geht bei ihm nicht über alles.

Allerdings sind sie ja auch zusammen aufgewachsen, waren von Kindheit an Nachbarn und Spielkameraden. Sie gingen gemeinsam aufs College, traten derselben Studentenverbindung bei. Ihre Freundschaft hat tiefe Wurzeln, folgt einer langen Tradition. Trotzdem frage ich mich, ob sie noch so eine enge Beziehung hätten, wenn sie nicht zwei Frauen geheiratet hätten, die selbst allerbeste Freundinnen sind und alles daransetzen, die Verbindung zwischen den Caffertys und den Marsdens stark und lebendig zu erhalten.

»Was ist mit Lou?«, erkundige ich mich. »Bleibt sie heute über Nacht in Magnolia Landing?«

»Nein. Sie ist zu Jason und Evelyn gegangen.« Ihrem Sohn und ihrer Schwiegertochter. Ich bin froh, dass sie nicht ganz allein im Haus der Marsdens ist.

Ich kaue langsam und lausche dem Geräusch des Regens, der

an die Fenster schlägt. Da ist noch etwas anderes – ein Geräusch, das mir bisher nicht aufgefallen ist, ein dumpfes Grollen im Hintergrund, das sich nicht ausblenden lässt. »Hörst du das?«

»Was? Den Regen?«

»Pscht.« Ich lege den Kopf auf eine Seite und lausche aufmerksam.

Als ich Ryders Blick begegne, sehe ich, dass er sich ebenfalls Sorgen macht. Er hört es auch.

»Was ist das?«, frage ich, und dann trifft mich die Erkenntnis wie ein Schlag. »O mein Gott! Ist das der *Fluss*?«

Er nickt ernst. »Ich glaube schon. Lass uns das hier rasch wegstellen und nachsehen, was da draußen los ist.«

Wir räumen die Küche in Rekordzeit auf und laufen zur Garderobe, um unsere Gummistiefel anzuziehen.

»Das klingt nicht gut«, sagt Ryder, sobald wir nach draußen treten. Das Grollen ist jetzt lauter und kommt definitiv vom Fluss her.

Wir umrunden das Haus und schlagen den rutschigen Weg zum Flussufer ein, aber wir kommen gar nicht bis zur Sandbank. Bei dem Anblick, der sich uns bietet, fällt mir die Kinnlade herunter, und ich kann nur ungläubig darauf starren. Die Picknicktische sind fast völlig überspült und das Wasser steigt besorgniserregend schnell.

»Die Scheune!«, schreie ich und versuche das laute Wasserrauschen zu übertönen. »Wir müssen zur Scheune.«

»Ich hole erst noch den Truck.«

Zurück an der Auffahrt, rennt Ryder zu seinem Durango. »Wir treffen uns dort. Wenn das Wasser weitersteigt, warte auf mich, bevor du reingehst, ja? Ich möchte nur noch nach der Hauptstraße sehen.«

Ich nicke und laufe hinüber zur Scheune. Als ich über die

Schwelle trete, sinkt mir der Mut. Das Wasser steht knöchel-hoch. Ich gehe platschend hinüber zum Waffenschrank und drehe das Schloss, bevor ich die Kombination eingebe und die Tür aufziehe. Ich hole Delilah aus ihrem Etui, dazu ein Maga-zin mit zehn Patronen. Sobald sie geladen und gesichert ist, stecke ich sie in meinen Hosenbund. Fehlen nur noch Daddys zwei Pistolen und die Flinte. Auf dem Regal neben dem Radio finde ich eine Stofftasche, in der ich die Waffen sorgfältig ver-staue.

Als ich mir die Tasche über die Schulter schwinge, kommt Ryder angelaufen. »Die Straße ist weg«, ruft er mir atemlos zu. »Komplett überschwemmt, kurz vor der Abzweigung zu eurer Auffahrt.«

»Bist du sicher?« Wenn das stimmt, sind wir nämlich voll-kommen abgeschnitten. Es gibt keinen anderen Zufahrtsweg, auch nicht zum Haus der Marsdens.

»Ganz sicher.« In seinen Augen flackert Angst auf. »So etwas habe ich noch nie gesehen.«

Mein Herz schlägt einen kleinen Purzelbaum in meiner Brust. »Glaubst du, da kommt eine Sturmflut von dem Gewäs-ser, das unseren Fluss speist?« Vielleicht vom Mississippi. Ich habe keine Ahnung.

»Ich weiß es nicht«, sagt er achselzuckend, dann sieht er sich um, um sich ein Bild von der Lage zu machen. »Wir sollten uns besser beeilen. Das Wasser steigt ziemlich schnell.«

»Hier. Kannst du das nehmen?« Ich reiche ihm die Stoff-tasche. »Vorsicht. Da drin sind die Waffen.«

»Ich hab sie.« Er nimmt die schwere Tasche, als würde sie nichts wiegen, und wirft sie sich über die Schulter.

Ratlos sehe ich mich um. »Bring sie doch schon mal zum Truck. Ich besorge etwas, worin ich die restlichen Sachen verstauen kann, und danach kümmern wir uns um Daddys Werkstatt.«

Mit einem Nicken watet er davon, während ich mich auf die Suche nach einer weiteren Tasche mache. In der Schublade unter dem Radio werde ich fündig. Ich packe alles hinein, was mir in die Finger kommt, stecke zuletzt auch noch das Radio aus und nehme es mit.

Wenig später haben wir so ziemlich alles aus der Werkstatt, was wir tragen konnten, im Durango verstaut – bis auf die großen Möbelstücke, an denen Daddy gearbeitet hat, bevor er abgereist ist. Es tut mir leid, dass wir sie zurücklassen müssen, besonders das wunderschöne Küchenbüfett, aber wo sollten wir das alles unterbringen?

Mit der letzten Ladung machen wir uns auf den Weg nach draußen. Es ist nur ein bisschen eingesammeltes Zeug, eine Schleifmaschine, eine Laubsäge, ein paar CDs. Der Regen hat nachgelassen – es muss sich um eine Lücke zwischen zwei Wolkenbändern handeln –, aber der Himmel ist immer noch von einem dunklen, bleiernen Grau.

»Was meinst du, sollen wir hier auch Sandsäcke verlegen?«, frage ich und weise mit dem Kopf in Richtung Scheune.

Ryder schüttelt den Kopf. »Ich glaube, das würde nichts bringen.«

»Vielleicht nur vorne? Unter dem Tor ist ein ziemlich breiter Spalt. Es kann ja nicht schaden, oder?«

»Ich habe ein paar Sandsäcke im Durango. Die könnten für das Tor reichen. Ich hole sie«, bietet er an. »Sorg du dafür, dass es fest verriegelt ist.«

Ich bin versucht, etwas in der Art zu erwidern: »Nein, ich wollte es eigentlich sperrangelweit offen lassen«, kann es mir jedoch gerade noch verkneifen. Was soll dieser Kommandoton?

Ich weiß ja, dass er Quarterback ist und so, aber ich bin keiner seiner Teamkollegen.

Wenn er unbedingt angeben will und all die schweren Säcke selbst schleppen muss, von mir aus. Mir tut sowieso schon der Rücken weh. Ich stapfe zum Tor und verriegele die unteren und oberen Flügel, anschließend sichere ich sie mit einem Vorhängeschloss.

»Ich muss vielleicht noch ein paar aus dem Haus holen«, ruft mir Ryder vom Truck aus zu.

Ich drehe mich um und sehe, wie er mit einem Sandsack über der Schulter auf mich zukommt. Aus dem Augenwinkel nehme ich eine Bewegung wahr und kann mit einem Blick nach unten etwas Dunkles auf dem Boden direkt auf Ryders Weg erkennen.

Neugierig geworden laufe ich darauf zu. Aber eine Sekunde später bleibe ich wie angewurzelt stehen. Mir stockt der Atem.

Es ist eine Schlange, etwa einen oder einen Meter zwanzig lang, ziemlich dick mit einem stumpf zulaufenden Schwanz.

»Ryder!«, schreie ich, als die Schlange auf ihn zuschießt. *Verdammt.* »Stopp! Rühr dich nicht.«

Keine fünfzehn Zentimeter von Ryder entfernt rollt sie sich zusammen. Die Schlange hebt ihren dreieckigen Kopf, öffnet drohend das Maul und gibt den Blick auf das weiße Innere frei. Im Bruchteil einer Sekunde weiß ich: Es ist eine Wassermokassinotter. Eine Giftschlange und sehr aggressiv. Der starke Regen muss sie vom Fluss hierher getrieben haben.

Während ich entsetzt zusehe, schnappt sie zu und verfehlt Ryders Bein nur um Zentimeter. Die Schlange rollt sich wieder zusammen und bereitet sich auf den nächsten Angriff vor. Wenn sie eine Arterie erwischt, könnte Ryder binnen Minuten tot sein.

»Rühr dich nicht«, wiederhole ich, diesmal leiser. Ich ziehe

Delilah aus meinem Hosenbund und zwinge meine Hände, nicht zu zittern, als ich sie entsichere.

Ryder begegnet meinem Blick und nickt – nur eine kleine, kaum wahrnehmbare Bewegung. Sie genügt, um mir zu zeigen, dass er weiß, was ich vorhabe.

Er tut, was ich ihm gesagt habe – bleibt vollkommen reglos, als wäre er aus Stein gemeißelt. Sein Blick ist auf mich gerichtet, beständig und beruhigend. Ich kann seine Angst spüren und trotzdem ist er irgendwie gelassen. Vertrauensvoll.

Mir ist klar, dass ich nur eine Chance habe – einen einzigen Schuss. Wenn ich danebenschieße, sitzen wir tief in der Scheiße. Nach dem Biss einer Wassermokassinotter braucht man ein Gegengift und das gibt es nur im Krankenhaus. Und im Augenblick ist unsere Straße überschwemmt und ein Hurrikan kommt langsam auf uns zu.

Ich *darf* nicht danebenschießen.

Um ruhig zu werden, hole ich tief Luft und bemühe mich, so zu tun, als wäre der spatenförmige Kopf der Schlange eine leblose Zielscheibe, während ich ihn ins Visier nehme.

Ein Schuss. Eine Chance.

Und dann drücke ich ab.

AKT II

Szene 3

Ein sauberer Schuss. Genau in den Kopf der Schlange. Ryder muss man zugutehalten, dass er nicht einmal zusammengezuckt ist. Ich drücke ein zweites Mal ab, weil ich nicht riskieren will, dass sie noch lebt.

Was ihr vielleicht nicht wisst – wenn man eine Schlange umbringt, krümmt sie sich noch eine Weile. Ryder ist zum Glück so schlau, dass er sich sofort verkrümelt, weil man tatsächlich von einer toten Schlange gebissen werden kann, wenn man nicht aufpasst.

»Alles okay?«, rufe ich und lasse die Pistole sinken.

»Ja. Das war verdammt knapp.« Er lässt den Sandsack, den er geschleppt hat, auf den Boden fallen.

Ich bebe am ganzen Körper, meine Hände zittern, als ich die Waffe sichere und Delilah in den Bund meiner Shorts schiebe. »Es wird Zeit, dass wir wieder reingehen«, sage ich. »Vergiss die Sandsäcke.«

»Bist du sicher?« Er ist blass, aschfahl, kann man sagen.

»Ja, bin ich.« Ich blicke zum Himmel auf, der gerade wieder seine Schleusen öffnet, in kürzester Zeit nieselt es nicht mehr, sondern schüttet wie aus Kübeln.

»Nichts wie weg!«, ruft Ryder, und wir rennen beide auf den Durango zu.

Auf der Fahrt zurück zum Haus tuckern wir langsam dahin und weichen den tiefsten Schlammpfützen aus.

»Was hast du vor mit dem Zeug?«, fragt Ryder, als er neben dem Haus hält und den Motor ausmacht.

Ich sehe mir die Ladung auf der Pritsche an. »Wir sollten die Waffen mit reinnehmen, aber alles andere kann erst mal draußen bleiben.«

Genau in dem Moment schlägt eine Bö gegen den Truck und ich schnappe nach Luft.

»Der Wind hat mindestens achtzig Stundenkilometer drauf«, sagt Ryder mit zittriger Stimme.

»Ich hätte gedacht, dass es erst morgen Nachmittag richtig schlimm wird.«

»Wahrscheinlich ist das erst der Anfang.«

Wow. Wenn das erst der Anfang ist, dann will ich gar nicht wissen, wie schlimm es werden kann.

»Auf drei rennen wir los«, schlägt Ryder vor. »Ich nehme die Waffen – und du rennst direkt zum Haus. Fertig?«

Ich greife nach dem Türgriff. »Fertig.«

»Eins. Zwei. Drei. Los!«

Wir springen beide in Blitzgeschwindigkeit aus dem Truck. Schlitternd und rutschend stürme ich auf die Veranda zu. In der Garderobe warte ich auf Ryder. Ein paar Sekunden später kommt er mit der Stofftasche über der Schulter angerannt.

Wieder sehen wir aus wie nach einem Schlammbad. Beide Hunde winseln und werfen flehende Blicke durch die Garderobentür. »Sie müssen raus, Sturm hin oder her.«

»Leg du dich ruhig in die Wanne«, schlägt Ryder vor. »Ich geh ganz kurz mit ihnen vor die Tür. Es kann nur noch schlimmer werden.«

Fröstelnd und bis auf die Knochen durchnässt, nicke ich. Für heute hab ich die Nase voll. Ich will nur raus aus den Klamotten und in einem heißen, duftenden Blubberbad untertauchen. Ich warte nicht mal ab, bis Ryder mit den Hunden weg ist, sondern ziehe mich an Ort und Stelle bis auf die Unterwäsche aus und renne durch die Diele zum Zimmer meiner Eltern.

Ich liege noch in der riesigen Whirlpoolwanne, bis zum Kinn im lauwarmen Wasser, als die Lampen flackern – einmal, zweimal – und dann ausgehen, sodass mich pechschwarze Dunkelheit umgibt. Keine Ahnung, warum, aber plötzlich prasselt alles auf mich ein – Nans Operation morgen, der Schuss auf die Wassermokassinotter, das blöde, nicht enden wollende Unwetter. Ich fange an zu weinen, schluchze laut auf, bin in Tränen aufgelöst. Klar, es klingt kindisch, aber ich will zu meinem Daddy. Was ist, wenn alles noch schlimmer wird? Wenn das Haus absäuft? Oder der Sturm das Dach abträgt? Auch wenn ich es nicht gern zugebe, ich habe Angst. Richtig Angst.

Ein Klopfen an der Badezimmertür schreckt mich auf.

»Jemma? Alles in Ordnung mit dir?«

»Mir geht's gut«, rufe ich mit belegter Stimme. Meine Wangen brennen vor Scham, weil ich dabei ertappt wurde, dass ich im Dunkeln weine wie ein zweijähriges kleines Mädchen.

»Möchtest du eine Kerze oder so? Vielleicht eine Sturmlaterne?«

»Nein, mir geht's ...« Aber statt »gut« zu sagen, muss ich heftig aufschluchzen.

»Es wird alles gut, Jem. Wir schaffen das.«

Ich lasse mich noch tiefer ins Wasser gleiten, am liebsten würde ich komplett abtauchen. Warum geht er nicht einfach weg und lässt mich und meinen kleinen Nervenzusammenbruch in Ruhe, bis er vorbei ist? Warum muss er ausgerechnet jetzt, nachdem er sich jahrelang wie ein Vollidiot aufgeführt hat, so nett sein?

»Ich hab die beiden Hunde trockengerieben«, fährt er im

Plauderton fort, als würde ich nicht in der Wanne sitzen und mir die Augen aus dem Kopf heulen. »Sie sind in der Küche und verputzen ihr Abendessen. Ich glaube, Beau ist ziemlich nervös.«

Ich plärre immer noch wie ein Baby. Klar kann er mich hören, er steht ja draußen vor der Tür und lauscht. Trotzdem brauche ich gute fünf Minuten, bis ich mich wieder eingekriegt habe. Als die Tränen nachlassen, lege ich mir einen Waschlappen auf die Augen und hoffe, dass die Schwellung zurückgeht. Ein, zwei Minuten später nehme ich ihn weg, wringe ihn aus und lege ihn über den Wannenrand.

Im Bad ist es immer noch dunkel, allerdings kann ich unter der Tür einen Lichtschimmer sehen. Ryder hat wohl eine Taschenlampe in der Hand oder eine von den Batterielaternen, die ich für alle Fälle überall im Haus verteilt habe. Wie lange will er noch da herumstehen und auf mich warten?

Das Licht geht aus, und ich denke, vielleicht lässt er mich endlich in Frieden. Doch dann höre ich ein gedämpftes Rumsen, und mir ist klar, dass er sich wohl hingesetzt hat und jetzt mit dem Rücken an der Tür lehnt.

»Hey, Jem?«, sagt er. »Du hast mir das Leben gerettet – da draußen bei der Scheune. Die meisten Leute hätten diesen Schuss nicht so hingekriegt.«

Ich kneife die Augen zu, aber die Tränen laufen trotzdem weiter. Ich wollte diese blöde Schlange nicht erschießen, aber wenn sie Ryder gebissen hätte und wir nicht rechtzeitig ins Krankenhaus gekommen wären …

Ich lasse den Gedanken weiterziehen, das will ich mir gar nicht weiter ausmalen.

»Danke«, sagt er sanft. »Ich bin dir was schuldig.«

Ich überlege noch, was ich darauf antworten soll, als ein Blitz das Badezimmer erhellt. Der Donnerschlag, der folgt, lässt das Haus erbeben und rüttelt an den Fenstern.

»Okay, es wird Zeit, dass du rauskommst, Jemma«, ruft Ryder panisch und hämmert an die Tür.

Da bin ich schon aus der Wanne gesprungen. Mein Herz pocht laut. »Ich bin draußen«, rufe ich, greife blindlings nach meinem Handtuch und wickele mich darin ein.

»Das war ganz in der Nähe. Höchstens einen Kilometer von hier, würde ich sagen.« Bevor er seinen Satz vollendet hat, blitzt und donnert es erneut. Beau fängt an zu jaulen, ich höre seine Pfoten auf dem Fußboden klicken, als er auf der Suche nach einem Versteck angerannt kommt.

»Die Laterne lass ich hier für dich stehen, okay? Ich hole schnell mein Handy und sehe mal, was der Wetterdienst meldet.«

Ich höre, wie sich seine Schritte entfernen und wie die Tür zum Zimmer meiner Eltern geschlossen wird. Rasch verlasse ich das Bad, nehme den Bademantel, den ich auf dem Bett meiner Eltern bereitgelegt habe, ziehe ihn an und lasse das Handtuch auf den Boden fallen.

Unter dem Bett kauert Beau und jault, der Ärmste. Komisch, dass der große Hund bei Gewittern solche Angst hat, während die kleine Sadie völlig unbeeindruckt wirkt. Nan behauptet, Sadie wäre nicht schlau genug, um zu wissen, dass sie Angst haben sollte, aber das glaube ich nicht. Es muss an dem Terrier liegen, der in ihr steckt. Terrier sind eben mutig.

Ich binde den Bademantel zu, hebe das Handtuch auf und rubbele mir, so gut es geht, die Haare trocken. Wenn ich doch nur vor dem Bad meinen Pyjama mit runtergebracht hätte. Jetzt muss ich wieder rauf in mein Zimmer und im Schein der Laterne danach suchen.

Es kostet mich eine Viertelstunde, bis ich ein sauberes Tanktop und eine kurze karierte Pyjamahose ausgegraben habe. Dann sammele ich meine anderen Sachen ein – meinen Laptop, meine Videokamera und mein Lieblingsfoto von mir und Nan, das wir diesen Sommer am Strand gemacht haben und das in einem kitschigen Rahmen aus Treibholz mit aufgeklebten Muscheln an den Ecken steckt. Besser, ich habe alle Dinge, die mir etwas bedeuten, bei mir unten, wo es sicher ist. Nur für den Fall, dass der Sturm das Dach abdeckt.

Was durchaus im Bereich des Möglichen ist, denke ich, während ich dem Heulen lausche. Seit ich hier oben bin, ist der Wind noch heftiger geworden und rüttelt jetzt an den Fensterscheiben meines Zimmers. Ich prüfe, ob die Balkontür fest verriegelt ist, bevor ich mit meinen Sachen nach unten gehe.

Theoretisch ist es draußen noch nicht mal dunkel, aber praktisch schon. Der Himmel ist fast schwarz, dicke Wolken ziehen bedrohlich tief über uns hinweg. Das Auge des Hurrikans soll uns erst irgendwann morgen erreichen, aber damit ist es noch nicht vorbei. Es wird Stunden dauern, bis er unsere Gegend verlässt. Die nächsten Tage könnten sehr, sehr lang werden.

Ich finde Ryder in der Küche. »Hey, sieht so aus, als hätten sie schon wieder eine Tornadowarnung für uns rausgegeben.« Er blickt von seinem Smartphone auf. »Was meinst du, wo sollen wir hin, wenn der ...«

Das Schrillen der Tornadosirene in der Ferne schneidet ihm das Wort ab.

»In die Abstellkammer unter der Treppe«, sage ich und sehe mich hektisch nach den Hunden und Katzen um. »Jetzt!«

AKT II
Szene 4

Wir brauchen gefährlich lange, bis wir die beiden Hunde und alle drei Katzen aufgestöbert und in die Abstellkammer unter der Treppe verfrachtet haben. Als ich endlich nach Ryder hineinklettere, der Sulu im Arm hält – die letzte Katze –, atme ich schwer.

»Das hat viel zu lange gedauert«, sagt Ryder, als er die Tür hinter uns verriegelt. »Wir sollten sie ab sofort alle in die Küche sperren, damit wir sie ratzfatz in Sicherheit bringen können.«

»Ja, das ist mir jetzt auch klar«, grummele ich. Trotzdem bin ich froh, dass er nicht widersprochen hat, als ich ihm erklärte, dass sie alle mitkommen.

Die Tornadosirenen heulen immer noch, genau wie der Sturm. Aber in unserem provisorischen Schutzraum ist es warm und gemütlich – und dank meiner sorgfältigen Vorbereitung haben wir genügend Vorräte.

Die Abstellkammer ist ungefähr fünf Meter lang und zwei Meter breit, ein schmaler Schlauch, der sich an der Tür zu einem *V* verengt. Sogar am Eingang ist die Decke so niedrig, dass Ryder nicht aufrecht stehen kann – selbst ich muss die Knie beugen und den Kopf ein wenig einziehen und ich bin dreißig Zentimeter kleiner als er –, aber sie ist sauber und gut geschützt, mitten im Haus und weit weg von den Außenmauern.

Zwei Batterielaternen spenden reichlich Licht, als ich die Hunde ans Ende des Raums scheuche, wo ich ihnen ihre Hundekörbchen und einen Wassernapf hingestellt habe. Sadie und Beau rollen sich gleich auf ihrem Lager ein, jaulen aber jämmerlich.

Kirk, Spock und Sulu kauern in einer kleinen, mit einem Handtuch ausgekleideten Kiste, die früher mal Sadie gehört hat. Alle drei starren uns an, als würden sie nichts Gutes ahnen, wirken aber ansonsten nicht allzu verstört. Auf die Kiste habe ich, als ich den Unterschlupf vorbereitete, eine große Sperrholzplatte mit Plastiktischdecke gelegt, damit sie uns gleichzeitig als Tisch dienen kann. Ziemlich genial, wie ich finde.

In der Mitte liegen zwei Schlafsäcke, außerdem Kissen und zusätzliche Decken. Dort machen Ryder und ich es uns jetzt gemütlich.

»Keine Angst. Ich hab den Boden vor ein paar Tagen mit Scheuermittel geschrubbt und alle Spinnen rausgeschmissen.« Trotz meiner beruhigenden Worte läuft es mir kalt den Rücken hinunter, denn wir haben hier in Mississippi ziemlich ekelhafte Exemplare. Es sind nicht die gruseligen Riesenspinnen, vor denen man sich fürchten muss. Die sind weitgehend harmlos, mal abgesehen vom Risiko, einen Herzinfarkt zu bekommen. Nein, wirklich gefährlich sind die kleinen – die Schwarze Witwe und die Braune Einsiedlerspinne.

Ich angele mir mein Handy, das ich irgendwie hier reingeschafft habe, genau wie meine Videokamera. Ich erinnere mich nicht mal, dass ich mir die Sachen geschnappt habe, die jetzt auf dem kleinen Behelfstisch neben einer Laterne liegen. Mal sehen, wie spät es ist. Viertel vor sieben.

»Komisch. Es ist voll aufgeladen, aber ich habe keinen Empfang.«

Ryder checkt sein Handy ebenfalls. »Ich auch nicht. Vielleicht ist ein Sendemast umgekippt.«

153

»Hoffentlich nicht.« Nan soll morgen früh operiert werden. Ich muss mit meiner Familie in Verbindung bleiben können.

»Wie lang das wohl noch so weitergeht?«, fragt Ryder. Seine Lippen sind schmal, als würde er die Zähne zusammenbeißen. Es war mir vorher nicht aufgefallen, aber er ist irgendwie grün im Gesicht.

»Du wirst doch nicht kotzen?«

»Nein. Bestimmt nicht«, sagt er, aber ich bin mir da nicht so sicher. »Haben wir Wasser hier? Abgesehen vom Hundenapf, meine ich.«

»Ein ganzes Gebinde.« Ich deute mit dem Daumen auf die Vorräte hinter uns. »Außerdem ein paar Packungen Erdnussbuttercracker, Kekse und eine Schachtel Müsliriegel.«

»Dass du vor Jahren bei den Pfadfinderinnen warst, hat sich anscheinend ausgezahlt.«

»Wahrscheinlich. Hast du Hunger? Wir hatten noch kein Abendessen.«

»Nö, ich brauche nichts.« Er reißt die Plastikfolie auf, zieht eine Flasche Wasser raus, schraubt den Deckel ab und nimmt einen langen Schluck. »Willst du auch eine?«, fragt er.

»Nö, ich habe keinen Durst.« Und Hunger hab ich eigentlich auch nicht. Ich wünschte nur, diese blöde Sirene würde aufhören zu heulen, weil mir das langsam auf die Nerven geht.

Ein Donnerschlag, der die Abstellkammer erzittern lässt, schreckt uns beide auf. Ein zweiter folgt ihm auf dem Fuß, woraufhin Beau die Schnauze in die Luft reckt und heult. Ich rutsche rüber zu ihm und kraule ihn hinterm Ohr. »Ist gut, Kumpel. Hier drin passiert uns nichts.« *Hoffe ich jedenfalls*, füge ich in Gedanken hinzu. »Nimm dir ein Beispiel an Sadie. Die ist nicht so ein Angsthase.« Ich werfe einen Blick hinüber zu den Katzen. »Was tut sich denn so auf der Enterprise?«

»Redest du immer so mit denen?«, fragt Ryder mit leicht zittriger Stimme.

»Meistens schon.« Ich sehe ihn genau an. Er wirkt noch blasser als vorhin. Ein Wangenmuskel zuckt und auf seiner Stirn glänzt eine dünne Schweißschicht. »Alles okay bei dir?«

Bevor er antworten kann, lässt ein weiterer Donnerschlag die Abstellkammer erbeben, gefolgt von einem grausigen Knacken und einem markerschütternden Krachen.

Ich komme hoch auf die Knie und schaue zur Tür. »Was zum Teufel war das?«

Ryder greift nach mir, seine Finger schließen sich wie eine Fessel um mein Handgelenk. »Du kannst da nicht raus, Jemma!«

Ich versuche, mich zu befreien. »Ich muss nachsehen …«

»Nein! Da draußen ist ein gottverdammter Tornado. Scheiße!« Er zieht mich an sich und ich lande praktisch auf seinem Schoß.

Er zittert, das spüre ich. Zittert am ganzen Leib. »Was ist los mit dir?«, frage ich.

»Mit mir?« Seine Stimme wird schrill. »Du bist doch diejenige, die in einen Tornado hinausrennen will. Du musst warten, bis die Sirene aufhört.«

»Ist klar. Aber das hat sich angehört, als wäre irgendwas durchs Dach geflogen.«

Ich rücke von ihm weg, gehe körperlich auf Abstand. Nehme seinen Geruch wahr – nach Seife und Shampoo und dem frisch duftenden Aftershave, das er immer benutzt. Aber da ist noch etwas anderes – Angst. Er schiebt Panik.

Vor dem Sturm?

»Okay, was ist los?«

Er schluckt trocken, sein Adamsapfel hüpft. »Was soll los sein?«

»Vorher ging's dir doch noch gut, und dann ...« Nachdem es angefangen hatte zu gewittern, war er gekommen und hatte sich vor die Badezimmertür gesetzt. Er benahm sich, als wollte er *mich* trösten, aber vielleicht war eigentlich er derjenige, der Trost brauchte. Vielleicht hatte er nicht allein sein wollen. »Du siehst aus, als würdest du gleich völlig durchdrehen.«

Er fährt sich mit den Fingern durchs Haar, sodass es in alle Richtungen absteht. »Mir geht's gut.«

Ich schüttele den Kopf und nehme seine Hand. Sie zittert. »Nein, dir geht's nicht gut. Liegt es am Donner? Am Blitz?«

Er holt tief Luft und atmet langsam aus, bevor er spricht. »Weißt du noch, die Doku, die sie uns in der sechsten Klasse gezeigt haben? Über den Hurrikan Katrina?«

»Klar.« Ich zucke die Achseln. Wir hatten alle dicht gedrängt im Medienraum gehockt, um die Doku auf der großen Leinwand zu sehen. An den Film erinnere ich mich kaum noch, aber ich bin mir ziemlich sicher, dass Brad Pitt den Begleittext gesprochen hat. »Was ist damit?«

»Danach hatte ich wochenlang Albträume. Keine Ahnung, warum mich das so aus der Bahn geworfen hat.«

»Ernsthaft?«

Er nickt. »Seither ... sagen wir mal, komme ich nicht gut mit Stürmen zurecht. Geschweige denn Hurrikanen.«

Verblüfft starre ich ihn an.

»Du machst dich doch nicht drüber lustig?«

»Nein, ich ... natürlich nicht. Mensch.« Wofür hält er mich? Für ein komplettes Miststück? »Ich erzähle das keiner Menschenseele. Versprochen. Okay? Was im Sturmbunker passiert, bleibt im Sturmbunker«, scherze ich, um die Stimmung aufzulockern.

Es ist, als würde eine innere Anspannung von ihm abfallen, als hätte ich ihm eine schwere Last von den Schultern genommen.

»Hast du wirklich gedacht, ich würde dich deswegen aufzieh-
hen? Ich meine, schließlich sind wir schon ewig befreundet.«

Er zieht eine Braue hoch. »Befreundet?«

»Na ja, gut, befreundet vielleicht nicht gerade. Aber du weißt
schon, was ich meine. Unsere Moms haben uns zusammen in
ein Bettchen gelegt, als wir Babys waren.«

Er zuckt zusammen. »Ich weiß.«

»Als wir klein waren, war alles paletti. Aber dann ... na ja,
in der Mittelstufe. Da wurde es einfach ... keine Ahnung ...
komisch. Und dann in der achten Klasse, da dachte ich, vielleicht ...« Ich schüttele den Kopf, anscheinend bin ich nicht fähig,
einen ganzen Satz zu bilden. »Ach, vergiss es.«

»Du hast was gedacht? Komm, hör jetzt nicht auf. Du hast es
geschafft, mich abzulenken.«

»Echt?«

»Klar. Nenn es Nächstenliebe. Oder ... tu einfach so, als wäre
ich eins von deinen Viechern.«

»Die armen Kleinen«, sage ich mit einem Seitenblick auf die
Katzen. Kirk und Spock haben sich ganz hinten in der Kiste eingerollt und pflegen ihre Männerfreundschaft. Sulu hockt allein
in der Ecke und lässt uns nicht aus den Augen. »Er ist nämlich
eine Sie.«

»Wer?«

»Sulu. Wenn man bedenkt, dass sie eine Glückskatze ist,
hätte Dad eigentlich von allein darauf kommen können. Au!«

»Was ist?«

»Ich hab so einen Druck auf den Ohren.« Ich reibe mir die
Ohren und überlege, was das zu bedeuten hat. Hoffentlich wird
mir nicht schlecht, das kann ich jetzt gar nicht gebrauchen.

Krachender Donner lässt die Wände erzittern, und dann wird
es unheimlich still – der Regen, der Wind, alle Geräusche sind

einfach weg. Und da hören wir es – dieses Rauschen wie von einem Güterzug, das Rauschen, vor dem einen jeder warnt.

Heilige Scheiße.

»Halt dich fest!«, brülle ich und greife nach Ryders Hand. Wir können wirklich nirgends hin, ich drücke mich an seine Brust, wir schmiegen uns aneinander und machen uns auf den endgültigen Schlag gefasst.

AKT II

Szene 5

Ryders Herz klopft wie wild an meinem Ohr, als wir uns verzweifelt aneinanderklammern. Durch meine Adern rast Adrenalin und ich keuche abgehackt. Ich spüre Ryders Finger in meinem Haar, seine Nägel bohren sich in meine Kopfhaut, als er mich mit aller Kraft seiner angespannten Muskeln an seine Brust drückt.

Eigentlich müsste ich ihn hassen, aber im Moment bin ich einfach nur froh, dass er hier ist – froh, dass ich nicht allein bin. Nie im Leben hatte ich solche Angst, ohne ihn wäre es jedoch noch schlimmer, das steht fest.

Nach ein paar Sekunden ist alles vorbei. Das Dröhnen des Güterzugs verstummt, voll Wut setzt der Regen wieder ein. Ich brauche keinen Jim Cantore, keinen Wettergott, um zu kapieren, dass wir es mit einem von Regengüssen begleiteten Tornado zu tun haben. So oft, wie ich *Storm Chasers* gesehen habe, ist mir das gleich klar, sogar von meinem kleinen Schlupfloch unter der Treppe aus. Draußen hätten wir ihn wahrscheinlich erst bemerkt, wenn es zu spät gewesen wäre.

Ryder lockert seinen Klammergriff um meinen Kopf, und ich rücke ein wenig weg und schaue zu ihm auf. Seine tiefbraunen Augen wirken leicht verstört, aber sonst sieht er normal aus. Wenigstens ist er nicht grün im Gesicht. Wieder lehne ich mich an ihn, diesmal ruht mein Kopf auf seiner Schulter. Immer noch halten wir Händchen, die Finger ineinander verflochten. Irgendwie ist das gar nicht schräg. Sondern gibt ein Gefühl von ... Geborgenheit.

Wir sagen beide kein Wort, bis ein paar Minuten später das Sirenengeheul aufhört.

»Ich würde vorschlagen, wir warten noch ein paar Minuten«, sage ich ein wenig heiser. »Nur um sicher zu sein, dass es vorbei ist. Hat keinen Sinn rauszugehen, um dann gleich wieder reinzuklettern.«

Er nickt. »Außerdem ist es richtig gemütlich hier drin.«

»Na ja, das würde ich nicht gerade behaupten.«

»Schön, sagen wir mal, es ist nicht ungemütlich.«

Ich schlucke schwer. »Hoffentlich ist es draußen nicht zu schlimm. Mir wird ganz mulmig, wenn ich denke, was wir gleich vorfinden werden.«

»Egal wie schlimm es aussieht, uns ist nichts passiert, und den Hunden und Katzen auch nicht. Darauf kommt es an, Jemma, alles andere kann man ersetzen.«

»Du hörst dich schon an wie mein Dad, weißt du das? Hast du auf der Bradley Cafferty Hochschule für Plattitüden studiert?«

»Dein Dad ist ein kluger Kopf«, meint er mit einem Achselzucken.

»Stimmt.« Ich hole tief Luft und atme langsam wieder aus. »Glaubst du, die Gefahr ist vorbei?«

»Ich denke schon«, sagt er nicht übermäßig überzeugt. »Im Moment wenigstens. Ich meine, der Tornado ist zwar abgezogen, aber es gibt ja immer noch den Hurrikan.«

»Trotzdem können wir uns nicht die ganze Nacht hier verkriechen.« Erstens haben wir hier drin keine Toilette. Und ich muss wirklich mal. Zweitens ist es ein bisschen eng, mit den Hunden und Katzen und ... na ja ... der Tatsache, dass Ryder nicht gerade klein ist.

»Machen wir uns erst mal ein Bild davon, wie gravierend der Schaden ist.« Er lässt meine Hand los. »Dann können wir überlegen, wie wir weitermachen.«

»Ich sollte mal meine Eltern anrufen«, sage ich und wackele mit meinen Fingern, um sie zu entspannen. »Die kommen bestimmt um vor Sorge. Könntest du die Laterne nehmen?«

Ich stehe auf, gehe zur Tür und schiebe den Riegel auf. Die Hunde heben den Kopf, beobachten mich, machen jedoch keine Anstalten aufzustehen. Wahrscheinlich fühlen sie sich hier drinnen auch sicher und geborgen. Ryder folgt mir gebückt, um sich nicht den Kopf zu stoßen, nach draußen.

So schrecklich, wie ich gedacht hatte, ist es nicht – und nicht annähernd so schrecklich, wie es hätte sein können. Ein Baum – wenigstens ein Teil davon – ist seitlich auf das Haus gefallen, mitten durch das Dach der Schlafveranda meiner Mom. Es herrscht ein heilloses Durcheinander, überall liegt Schutt herum. Aber anscheinend ist nur die Veranda betroffen, das ist gut. Der Rest des Hauses scheint in Ordnung zu sein.

Um den Schaden draußen abzuschätzen, ist es zu dunkel, aber ein aufzuckender Blitz spendet genug Licht, um zu sehen, dass Ryders Durango noch da ist. Das Gleiche gilt vermutlich auch für meinen Fiat, auch wenn ich ihn nicht sehe. Die Autos meiner Eltern parken in der Garage hinter dem Haus, also haben sie hoffentlich nichts abgekriegt. Vorausgesetzt die Garage steht noch.

Das werden wir wohl erst morgen rausfinden, wenn die Sonne aufgeht.

* * *

Nach einem Imbiss aus übriggebliebenen Sandwiches versuchen wir, unsere Eltern telefonisch zu informieren, dass wir noch leben. Nur funktioniert das Festnetztelefon nicht und aus irgendeinem Grund kriegen wir auch mit den Handys keine Verbindung. Was mich total wahnsinnig macht, weil Nan doch morgen operiert wird. Mein Handy zeigt genau einen Balken an, und wenn ich eine Nummer wähle, wird unterbrochen. Bei Ryder ist es das Gleiche. Und das heißt, wir sind komplett vom Rest der Welt abgeschnitten, können niemanden erreichen.

Einfach super.

Außerdem ist es inzwischen stockdunkel. Wir haben keinen Strom – also auch kein Licht, keinen Wetterbericht. Jim Cantore gibt vielleicht gerade die Warnung raus, dass der gesamte Bundesstaat Mississippi weggeblasen wird, und wir kriegen es nicht mit.

Die Katzen sind in der Waschküche eingesperrt. Glücklich macht sie das nicht, aber ich weiß keine andere Lösung. Wenn die Tornadosirene wieder loslegt, müssen wir sie schnell holen können.

»Wir sollten sehen, dass wir ein bisschen Schlaf bekommen«, sage ich und schaue über das Scrabble-Brett, an dem wir sitzen, zu Ryder. In einer Stunde haben wir gerade mal vier Wörter gelegt. Bei dem matten Licht, das die Laternen verbreiten, dem heulenden Wind und den Zweigen, die gegen das Fenster schlagen, tja ... sagen wir mal, es sind nicht die idealen Bedingungen für Scrabble.

Mit düsterem Blick schiebt er seine Steine beiseite. »Bist du müde?«

»Eigentlich nicht.« Ob ich überhaupt einschlafen kann, bezweifle ich, egal, wie viel Mühe ich mir gebe. »Aber was sollen wir sonst machen?«

»Stimmt, wahrscheinlich hast du recht.« Etwas kritisch sieht er zur Treppe.

Seine Gedanken sind nicht schwer zu erraten. »Oben kannst du nicht schlafen. Das ist viel zu gefährlich, hast du ja selber gesagt.« Mit dem Sturm kommt allerhand Zeug angeflogen, das ins Dach krachen könnte. Im Erdgeschoss sind wir definitiv besser aufgehoben – wenigstens solange wir nicht auf der Schlafveranda übernachten.

Ryder klopft auf das Polster neben sich. »Ich hole Decken und ein Kissen, dann passt das hier für mich.«

Noch bevor er den Satz zu Ende gebracht hat, rüttelt eine besonders heftige Bö an den Fenstern, sodass wir beide zusammenfahren.

»Es wird immer schlimmer da draußen. Moment mal ...« Ich stehe auf, schnappe mir eine Laterne und laufe ins Esszimmer. Das Notfallradio hatte ich komplett vergessen! Bei allem greife ich sofort zum Handy – und sei es um Musik zu hören –, sodass mir das ganz normale Radio gar nicht in den Sinn gekommen ist. Aber das Notfallradio hatte ich bereitgestellt, als ich anhand von Dads Liste die Notvorräte zusammensuchte. Ich hatte sogar Ersatzbatterien dafür besorgt, obwohl man es notfalls auch mit einer Handkurbel aufladen kann.

Und da steht es, mitten auf dem Esszimmertisch, wo ich außerdem noch Kerzen, Batterien und Flaschen mit Lampenöl deponiert habe. Wir sind doch nicht ganz von der Welt abgeschnitten.

Das Radio unter den Arm geklemmt, laufe ich zurück zu dem verdutzten Ryder.

»Schau, was ich habe!« Ich stelle die Laterne ab und halte das Radio in die Höhe. »Es hat sogar einen eigenen Sender für Unwetterwarnungen.«

»Das ist praktisch«, meint Ryder, als ein wahres Blitzlichtgewitter den Raum stroboskopartig erleuchtet.

Trotz des spärlichen Lichts sehe ich, wie er zusammenzuckt, während er auf den Donner wartet. Der uns nicht enttäuscht und die Wände nur so beben lässt. Beau hebt leise winselnd den Kopf. Wahrscheinlich würde Ryder es ihm gleichtun, wenn ich nicht hier wäre und es sehen würde.

Seufzend gestehe ich mir ein, dass ich ihn nicht die ganze Nacht hier allein lassen kann. Das wäre gemein. Jetzt weiß ich, was ich zu tun habe. »Machen wir uns fertig zum Schlafen«, schlage ich vor. »Du pennst bei mir im Elternschlafzimmer. Hol deine Sachen. Wenn wir im Bett sind, hören wir Radio und erfahren, was los ist, okay?«

Er nickt stumm mit zusammengepressten Lippen. Eins dreiundneunzig und ängstlich wie ein Welpe.

Zehn Minuten später habe ich meine Schlafshorts und dazu mein Top angezogen und Kissen auf das riesige Doppelbett meiner Eltern gestapelt. Die Hunde haben sich am Fußende eingerollt. Auf einem der Nachtkästchen leuchtet eine Sturmlaterne und wirft flackernd einen orange-gelblichen Schein auf das makellos weiße Bettzeug – die Tagesdecke, wie meine Mom gern sagt. Irgendwie ist es schön, dieses Farbenspiel. Es wirkt so friedlich, ein krasser Gegensatz zu dem Sturm, der da draußen tobt.

Ich greife nach meiner Kamera, die glücklicherweise voll aufgeladen ist, schalte sie ein, mache einen Schwenk durch den Raum, fange alles ein – die dunklen Schatten, das flackernde Licht, das Brüllen des Sturms.

»Was tust du da?«

Ich blicke hoch. Ryder steht mit seiner Reisetasche in der Tür. Er trägt eine karierte Pyjamahose und ein grau meliertes T-Shirt und hat seinen Schlafsack mitgebracht.

»Ich filme nur«, antworte ich mit einem Achselzucken.

»Den hab ich aus der Vorratskammer geholt.« Er hält den Schlafsack in die Höhe. »Ich dachte mir, ich übernachte auf dem Boden.«

Ich kann es mir nicht verkneifen, die Augen zu verdrehen. »Das Bett ist riesig, Ryder. Ich bin mir ziemlich sicher, dass du auf deiner Seite keine Gefahr läufst, dir was von mir einzufangen.«

»Das ist es nicht ... es ...« Er verstummt, und wir sehen einander über die weite Fläche des Betts an – das Bett, das wir auf meinen Vorschlag teilen sollen. Also wir beide. Miteinander. Die ganze Nacht.

Bin ich eigentlich noch ganz bei Trost?

Mit einem verlegenen Räuspern schalte ich das Radio ein und drehe mit zitternden Fingern die Senderwahl. Ich finde einen Sender und erkenne die Stimme eines lokalen Wetterexperten.

»... näherte sich um 19 Uhr westlich von Gulfport rasch mit Windstärke 14 der Küste. Viele Casino Resorts an der Küste berichten von Schäden. Zwei junge Männer, die das Schwimmverbot an der Küste missachteten, wurden bei Orange Beach, Alabama, tot aufgefunden. Bisher sind sie die einzigen gemeldeten Todesopfer. Es ist zu hoffen, dass sich dank der Zwangsevakuierung tief liegender Küstenregionen die Anzahl Schwerverletzter in Grenzen hält, wenn der Sturm mit einer Geschwindigkeit von etwa fünfundzwanzig Kilometern pro Stunde langsam nordwärts zieht.«

Ryder lässt sich auf der Bettkante nieder, während wir weiterhören.

»Die Bewohner von Lafayette County müssen während der Nacht und in den Morgenstunden mit einer Verschlechterung der Wetterbedingungen rechnen. In tief liegenden Gebieten ist besondere Vorsicht geboten, wenn die Flut gegen 8.02 Uhr ihren

Höhepunkt erreicht. Sturmflutereignisse am Mississippi können dazu führen, dass stromaufwärts Flüsse und Bäche über die Ufer treten und Landstraßen überfluten. Die Behörden haben im County eine Ausgangssperre verhängt – bis auf Weiteres darf nur Einsatzpersonal die Straßen befahren. Solange dieser gefährliche Sturm anhält, sollten alle Bürger in ihren Häusern bleiben und sich darauf vorbereiten, notfalls in sicheren Innenräumen Zuflucht zu nehmen. Die Erinnerung an den Hurrikan Katrina ist noch nicht verblasst ...«

»Schalt das aus.« Ryders Stimme klingt nervös.

»Suchen wir mal ein bisschen Musik«, schlage ich hastig vor und drehe am Senderwahlknopf, bis ich auf einen beliebten Indie-Rocksong stoße. »Das ist gut. Komm, mach's dir einfach gemütlich. Sieht nach einer langen Nacht aus.«

Wieder frischt der Wind auf, und ich habe das Gefühl, dass gleich die Hauswand einstürzt. Glücklicherweise tut sie das nicht. Dafür nimmt Ryders Gesicht wieder diesen merkwürdigen Grünton an.

»Alles okay?«, frage ich nach.

Er nickt. »Das überlebe ich schon. Hey, jetzt bist du dran.«

»Womit?«

»Ich habe dir mein tiefstes, dunkelstes Geheimnis erzählt.« Er legt den Kopf schief. »Jetzt musst du mir auch eins verraten.«

»Ein Geheimnis?«

»Ja. Leg los, ich weiß, dass du eine Menge Geheimnisse hast.«

»Ach, nee?«

»Du bist zu perfekt, als dass du nichts zu verbergen hättest«, sagt er, und meine Wangen fangen an zu glühen.

Ich und zu *perfekt*? Er macht wohl Witze. Nur ... seine Miene ist ernst. Kein spöttisches Glitzern in seinen Augen. Ich schaue auf die Kamera in meiner Hand, betrachte sie eingehend, dann blicke ich wieder zu ihm auf. Ich kann es nicht erklären, aber plötzlich möchte ich es ihm erzählen. Das heißt, ich möchte es *jemandem* erzählen, und er ist da, also muss er mir wohl oder übel zuhören. Ein, zwei Sekunden zögere ich, dann platze ich heraus, bevor ich den Mut verliere.

»Ich will auf die Filmhochschule.« Vor Staunen reißt er die Augen weit auf. »In New York.«

AKT II
Szene 6

D u willst *was?*«, fragt Ryder ungläubig.
Bevor ich antworte, hole ich tief Luft. »Ich will nächstes Jahr auf die Filmhochschule. In New York City. Und nicht auf die Ole Miss«, stelle ich klar, falls er es nicht kapiert hat.

Unsere Blicke begegnen sich, und ich rechne damit, in seinen Augen auf Missbilligung zu stoßen. Mache mich auf Kritik gefasst, auf den Tadel, der meiner Ankündigung folgen muss.

Stattdessen leuchtet etwas in seinen Augen, das fast aussieht wie ... Bewunderung? »Im Ernst, Jem? Das ist spitze.« Jetzt lächelt er. Man sieht seine Grübchen, seine Angst ist wie weggeblasen.

»Findest du echt?«, frage ich zögernd. »Ich meine, es hört sich ziemlich verrückt an. Ich war ja noch nie in New York.«

»Ach so?« Er rückt näher, so nah, dass ich seinen inzwischen vertrauten Duft einatme – Seife und Rasierwasser, mit einem Hauch von Regen. »Wenn jemand auf sich selbst aufpassen kann, dann du.« Er fährt sich mit der Hand durch sein dunkles Haar. »Verdammt, Jemma, du hast gerade einer Wassermokassinotter einen Kopfschuss verpasst. Nach so was ist New York ein Spaziergang für dich.«

Ich kann ein Lächeln nicht unterdrücken. »Na ja ... ist ja nicht ganz das Gleiche. Schließlich ... werde ich da oben nicht rumballern.« Jetzt rede ich hemmungslos drauflos und texte ihn mit Infos zu, erzähle ihm alles über den Studiengang, den Campus und die zahllosen kulturellen Möglichkeiten.

Er nickt dazu, macht zustimmende Geräusche, wirft hin und wieder ein »Wow« oder »Cool« ein. Als ich endlich aufhöre zu quasseln, sagt er: »Das klingt spitzenmäßig, Jemma. Im Ernst. Du solltest das anpeilen.«

Ich sehe ihn skeptisch an, so überwältigende Zustimmung habe ich nicht erwartet – und noch dazu von Ryder. »Na ja, eigentlich ist alles egal, weil Mom und Daddy überhaupt nichts von der Idee halten.«

»Sie erlauben nicht mal, dass du dich bewirbst?«

»Erst haben sie versprochen, sich das Infomaterial anzusehen und drüber nachzudenken. Wenigstens Daddy. Aber dann ... als wir erfahren haben, dass Nan diesen Tumor hat ...« Ich zucke die Achseln.

»Haben sie Nein gesagt?«

»Nicht direkt«, erwidere ich. »Nur ... du weißt schon ... es wäre jetzt kein guter Zeitpunkt und so.«

»Bis wann muss man sich bewerben?«

»Für die Vorauswahl bis zum 1. November. Die Bewerbungsunterlagen hab ich fast beisammen – alles außer dem Kurzfilm.«

In seinen Augen blitzt Entschlossenheit auf. »Dann machen wir ihn doch einfach.«

»Was, etwa jetzt?« Für den Fall, dass er es vergessen hat, wir sind mittendrin in einem Jahrhundertsturm. Ich erinnere ihn nur ungern, weil ich nicht sehen möchte, wie sich die Todesangst wieder auf seinem Gesicht abzeichnet.

»Genau. Wo ist deine Kamera? Wir sollten den Sturm dokumentieren.«

»Den Sturm?« Aha, er hat es also doch nicht vergessen. »Findest du das nicht ein bisschen ... keine Ahnung ... langweilig?«

»Was hattest du denn vor?«

»Ich wollte etwas über das County machen – was im Stil von

Faulkner einbauen. Das Filmmaterial hab ich größtenteils schon aufgenommen, aber die passende Rahmenhandlung fehlt mir noch. Hey, willst du mal sehen, was ich bisher habe?«

»Klar.«

Ich klappe den Bildschirm meiner Kamera auf, schalte den Wiedergabemodus ein, rufe die Datei auf und drücke auf Play. Ryder beugt sich vor, unsere Schultern berühren sich, während Bilder über den Bildschirm ziehen – der malerische Marktplatz, die Bibliothek, das Haus des Historischen Vereins, das Gerichtsgebäude, zwei überdachte Brücken, das alte Ames House, der Flint Creek aus unterschiedlichen Blickwinkeln, verschiedene Ansichten von Magnolia Landing und dem gesamten Anwesen.

»Das sieht schon ganz nett aus«, meint Ryder, als ich auf Stopp drücke und den Bildschirm zuklappe.

Nett? Ist »nett« nicht eine höfliche Umschreibung für »langweilig«? »Jedenfalls ist es jetzt sowieso egal«, sage ich achselzuckend. »Meine Eltern haben schließlich Nein gesagt.«

»Da fehlt noch etwas – du brauchst ein Element, das die Leute fesselt.« Er reibt sich das Kinn, macht ein nachdenkliches Gesicht. »Stärke«, sagt er gleich darauf. »Im Angesicht einer Krise. Das sollte dein Thema sein. Du dokumentierst den Sturm und die Geschichte erzählt von Stärke und Mut. Da kannst du bestimmt ein paar Faulkner-Zitate unterbringen, wenn du willst. Und dein Material kannst du auch verwenden, mit Vorher-Nachher-Aufnahmen. Gibst du mir mal deine Kamera?«

Ein bisschen baff über seine Begeisterung, drücke ich sie ihm in die Hand. Ich meine, eigentlich sollte ich mich ja ärgern, dass er mein Projekt praktisch an sich reißt, aber ehrlich gesagt wusste ich sowieso nicht recht, wohin die Reise geht. Er tut mir einen Gefallen.

Ryder steht auf, geht ans Fenster, wo Regen und Dreck gegen

die Scheiben schlagen, und drückt einen Knopf. Die Kamera piepst, er filmt. »Es ist neun Uhr abends hier in Magnolia Branch, Mississippi«, berichtet er, die Kamera auf den dunklen Himmel jenseits der Scheibe gerichtet. »Der Hurrikan Paloma hat vor wenigen Stunden bei Gulfport die Küste erreicht. Die Auswirkungen davon bekommen wir schon den ganzen Tag lang zu spüren, obwohl wir sechs Stunden weiter nördlich leben. Die Tornadosirenen heulen immer wieder und die Straße zu diesem Haus wurde überflutet. Vorhin wurde ich beinahe von einer Wassermokassinotter gebissen, aber Jemma hat sie mit einem gezielten Kopfschuss getötet. Sie hat mir das Leben gerettet.«

Er richtet die Kamera auf mich. Ich winke ab, aber er ignoriert mich. »Jemma ist einer der stärksten, mutigsten Menschen, die ich kenne.«

Ach ja? Seit wann?

»Giftschlangen, wilde Stürme«, fährt er fort. »Sie wird spielend damit fertig. Im Moment sind wir in Deckung gegangen und wollen sehen, dass wir das Ganze irgendwie überstehen. Später lasse ich wieder etwas hören und informiere darüber, wie wir uns angesichts der immer schlechter werdenden Wetterbedingungen halten. Ryder Ende.«

Unwillkürlich kichere ich. »O mein Gott, hast du wirklich gerade ›Ryder Ende‹ gesagt?«

Er zuckt zusammen. »Klingt das zu bescheuert?«

»Nö, eher lustig.« Mit Anspielungen auf *Raumschiff Enterprise* kann man nichts falsch machen – findet jedenfalls Daddy. »Aber hier drinnen ist es zu dunkel zum Filmen. Da sieht man rein gar nichts – nur Schatten.«

»Darum geht es ja. Ihnen genau zu zeigen, was wir hier erleben. Aus unserer Perspektive.«

»Kann sein«, räume ich ein. »Eigentlich keine schlechte Idee.«

Er grinst. »Wir sollten uns den Wecker stellen und alle paar Stunden ein Update liefern. Was meinst du?«

Ich seufze frustriert. »Meine Eltern lassen mich sowieso nicht gehen, was soll das Ganze dann noch?«

»Kann doch nicht schaden, wenn du dich trotzdem bewirbst«, sagt er achselzuckend. »Stimmt's? Außerdem ändern sie vielleicht ihre Meinung, wenn du genommen wirst.«

»*Falls* ich genommen werde.«

»Ich wette, die nehmen dich.«

»Wow, du setzt aber viel Hoffnung in jemanden, den du nicht mal leiden kannst.«

Ein krachender Donner unterbricht das Gespräch. Als er dann antwortet, ist seine Stimme unerwartet ruhig. »Wie kommst du auf die Idee, dass ich dich nicht leiden kann?«

Plötzlich fühle ich mich verletzlich, ziehe ein Kissen auf meinen Schoß. »Keine Ahnung. Vielleicht weil du es gesagt hast? Ungefähr eine Million Mal.«

Er schüttelt den Kopf. »Ich hab nie behauptet, dass ich dich nicht mag.«

»Das hab ich aber anders in Erinnerung. Weißt du noch, der Streit, den wir vor ein paar Wochen hatten? Auf Moms Party?«

»Da hast *du* gesagt, dass du *mich* hasst«, erwidert er.

Mein Handy klingelt, sodass wir beide hochschrecken. »Es funktioniert!«, rufe ich und greife danach, denn der Klingelton kündigt Daddy an. Natürlich Jimmy Buffett, was sonst. Ich bedeute Ryder, das Radio auszuschalten.

»Daddy? Hallo?« Ich stelle laut und halte mir das Telefon vor den Mund.

»Dreikäsehoch, bist du dran?« Schon ist er wieder weg, dann höre ich seine Stimme abgehackt. Was er sagt, verstehe ich kaum.

»Ja, ich bin da«, sage ich. »Hörst du mich?«

»Geht es dir gut, Schatz? Wir haben ... Tornados ... versucht ... keine Verbindung.«

»Uns geht's gut«, schreie ich, als würde das etwas helfen. »Ryder ist da, uns ist nichts passiert. Wie geht's Nan?«

»Nan ... gut ... morgen ...«

»Daddy? Ich hör dich nicht mehr.«

»Pass gut ... morgen ...«

Ich schüttele den Kopf, jetzt verstehe ich gar nichts mehr. Schließlich tutet das Handy, die Verbindung ist endgültig zusammengebrochen.

»Wenigstens wissen sie jetzt, dass es uns gut geht«, meint Ryder.

»Wenn er mich gehört hat, schon. Blödes Telefon.«

»Wir versuchen es morgen früh noch mal.«

»Wahrscheinlich ist es dann auch nicht besser«, sage ich kopfschüttelnd.

»Hey, wo ist dein Optimismus geblieben?«

Ich lasse mich aufs Bett fallen und starre zur Decke. »Ich bin so müde. Was für ein Scheißtag.«

»Willst du ein bisschen schlafen?«

»Vielleicht.« Ich zucke die Schultern. Plötzlich sind meine Lider bleischwer. Ich hole tief Luft und atme ganz langsam aus. »Stellst du den Wecker?«

»Nö, ich kann bestimmt nicht schlafen. Soll ich die Lampe ausmachen?«

»Wär nicht schlecht. Wenn du nichts dagegen hast.«

Er dreht den Docht runter, löscht die Flamme, und sofort herrscht völlige Dunkelheit. Ich schlüpfe unter das Laken, schiebe mir das Kissen unter den Kopf und versuche, eine bequeme Lage zu finden.

Ich höre, wie Ryder ums Bett herumläuft und sich auf der anderen Seite niederlässt.

»Du gehst doch nicht weg?«, frage ich.

»Nein, außer du möchtest das.«

»Für mich ist es okay«, sage ich und drehe mich auf die Seite.

Schweigend lauschen wir dem tobenden Sturm. Er wird wieder schlimmer. Der Wind heult jetzt unablässig in hohen Tonlagen. Immer wieder wird Dreck gegen das Haus geschleudert, Zweige peitschen gegen die Fenster. Morgen wird sich draußen kein schöner Anblick bieten, so viel steht fest.

Ich denke an Lucy und Morgan – was sie jetzt wohl gerade machen, wie sie zurechtkommen. Wenigstens sind sie bei ihren Familien. Ich hoffe, sie sind alle in Sicherheit und der Tornado, der vorbeigezogen ist, hat ihre Häuser nicht beschädigt. Vor allem aber wünschte ich, ich könnte sie anrufen oder per SMS erfahren, ob alles okay ist.

Kann ich aber nicht. Ich bin von allen Menschen abgeschnitten, außer von Ryder.

Ein ohrenbetäubendes Krachen draußen schreckt mich auf, mir verschlägt es den Atem. »Was war das denn?«

»Vermutlich ist ein Baum umgestürzt.« Ryders Stimme klingt ein bisschen zittrig. »Vielleicht sollten wir wieder in die Abstellkammer umziehen.«

»Mach… mach einfach das Radio an. Wenn wir die Schutzräume aufsuchen sollen, sagen die das durch.«

Wortlos hören wir eine gute halbe Stunde lang den Wetterkanal. Eigentlich gibt es nichts Neues. Nur dass der Sturm auf seinem Weg nach Norden, also in unsere Richtung, an Tempo verliert. Hört sich an, als würde er sich bis dahin deutlich abschwächen, aber wir haben trotzdem mit orkanartigen Winden zu rechnen. Und das langsamere Tempo heißt, dass die Hochwassergefahr steigt, vor allem wenn gegen Morgen die Flut kommt. Es kann noch ganz schön dauern, bis die Sache vorbei ist.

Ryder macht das Radio aus, greift nach meiner Kamera und richtet sie im Dunkeln auf mich. Sie piepst, und ein rotes Lämpchen verrät, dass er filmt. »Hast du Angst, Jemma?«

Ich stütze mich mit dem Ellbogen auf. »Ja, ich hab Angst«, antworte ich und überlege, was ich weiter sagen will. »Aber ... uns wird nichts passieren. Dieses Haus hat im Lauf der Jahre schon eine Menge Stürme überstanden. Es wird uns beschützen.«

»Ich hoffe, du hast recht.«

»Ja, ich auch.«

Ich höre, wie er schluckt. »Ich bin froh, dass ich hier bei dir bin.«

»Ich bin auch froh, dass du hier bist«, erwidere ich automatisch. Doch dann ... wird mir schlagartig klar, dass es stimmt. Ich bin wirklich froh, dass er hier ist. Bei ihm fühle ich mich geborgen. Entspannter, als ich es sonst wäre. Er glaubt, dass *ich* *ihn* ablenke, sodass er seine Angst vergisst. Aber in Wirklichkeit hilft er mir umgekehrt genauso. Vielleicht sogar mehr. Mit ziemlicher Sicherheit würde ich mir vor Angst in die Hosen machen, wenn er nicht da wäre.

»Danke, Ryder«, sage ich mit belegter Stimme.

»Wofür?«

»Für alles.« Ich schließe die Augen. »Schalt die Kamera aus, okay?«

Er legt sie weg, ehe er sich auf der anderen Seite des Betts ausstreckt, das Gesicht mir zugewandt.

Unsere Hände liegen auf dem Bett zwischen uns, berühren sich fast. Mit dem kleinen Finger streife ich seinen. Bei der Berührung bekomme ich eine Gänsehaut und mein Herz pocht heftig.

Ich höre, wie er den Atem anhält. Seine Hand kommt behutsam näher, seine Fingerspitzen streifen meine Knöchel, bis seine Hand ganz auf meiner liegt. Seine Haut ist heiß, die Berührung wirkt beruhigend auf mich. Eine Minute verstreicht, vielleicht zwei. Es ist fast, als würde er darauf warten, dass ich meine Hand wegziehe.

Tu ich aber nicht.

Dann dreht er seine Hand herum und seine Finger schieben sich zwischen meine.

So liegen wir mehrere Minuten lang da, die Arme ausgestreckt, Händchen haltend, die Augen weit offen. Immer noch wütet draußen der Sturm, aber es ist, als wären wir an diesem ruhigen, sicheren Ort von der Welt abgeschieden, sodass uns nichts etwas anhaben kann.

Mein Atem geht langsamer, meine Glieder werden schwer. Meine Lider schließen sich flatternd. Sosehr ich mich wehre, es hilft nichts. Ich bin einfach zu erschöpft.

Mit einem Lächeln auf den Lippen schlummere ich ein und Ryder hält mich fest.

AKT II

Szene 7

Ich schrecke hoch und versuche, den Schlaf abzuschütteln. Draußen ist es stockfinster. Der Wind heult ums Haus. Es dauert einige Sekunden, bis ich mich zurechtfinde und mir wieder einfällt, dass ich im Ehebett meiner Eltern bin, Ryder neben mir. Er liegt auf der Seite, das Gesicht mir zugewandt. Immer noch halten wir Händchen, auch wenn sich unsere Finger im Schlaf entspannt haben.

»Hallo, du«, sagt er schläfrig. »Das war ganz schön laut, hm?«

»Was?«

»Der Donner. Sogar die Fensterscheiben haben geklirrt.«

»Wie spät ist es?«

»Mitten in der Nacht, würde ich sagen.«

Natürlich könnte ich auf mein Handy schauen, aber dazu müsste ich mich aufsetzen und seine Hand loslassen. Und darauf habe ich gerade keine Lust. Es ist zu schön so. »Hast du denn überhaupt schlafen können?«, frage ich. Mein Mund fühlt sich so trocken an, als hätte ich Watte darin.

»Ich bin wohl für eine Weile eingenickt. Bis ... du weißt schon, das Gewitter wieder losging.«

»Oh. Das tut mir leid.«

»Eigentlich sollte es sich beruhigen, sobald das Auge des Sturms durchgezogen ist.«

»Falls es noch ein Auge gibt, wenn er uns erreicht. Normalerweise schwächt sich der Hurrikan ab, sobald er auf Land trifft.«

Tja, die vielen Stunden, in denen ich den Wetterkanal verfolgt habe, sind doch zu etwas gut gewesen.

Ryder drückt sanft meine Hand. »Wow, vielleicht solltest du Meteorologie studieren? Nur für den Fall, dass es mit der Filmhochschule nicht klappt, meine ich.«

»Ich könnte ein Doppelstudium machen«, pariere ich.

»Wahrscheinlich hättest du das drauf.«

»Was willst du eigentlich studieren?«, frage ich, neugierig geworden. »Ich meine, außer Football. Du brauchst doch irgendein Hauptfach, oder?«

Er antwortet nicht gleich. Ich frage mich, was ihm durch den Kopf geht – warum er zögert.

»Astrophysik«, sagt er schließlich.

»Ach ja, sicher.« Ich verdrehe die Augen. »Also gut, wenn du es mir nicht sagen willst ...«

»Ich meine das im Ernst. Erst einmal Astrophysik im Grundstudium. Und dann vielleicht ... Astronomie.«

»Wie, als Masterstudiengang?«

Er nickt bloß.

»Wirklich? Du möchtest so etwas Schwieriges studieren? Ich meine, die meisten Footballspieler wählen doch wohl eher so was wie Sportpädagogik oder Unterwasserkorbflechten?«

»Greg McElroy hat einen Abschluss in Business Marketing«, entgegnet er achselzuckend, ohne auf meine Spitze einzugehen.

»Ja, aber ... Astrophysik? Was hat das für einen Sinn, wenn du nach der Uni sowieso Profi-Footballspieler wirst?«

»Wer sagt denn, dass ich Profi-Footballspieler werden will?«, fragt er und lässt meine Hand los.

»Willst du mich auf den Arm nehmen?« Ich setze mich auf und starre ihn ungläubig an. Er ist der beste Quarterback von

178

ganz Mississippi. Bei ihm dreht sich alles um Football. Es ist sein Leben. Aus welchem Grund sollte er nicht Profi werden?

Er rollt sich auf den Rücken, verschränkt die Arme unter dem Kopf und starrt an die Decke. »Genau, ich bin ja nur so ein hirnloser Muskelprotz.«

»O bitte. Alle wissen, dass du unser Überflieger bist. Das war schon immer so. Ich würde wer weiß was dafür geben, wenn mir alles so leicht fallen würde wie dir.«

Abrupt setzt er sich auf und sieht mich an. »Du glaubst, mir fällt das alles leicht? Ich reiße mir den Arsch auf! Du hast ja keine Ahnung, worauf ich hinarbeite. Oder womit ich mich herumschlagen muss«, fügt er kopfschüttelnd hinzu.

»Wahrscheinlich nicht«, gebe ich zu. »Jedenfalls, wenn einer Astrophysik studieren und gleichzeitig eine Football-Karriere hinlegen kann, dann du. Aber vielleicht änderst du ja deine Meinung noch.«

Er lässt den Kopf in die Hände sinken. »Tut mir leid, Jem. Es ist nur ... alle erwarten etwas von mir. Meine Eltern, mein Trainer ...«

»Meinst du, das verstehe ich nicht? Wahrscheinlich gibt es kaum jemanden, der dich besser versteht, das kannst du mir glauben.«

Er seufzt tief. »Sieht ganz so aus, als hätten unsere Familien unser Leben für uns verplant.«

»Das *glauben* sie jedenfalls, so viel steht fest«, erwidere ich. Gleich darauf lässt mich ein ohrenbetäubendes Krachen und Klirren erschrocken nach Luft schnappen.

Ryder ist schon aus dem Bett gesprungen und greift sich eine Laterne. »Das kam aus dem Wohnzimmer«, meint er. »Nimm am besten deine Kamera mit. Was auch immer da los ist, wir sollten es filmen.«

Ich nicke und hole mir meine Kamera, bevor ich ihm folge.

Sadie springt vom Bett und will sich mir anschließen, aber ich scheuche sie zurück ins Schlafzimmer.

»Mist!«, ruft Ryder aus dem Wohnzimmer. »Ich brauche hier Hilfe.«

Ich renne los, alarmiert durch die Angst in seiner Stimme. »Was ist los?«

»Ein Ast ist durchs Fenster gekracht. Stopp! Komm bloß nicht näher. Hier ist alles voller Glassplitter. Hast du irgendwo eine Plastikplane griffbereit? Und Klebeband?«

Starr vor Schreck betrachte ich das Bild, das sich mir bietet. »Ja, alles im Esszimmer.«

»Okay, hol die Sachen und zieh dir Gummistiefel oder so was an, um deine Füße zu schützen. Wir müssen versuchen, den Rahmen mit einer Plane abzukleben.« Er schiebt die Möbel vor dem Fenster weg. Laut heulend fährt der Wind durch die zerbrochene Scheibe, während der Regen auf die Dielen prasselt.

Ich mache einen Schwenk mit der Kamera, in der Hoffnung, dass ich trotz des schlechten Lichts brauchbares Material bekomme. Das Objektiv wirkt wie ein Filter, merke ich, es schafft Distanz zu dem, was ich gerade aufnehme: ein geborstenes Fenster, ein Ast, der in mein Wohnzimmer ragt, die Lieblingsvorhänge meiner Mom, halb von der Vorhangstange gerissen. Klatschend schlagen sie gegen den zerbrochenen Fensterrahmen.

Ich habe genug gesehen.

»Bin gleich wieder da.« Ich schalte die Kamera aus, bevor ich mich auf die Suche nach den benötigten Dingen mache. In der Waschküche entdecke ich ein Paar Flip-Flops, die als Schutz für meine Füße reichen müssen, dann gehe ich ins Esszimmer, schnappe mir eine blaue Plastikplane und eine Rolle silberfarbenes Panzertape und laufe zurück ins Wohnzimmer. Hoffentlich hält sich der Schaden einigermaßen in Grenzen.

Wir brauchen fast eine halbe Stunde, um das Fenster mit der Plane abzudichten. Ich bin mir nicht sicher, ob sie dem Sturm lange standhalten wird, aber immerhin ist es besser als nichts. Erst als wir fertig sind, bemerke ich, dass Ryder eine Blutspur hinterlässt.

»O mein Gott, Ryder! Deine Füße!« Während ich in Flip-Flops über die Glassplitter marschiert bin, ist Ryder barfuß.

Seine Augen scheinen sich überrascht zu weiten, als er nach unten blickt – als würde er erst jetzt bemerken, dass er verletzt ist. »Kannst du mir ein paar alte Handtücher holen? Dann wische ich den Boden sauber.«

Den Boden? Er blutet wie ein abgestochenes Schwein und macht sich Sorgen um den *Fußboden*?

Aus dem Wäscheschrank im Erdgeschoss fische ich einen Stapel schäbige Handtücher, von dem ich ihm zwei reiche. »Hier. Wickele sie um deine Füße, geh ins große Badezimmer und warte dort auf mich. Ich wische jetzt erst einmal das Blut weg und kümmere mich dann um deine Verletzungen.«

»Nein, alles halb so schlimm. Ich kann ...«

»Ryder! Tu einfach, was ich sage. Los!«

Er gibt nach, und als er geht, zuckt er bei jedem Schritt vor Schmerzen zusammen.

Ich brauche noch einmal eine halbe Stunde, um in dem Zwielicht das Blut wegzuputzen. Alles, was ich übersehen habe, muss eben bis zum Morgen warten, wenn ich wieder etwas erkennen kann.

Als ich ins Badezimmer komme, sitzt Ryder am Rand von Moms Badewanne, zieht Glassplitter aus seinen Fußsohlen und sammelt die blutigen Scherben in einem Handtuch. Trotz der Petroleumlampe und zweier Batterielaternen reicht das Licht kaum aus.

Im Badschränkchen finde ich Wasserstoffperoxid und Wattebäusche. Ich knie mich auf den Boden. »Okay, lass mal sehen.«

»Ist nicht weiter schlimm«, behauptet er. »Ich glaube, ich habe alle Splitter erwischt.«

Ich schüttele den Kopf. »Nicht zu fassen. Mir sagst du, ich soll Schuhe anziehen, und du selbst trampelst die ganze Zeit barfuß über die Scherben.«

»Es war sowieso schon zu spät. Als ich kapiert hatte, was passiert war, war ich auch schon reingetreten. Außerdem war keine Zeit.«

»Ja ja, natürlich. Halt still. Ich muss die Schnitte desinfizieren.« Ich schiebe seinen Fuß über die Badewanne, gieße Peroxid über die Wunden und tupfe sie mit Watte ab, um sicherzugehen, dass auch wirklich alle Splitter draußen sind. »Wir müssen irgendwo noch Verbandszeug haben. Hoffe ich zumindest. Vielleicht in meinem und Nans Badezimmer.« Nan kriegt immer mal wieder einen Tritt mit einem Stollenschuh gegen das Schienbein oder schürft sich auf dem Kunstrasen Arme und Beine auf. »Okay, der ist so weit in Ordnung. Jetzt den anderen.« Der zweite Fuß sieht schlimmer aus. Ich entdecke noch ein paar Glassplitter, die ich vor dem Reinigen herausziehe.

Zum Glück hat Nan nicht nur einen Vorrat an Verbandszeug im Badschränkchen, sondern auch eine Tube antibiotischer Salbe. Blitzschnell greife ich mir alles und renne wieder zurück ins einigermaßen sichere Erdgeschoss, wo ich Ryders Wunden mit Salbe bestreiche und verbinde. Klaglos lässt er es mit sich geschehen.

»Okay, fertig. Wie fühlt es sich an?«

»Gut. Ähm, ich fürchte, ich habe auch einen Schnitt an der Hand. Sieht ziemlich tief aus.« Er streckt die rechte Hand aus – seine Wurfhand, wie ich erschrocken feststelle. Mir rutscht das

Herz in die Hose. Er hat ein Handtuch darumgewickelt, Blut sickert durch den Stoff.

»O mein Gott, Ryder! So ein Mist!«

Ich will das Handtuch abwickeln, als ein nur allzu vertrautes Geräusch durch die Nacht gellt und mich innehalten lässt. Die Tornadosirenen.

»Das kann doch nicht wahr sein«, entfährt es mir. »So was hat uns jetzt gerade noch gefehlt!«

»Ich hole die Katzen«, bietet Ryder an. Er steht auf, die verletzte Hand an die Brust gedrückt. »Und du such Beau und Sadie.«

Frustriert schüttele ich den Kopf. »Wie willst du die Katzen einfangen? Schau dich doch an.«

Mit der gesunden Hand öffnet er die Badezimmertür. »Keine Sorge. Geh einfach.«

Ich sammele die Salbe, das Peroxid und das Verbandszeug ein, düse hinaus, verstaue das Zeug in der Abstellkammer und kümmere mich dann um die Hunde. Es dauert nicht lange, Beau zum Mitkommen zu überreden – er ist da unkompliziert –, und Sadie trippelt glücklich hinter uns her.

Als ich den Tornadoschutzraum erreiche, ist Ryder bereits da. Zwei Sturmlaternen spenden schummriges Licht. Alle drei Katzen sitzen sicher verstaut in ihrem großen Tragekorb und äußern laut miauend ihr Missfallen. Ich folge den Hunden in den Raum und verriegele hinter mir die Tür. Adrenalin schießt mir durch die Adern.

»Auf ein Neues«, meint Ryder. »Hoffentlich ist es diesmal schnell vorbei.«

Doch eine Viertelstunde später heulen die Sirenen immer noch. Wir haben uns die ganze Zeit in angespanntem Schweigen zusammengekauert, aber es gibt kein Anzeichen einer akuten

Gefahr – diesmal bleibt das an einen Güterzug erinnernde Rauschen aus. Ich setze mich auf und entspanne meine steifen Muskeln ein wenig.

»Sieht so aus, als würden wir noch eine Weile hierbleiben«, sage ich. »Da können wir es uns eigentlich auch gemütlich machen.«

Ryder rutscht zu mir rüber und sieht sich in dem kleinen Raum um. »Mist. Ich habe vorhin einen der Schlafsäcke mitgenommen und ihn im Schlafzimmer deiner Eltern gelassen.«

»Wir können doch den hier ausbreiten«, schlage ich vor und ziehe an dem Reißverschluss. »Schlaf werden wir sowieso nicht viel abkriegen. Was ist mit deiner Hand?«

»Das geht schon. Du hast nicht zufällig das Verbandszeug mitgebracht, hm?«

Ich halte es in die Höhe. »Da ist es. Mal sehen, was sich machen lässt.«

Ich verbinde den Schnitt, so gut es mir unter diesen Umständen möglich ist. »Okay, bitte schön«, sage ich, als ich fertig bin.

»Danke.« Er legt den Arm gegen die Brust. »In ein paar Stunden geht die Sonne auf. Wenigstens sehen wir dann, was draußen los ist. Ich hoffe nur, die Plane hält.«

»Das hoffe ich auch. Wenn wir sowieso hierbleiben, könntest du eigentlich auch die Katzen aus ihrem Korb lassen.« Ich rappele mich auf die Knie und hole das kleine Einweg-Katzenklo hinter dem Wasserkanister hervor, das ich in weiser Voraussicht besorgt habe. Ich reiße die Schutzfolie über der Katzenstreu ab und reiche es Ryder. »Hier, stell das in den Tragekorb und lass die Tür offen. Die kriegen dann schon mit, wo sie hinmüssen.«

Bald klettern die Katzen über unsere Beine und kuscheln sich schließlich zu Beau und Sadie auf deren Lager. Spock nimmt sich noch die Zeit, sein Kinn an meinem Knie zu reiben. Ich streichle sein weiches Fell, froh darüber, dass wir hier alle wohlbehalten beisammen sind. Ich will gar nicht daran denken, wie viele Tiere – Vieh, Haustiere, Streuner – dort draußen den Elementen ausgesetzt sind. Allein bei der Vorstellung wird mir das Herz schwer.

»Alles klar?«, fragt Ryder.

»Ja, warum?«

»Ich weiß nicht.« Er zuckt die Schultern. »Du hast nur irgendwie ... traurig ausgesehen.«

Es erschreckt mich, wie leicht er mir am Gesicht ablesen kann, was ich gerade fühle. »Ich habe nur gerade an all die Menschen – und Tiere – gedacht, die jetzt da draußen sind. Du weißt schon, Hunde, Katzen, Pferde. Und Kühe«, füge ich mit einem tiefen Seufzer hinzu.

»Hier gibt's Kühe!«, scherzt Ryder, ein Zitat aus diesem alten Film über Tornados – den kennt ihr bestimmt, den mit Bill Paxton.

Ich muss zugeben, ich kann mir ein Grinsen nicht verkneifen.

»Tut mir leid, das musste jetzt sein«, meint Ryder. »Aber du hast recht, es ist traurig. Ich wollte nur ... denken wir lieber nicht darüber nach, okay?«

Ich gähne laut, bin so erschöpft, dass es eigentlich kein passendes Wort mehr dafür gibt. »Jetzt muss ich wirklich ein Nickerchen halten.«

»Dann mach doch. Ich kann sowieso nicht schlafen. Falls es schlimmer wird, wecke ich dich.«

»Danke.« Ich lege mich etwas bequemer auf den ausgebreiteten Schlafsack. Kaum hat mein Kopf das Kissen berührt, fallen mir auch schon die Augen zu.

Keine Ahnung, wie lang ich gedöst habe, doch als ich die

Augen wieder aufschlage, sind die Sirenen verstummt. Ryder liegt so nah neben mir, dass sich unsere Schultern berühren.

»Bist du wach?«, fragt er.

»Hmm«, murmele ich schlaftrunken. »Ist es schon Morgen?«

»Noch nicht, aber bald.«

Ich nicke und wir schweigen wieder. Irgendwie rutsche ich noch näher zu ihm, kuschele mich an ihn, suche seine Wärme.

Er legt den Arm um mich und zieht mich an sich.

Ich seufze zufrieden. Es ist irgendwie vertraut und doch so fremd, ihm derart nah zu sein. Ich muss an die gemeinsamen Babybettchen denken, an die Reisebetten, in die unsere Mütter uns beide gesetzt haben. Vielleicht ist das die Erklärung dafür – tief sitzende Erinnerungen, kaum noch greifbar, aber dennoch da.

Darum fühlt es sich wohl so richtig an. Das muss es sein.

Ich spüre, wie mir Ryder gedankenverloren durchs Haar streicht. Sein Herz klopft laut an meinem Ohr, mit jedem Atemzug hebt und senkt sich seine Brust.

»Jem?«

Ich schlucke schwer, bevor ich antworte. »Ja?«

»Ich habe darüber nachgedacht, was du gesagt hast – du weißt schon, über den Ball in der achten Klasse. Ich habe mir das Gehirn zermartert und versucht herauszukriegen, was du gemeint hast. Und« – jetzt muss er schlucken – »da gibt es etwas, das ich dir sagen muss.«

Warum will er unbedingt jetzt darüber reden? »Nicht nötig, Ryder«, erwidere ich, während mein Puls sich beschleunigt. »Du hattest recht. Das ist lange her.«

»Ich weiß, aber, ähm ... hör mir einfach zu, ja?«

Ich nicke und wappne mich innerlich, unsicher, ob ich das hören will. Es wird nur alte Wunden wieder aufreißen.

»An dem Abend habe ich ein paar Sachen gesagt, auf die ich nicht gerade stolz bin. Und ... mir ist aufgegangen, dass dir vielleicht jemand davon erzählt hat, und ...«

»Ich habe mit angehört, was du gesagt hast, Ryder«, unterbreche ich ihn. »Ich war dort hinter den Bäumen bei dem Felsen und habe alles gehört.«

Er atmet pfeifend aus. »Mist. Das tut mir so leid, Jemma. Ich dachte nicht ... ich meine, natürlich ändert das auch nichts, aber ich wusste es nicht. Ich dachte, du hättest es dir anders überlegt oder so und wolltest einfach nicht mehr mit mir hingehen.«

»Schön wär's«, flüstere ich.

»Weißt du, Jemma, die Sache ist die: Ich habe gar nicht gemeint, was ich da gesagt habe. Als ich da stand und auf dich gewartet habe, kreuzten plötzlich Mason und Ben auf und fingen an, mich hochzunehmen. Ich wusste nicht, wie ich reagieren sollte. Eigentlich wollte ich sie loswerden, und dann haben sie angefangen, blöde Bemerkungen zu machen. Du weißt schon, über dich.«

»Ja, ich hab's gehört.« Sogar jetzt noch, nach all den Jahren, lässt mich die Erinnerung daran innerlich zusammenzucken.

»Und mir war klar, wenn sie die Wahrheit wüssten – wenn sie wüssten, wie sehr ich dich eigentlich mag –, würde es noch schlimmer werden. Auf irgendeine verrückte, verdrehte Art dachte ich, ich würde dich damit schützen oder so.«

»Ich kann immer noch nicht glauben, dass Laura Grace dich bearbeitet hat, mich zu fragen«, sage ich. »Hatte meine Mom auch ihre Finger im Spiel?«

Er schüttelt den Kopf. »Nein. Verstehst du denn nicht? Das hatte ich nur erfunden. Meine Mom hatte überhaupt nichts damit zu tun – sie wusste es nicht einmal. In Wahrheit wollte *ich* mit dir hingehen. Zwischen uns hatte sich etwas verändert, weißt du noch? In den Weihnachtsferien am Strand?«

»Ja, ich erinnere mich.« In diesem Urlaub war ich mir seiner Gegenwart überdeutlich bewusst gewesen – ich war gleichzeitig befangen und nervös und euphorisch und aufgeregt. Ich ertappte ihn, wie er mich anstarrte, wenn er dachte, ich würde es nicht merken, und auch ich riskierte ab und zu heimlich einen Blick in seine Richtung.

»Damals ist mir aufgegangen, dass du das hübscheste Mädchen von Magnolia Branch bist«, fährt er fort. »Und wahrscheinlich das hübscheste von ganz Mississippi. Jedenfalls hatte ich mich auf den Ball gefreut. Ich war sogar am Nachmittag heimlich in die Stadt gegangen und hatte dir ein Anstecksträußchen gekauft. Als ich zu unserem Treffpunkt am Felsen ging, hatte ich es in meiner Anzugtasche.«

Ich höre kaum, was er sagt, weil ich bei dem Satz mit dem »hübschesten Mädchen« hängen geblieben bin.

»Nachdem ich die Jungs abgewimmelt hatte, bin ich noch mal raus, um nach dir zu suchen, aber du warst nicht da. Also bin ich wieder rein und ... na ja, Morgan und Lucy meinten, du seist überhaupt nicht aufgetaucht, und da dachte ich ...« Er schüttelt den Kopf. »Ich weiß nicht, was ich gedacht habe. Ich war erst dreizehn, und ich habe mich wegen der Sachen, die ich zu den beiden gesagt hatte, geschämt. Außerdem hatte ich Angst, du würdest mich nicht so mögen wie ich dich. Also habe ich mir wohl eingeredet, *du* hättest *mich* versetzt. Auf diese Weise brauchte ich keine Gewissensbisse zu haben, sondern konnte dich abschreiben. Und ja, ich weiß, wie bescheuert das klingt.«

Ich schnaufe einmal tief aus. »Puh. Und in all den Jahren hast du es nie über dich gebracht, mir das zu erzählen?«

»Na ja ... die Tage vergingen, und irgendwann erschien es mir einfacher, wenn du mich hasst, verstehst du?«

»Mein Gott, Ryder. Die ganze Zeit...« Ich schüttele den Kopf. Meine Wangen brennen. »Kannst du dir überhaupt vorstellen, wie aufgelöst ich war? Wie gedemütigt ich mich gefühlt habe?«

»Es tut mir leid«, wiederholt er und klingt richtig kläglich. »Ich war ein Idiot und ein Feigling und ... was weiß ich noch alles. Nur ... bitte sag, dass du mir verzeihst.«

Still liege ich da und versuche, aus dem Ganzen schlau zu werden, nachzuvollziehen, was damals im Kopf eines Dreizehn-jährigen vorging. Doch meine Gedanken wandern immer wie-der zu seinen Worten von vorhin zurück. »Für dich war ich da-mals wirklich das hübscheste Mädchen von Magnolia Branch?«

»Das bist du immer noch, Jemma«, antwortet er leise.

AKT II
Szene 8

Hat Ryder Marsden wirklich gerade das gesagt, was ich glaube gehört zu haben? Nein. Das kann nicht sein. Nicht in einer Million Jahren. Aber dann stützt er sich auf den Ellenbogen, blickt auf mich herunter und ...

Ich atme scharf aus, als er seinen Kopf zu mir neigt und ich seinen Atem warm auf meiner Wange spüre. Ich schwöre, mein Herz setzt eine Sekunde lang aus, krampft sich in meinem Brustkorb zusammen, bevor es laut pochend seinen Rhythmus wiederaufnimmt. Er will mich küssen, geht mir auf. Ryder will mich wirklich küssen und ...

»Du hast da was ...« Er hält inne und streicht mit dem Finger über meine Wange. »So. Jetzt ist es weg.«

Enttäuschung durchflutet mich. Er wollte mich gar nicht küssen. Er hat nur einen Schmutzfleck auf meinem Gesicht bemerkt oder so etwas. Ich komme mir wie ein Volltrottel vor. Hitze schießt mir in die Wangen. Ich rappele mich auf und angele mir eine Wasserflasche.

»Danke«, murmele ich, während ich den Deckel abschraube. Um Zeit zu schinden und Ryder nicht anschauen zu müssen, nehme ich einen besonders langen Zug. Das Problem ist, dass ich allmählich mal pinkeln muss.

»Glaubst du, die Sonne ist schon aufgegangen?«, frage ich.

»Gut möglich. Willst du mal rausschauen?« Auch er holt sich seine Wasserflasche.

»Ja, warum nicht. Ich kann jetzt sowieso nicht mehr schlafen.«

»Dann los.«

Als wir uns aus dem Schutzraum wagen, beginnt es gerade zu dämmern. Der Himmel ist von einem düsteren Zinngrau. Der Regen hat nachgelassen und ist in ein Nieseln übergegangen und das Heulen des Windes klingt weniger bedrohlich. Zu meiner Erleichterung stelle ich fest, dass die Plastikplane einigermaßen gehalten hat, nur eine Ecke flattert in der Brise. Obwohl Ryder durch seine Verbände an der Hand und an den Füßen gehandicapt ist, geht er sofort hin und klebt die Ecke wieder an.

Die Hunde laufen schnurstracks in die Garderobe und winseln unablässig. Ich weiß genau, wie sie sich fühlen. »Nur an der Leine«, erkläre ich ihnen. Wir wissen nicht, was uns dort draußen erwartet, welche Gefahren eventuell auf der anderen Seite der Tür lauern. Ich schlüpfe in einen gelben Regenmantel und kniehohe Gummistiefel, Ryder zieht Gummistiefel und seine wasserdichte Jacke an.

»Hier, kannst du Beau übernehmen?«, bitte ich ihn und reiche ihm die Leine. Ich selbst habe Sadie, die ungeduldig an ihrer Leine zerrt und an der Tür kratzt. Draußen führe ich Sadie direkt zu dem Grasflecken neben der Veranda. Ryder, der mir gefolgt ist, geht noch ein Stückchen weiter.

»Ach du Schande!«, ruft er aus.

Ich laufe schnell zu ihm und da sehe ich es – quer über Ryders Durango liegt ein umgestürzter Baum, der Teil der Karosserie darunter erinnert an eine Ziehharmonika. Die Windschutzscheibe ist geborsten, der Rückspiegel hängt herunter.

»Oh-oh«, murmele ich und spähe an dem Durango vorbei, um zu sehen, wie es meinem Fiat ergangen ist. Bei dem Anblick, der sich mir bietet, zucke ich zusammen – mehrere riesige Äste und Zweige voller Laub haben mein Auto praktisch unter sich begraben. Aber es sieht nicht so schlimm aus wie beim Durango. Zumindest scheint der tatsächliche Schaden eher gering zu sein. Da der Truck größer ist, hat er das Gewicht des Baums abgefangen und so den kleinen Fiat geschützt.

Trotzdem, gut ist was anderes. Und der Blick Richtung Westen lässt Böses ahnen. Entlang einer Schneise, die zum Fluss führt, sind die Kronen der Bäume abgerissen. Und eigentlich müsste man von hier aus das Dach der Scheune sehen können, aber dort, wo es sein sollte, gähnt nur ein riesiges Loch.

Shit.

»Die Scheune«, sage ich. Ich ziehe mir meine Kapuze über den Kopf, da der Regen wieder stärker wird.

Ryder nickt. »Ich weiß. Warten wir, bis die Hunde fertig sind, dann gehen wir nachsehen.«

Beau und Sadie erledigen in Windeseile ihr Geschäft, um möglichst schnell wieder raus aus dem Regen und zurück ins trockene Haus zu kommen.

»Es tut mir so leid um deinen Truck«, sage ich, als wir einige Minuten später daran vorbeigehen. Ich weiß, wie sehr Ryder an ihm hängt. Er war ein Geschenk seiner Eltern zum sechzehnten Geburtstag. Sie hatten ihn heimlich kurz vor dem großen Tag gekauft und bei uns versteckt. Am Geburtstagsmorgen fuhren sie den Wagen ganz früh hinüber nach Magnolia Landing und stellten ihn in der Auffahrt ab, damit Ryder ihn auf dem Weg zur Schule entdeckte. Jedenfalls ist der Wagen in nächster Zeit wohl nicht mehr zu gebrauchen.

Ryder antwortet nicht. Er ist zu sehr damit beschäftigt, die Schäden um uns herum zu begutachten. Leider sind sie viel schlimmer, als ich erwartet hatte. Nicht nur, dass die Schlafveranda eingestürzt und das Wohnzimmerfenster zerbrochen ist, der Sturm hat auch einen Teil des Dachs auf der anderen Hausseite abgedeckt. Und die Spitze des Schornsteins wurde glatt fortgerissen.

Überall liegen Trümmer herum und blockieren unseren Weg, jeder Schritt ist mühsam. Äste, Zweige, Dachschindeln ... etwas, das wie Wellblech aussieht. Keine Ahnung, wo das herstammt. Holzlatten, die einmal unseren Zaun darstellten, liegen über die gesamte Fläche verteilt.

Wir brauchen eine halbe Ewigkeit, um uns durch das Chaos einen Weg hinunter zur Scheune zu bahnen. Schweigend laufen wir mit eingezogenen Köpfen, während der Regen auf uns einprasselt. Was eigentlich ein fünfminütiger Spaziergang sein sollte, dauert so fast eine halbe Stunde. Ich starre konzentriert auf den Boden, für den Fall, dass noch mehr Wassermokassinottern vom Fluss hier herauf geflüchtet sind. Das Letzte, was wir brauchen, ist ...

»Äh, Jemma?«

»Hmm?« Ich blicke auf und muss blinzeln. Orientierungslos sehe ich mich um. »Was zum ...?«

Denn sie ist weg. Die Scheune ist weg. Der Ort, an dem sie stand, ist ein einziger Schutthaufen. Tränen steigen mir in die Augen und lassen das Bild vor meinen Augen verschwimmen.

Mein Schießstand. Daddys Werkstatt und all die wunderschönen Möbelstücke. Alles weg, einfach so.

»Verdammt«, stößt Ryder hervor.

Ich kann nur mit offenem Mund dastehen und glotzen und die Tränen, so gut es geht, zurückdrängen.

»Man erkennt die Zugbahn des Tornados, er ist genau hier durchgekommen.« Ryder beschreibt mit dem Arm einen weiten Bogen, um die Spur der Verwüstung nachzuvollziehen.

Mir wird sofort klar, dass Magnolia Landing direkt in der Zugbahn liegt. Ryder geht genau dasselbe durch den Kopf, ich sehe es an seinem Blick.

Der Wind frischt auf und weht mir die Kapuze vom Kopf. Ich setze sie wieder auf und greife nach meiner Kamera, denn mir ist eingefallen, dass ich das ja filmen sollte. Mit der Hand schirme ich das Objektiv gegen den Regen ab und lasse die Kamera rasch über das Bild der Zerstörung gleiten. Genau wie heute Nacht verhilft mir der Blick durchs Objektiv zu einer gewissen Distanz. Hastig schalte ich die Kamera wieder aus und stecke sie zurück in die Manteltasche.

Ryder steht einfach da, die Hände in die Hüften gestemmt, und sieht in die Ferne.

»Vielleicht ist ja alles okay«, beginne ich stockend. »Auf Magnolia Landing, meine ich. Es liegt fast einen Kilometer entfernt – so lange behalten Tornados normalerweise keinen Bodenkontakt.«

Er nickt, erwidert aber nichts. Ich weiß, dass er jetzt im Geist sein Zuhause vor sich sieht, dem Erdboden gleichgemacht wie die Scheune – ein Trümmerfeld aus weißen Steinen und umgestürzten Säulen.

»Denk nicht weiter darüber nach.« Ich trete zu ihm und lege ihm die Hand auf den Arm. »Nicht, bevor wir Klarheit haben, was wirklich passiert ist.«

Eine Windbö wirft mich beinahe um. »Wir sollten wieder reingehen«, schlage ich vor und blicke zum Himmel. Dunkle Wolken türmen sich am Horizont. Vermutlich befinden wir uns gerade in den letzten Ausläufern des Zentrums, aber wohl nicht mehr lange. Der Sturm ist noch nicht vorüber. Wir dürfen nicht unvorsichtig werden, nicht jetzt.

Wir trotten zum Haus zurück. Als wir unsere zerstörten Autos erreichen, zücke ich die Kamera, weil ich das Bedürfnis habe, Abstand zwischen mir und all der Verwüstung zu schaffen – die Fahrzeuge, das Dach, die zerschmetterte Schlafveranda.

Doch eigentlich sind meine Gedanken ganz woanders. Ich denke daran, dass meine Schwester jeden Augenblick in den Operationssaal geschoben wird und ich nichts, aber auch gar nichts tun kann.

»Komm, Jem«, ruft Ryder vom Schutz der Veranda aus. »Du wirst dort draußen noch klitschnass.«

Mit einem überwältigenden Gefühl der Hilflosigkeit folge ich ihm nach drinnen.

AKT II

Szene 9

Nach einem schnellen Frühstück, bestehend aus trockenen Frühstücksflocken und Pop-Tarts, sehen wir nach, ob wir inzwischen wieder Handyempfang haben. Die Mühe hätten wir uns sparen können. Jetzt zeigt das Display keinen einzigen Balken mehr an. Ryder glaubt, dass der Sturm – vielleicht der Tornado – den Sendemast umgeknickt hat. Das heißt, niemand weiß, wann er wieder funktioniert. Wir sind also weiterhin vom Rest der Welt abgeschnitten.

Der Vormittag zieht sich endlos dahin. Ich spiele Krankenschwester und wechsele die Verbände an Ryders Füßen und an seiner Hand. Seine Füße sehen nicht so schlimm aus, aber der Schnitt an seiner Hand macht mir Sorgen. Wahrscheinlich hätte man ihn gestern Nacht noch nähen müssen, aber jetzt ist es zu spät. Ich mag gar nicht daran denken, was das für das Football-Spiel nächstes Wochenende bedeutet – falls es überhaupt stattfindet.

Im Augenblick habe ich das Gefühl, als befänden wir uns mitten im Weltuntergang. Ich warte schon die ganze Zeit darauf, dass gleich Zombies auftauchen oder so. Sie sollen nur kommen: Delilah und ich stehen bereit.

Bis es so weit ist, vertreiben Ryder und ich uns mit zwei Partien Scrabble die Zeit. Ich gewinne beide, werde jedoch den Verdacht nicht los, dass er bei der zweiten absichtlich verloren hat. Gegen Mittag fällt uns die Decke auf den Kopf. Das

Schlimmste haben wir hinter uns, aber es schüttet immer noch und manchmal bringt ein Windstoß die Fensterscheiben zum Klirren. Ryder repariert die Plane vor dem Fenster, während ich den Boden schrubbe, um sämtliche Blutspuren zu beseitigen.

Da wir nach dem Mittagessen nichts Besseres zu tun haben, beschließen wir, ein Nickerchen zu machen. Diesmal lassen Ryder und ich so viel Platz wie möglich zwischen uns, als wir in das riesige Bett meiner Eltern klettern. Verlegen und unbeholfen rollen wir uns mit dem Rücken zueinander ein. In den letzten vierundzwanzig Stunden hat sich einiges zwischen uns verändert. Ich weiß nicht einmal mehr so recht, was ich von ihm halten soll.

Das würde ich gerne herausfinden, wenn ich nur nicht so müde wäre. Schrecklich müde. Schon nach kurzer Zeit schlafe ich ein. Und träume von Ryder.

Ich gehe einen schmalen Gang entlang und schleppe etwas Schweres hinter mir her. Es ist ein Kleid, wie mir jetzt auffällt – ein Hochzeitskleid –, und es ist so schwer, dass ich kaum laufen kann, kaum Luft bekomme. Verzweifelt möchte ich stehen bleiben und in einer weißen Tüllwolke zu Boden sinken, aber jemand schiebt mich vorwärts, stößt mich weiter.

Als ich aufblicke, sehe ich Ryder am anderen Ende des Ganges, wo er mit finsterer Miene auf mich wartet. Er trägt einen Smoking – einen weißen Smoking mit einer verwelkten roten Rose am Revers. Während ich näher komme, schüttelt er den Kopf und wirft mir einen warnenden Blick zu.

Hinter mir höre ich Applaus. Ich drehe mich um. Captain Jeremiah D. Marsden und Corporal Lewiston G. Cafferty sehen uns an und klatschen. Beide tragen ihre ramponierten, zerrissenen grauen Bürgerkriegsuniformen, auf dem Kopf die dazugehörigen Feldmützen.

Ich wende mich wieder Ryder zu. Inzwischen stehen links und rechts von ihm unsere Eltern. Sie lächeln – oder grinsen eher –, in ihren Augen liegt ein geradezu irrsinniges Funkeln. Ryders Dad packt seinen Sohn mit eisernem Griff an der Schulter, er hält ihn fest und hindert ihn daran, die Flucht zu ergreifen.

»Wir haben's geschafft!«, sagt Mom zu Laura Grace, die begeistert nickt. Sie strecken mir die Hände entgegen und locken mich zu sich an den Altar.

Ich schrecke zurück, kann aber nicht fliehen. Das Kleid ist zu schwer, der Druck von hinten zu stark.

Schlagartig werde ich wach und setze mich auf. Mein Herz pocht wie wild, meine Handflächen, die sich in die Bettdecke gekrallt haben, sind feucht. Ich schüttele den Kopf, um klar denken zu können. *Das war nur ein Traum*, sage ich mir. Trotzdem bin ich völlig verstört. Ich meine … man muss ja nicht Psychologie studiert haben, um diesen Traum zu deuten.

Ich schaue verstohlen hinüber zur anderen Bettseite. Sie ist leer. Nach einem kurzen Abstecher ins Bad, um mir kaltes Wasser ins Gesicht zu spritzen, gehe ich in die Küche. Mir knurrt der Magen und auf einmal habe ich schreckliche Lust auf ein Stück von Lous Karamellkuchen.

Da sehe ich den Zettel mit meinem Namen darauf auf dem Küchentisch liegen und bleibe stehen.

Konnte nicht schlafen, steht da in Ryders Krakelschrift. *Bin in Magnolia Landing, um nach dem Rechten zu sehen. Komme bald wieder.*

Fassungslos starre ich auf die Nachricht. Der Typ muss verrückt geworden sein. Da draußen ist es gefährlich. Das Wasser steht knietief und überall schwimmen Trümmer herum. Und was, wenn er wieder einer Wassermokassinotter begegnet? Was dann?

Er will fast einen Kilometer zu Fuß laufen – durch ein über-

flutetes Feld und einen Wald voller abgeknickter Bäume? Mit
aufgeschnittenen Füßen und einer bandagierten Hand?

Was zum Teufel soll das?

Kurz erwäge ich, ihm nachzugehen, lasse den Gedanken aber
schnell wieder fallen. Ich weiß ja überhaupt nicht, wann er auf-
gebrochen ist. Ich habe ein paar Stunden geschlafen – er könnte
jede Minute zurück sein. Ganz abgesehen davon weiß ich nicht,
welchen Weg er eingeschlagen hat, den am Fluss entlang oder
über die Straße. Und da beide überflutet sind ...

Verärgert schüttele ich den Kopf. Ich bin wirklich sauer, weil
er es nicht einmal für nötig befunden hat, mit mir zu reden, bevor er losgezogen ist. Hätte er nicht warten können? Bestimmt
hat sich die Lage bis morgen entspannt. Außerdem, selbst wenn
Magnolia Landing ein Trümmerhaufen ist – dort kann er im
Moment nicht das Geringste ausrichten.

Und was soll ich jetzt machen? Hier herumsitzen wie ein bra-
ves kleines Mädchen und auf ihn warten? Mir Sorgen um ihn
machen? Ihm etwas zu essen kochen?

Ja, ganz bestimmt.

Mein Blick fällt auf den Karamellkuchen auf dem Küchentresen, und ich stelle fest, dass er doch tatsächlich die Hälfte
davon verputzt hat, bevor er gegangen ist. Ich ziehe die Platte zu
mir heran und steche mit der Gabel hinein, ohne mir erst die
Mühe zu machen, ein Stück abzuschneiden. Das hat er jetzt davon, dass er sich zu diesem ... diesem bescheuerten Selbstmord-
kommando aufgemacht hat, ohne mir was zu sagen.

Genüsslich nehme ich einen Bissen. *Mmmm, schmeckt das
gut.* Ich muss Lou irgendwann nach dem Rezept fragen. Und
was Ryder Marsden betrifft: Ich hoffe, dass er von einem Baum
erschlagen wird. Ich hoffe, dass sich seine Wunden entzünden.
Ich hoffe, dass ihn nun endgültig eine Wassermokassinotter

beißt. Geschieht ihm ganz recht, diesem egozentrischen Mistkerl. Was denkt er sich eigentlich dabei? Ich mache letzte Nacht einen Seelenstriptease vor ihm und erzähle ihm alles von der Filmhochschule und so. Daraufhin beichtet er mir die Wahrheit über den Ball in der Achten, sagt mir, dass ich für ihn das hübscheste Mädchen von Magnolia Branch war – nein, bin.

Und dann ist er auf einmal wieder total distanziert und verschwindet, während ich schlafe. Was soll das? Er braucht mich doch da draußen – mich und Delilah. Falls er es schon vergessen hat: Ich habe ihm gestern das Leben gerettet.

Der Kuchen sieht jetzt ziemlich übel aus. Seufzend schiebe ich die Platte von mir und lecke mir den Guss aus dem Mundwinkel. Ich muss irgendwie die Zeit totschlagen, bloß womit? Mit einem Bad, beschließe ich. Jetzt gleich, bevor es dunkel wird.

Das heiße Wasser reicht gerade noch für eine Wannenfüllung. Wir haben keinen Strom, weshalb ich die Düsen von Moms riesigem Whirlpool nicht einschalten kann, aber egal. Das Lavendel-Badesalz entfaltet seine entspannende Wirkung und macht mich trotz des Nickerchens vorhin schläfrig.

Die ganze Zeit erwarte ich, dass Ryder gleich zurückkommt, was er jedoch nicht tut. Weder während ich in der Wanne liege noch als ich mich abtrockne und mir saubere Sachen anziehe. Da der Föhn nicht funktioniert, flechte ich mein Haar zu Zöpfen. Anschließend begutachte ich mich im Spiegel. Ich bin total ungeschminkt, und mit den zwei Zöpfen könnte ich glatt als Dreizehnjährige durchgehen. Die Sommersprossen auf meiner Nase lassen mich auch nicht gerade erwachsener wirken. An Nan sind die Sommersprossen irgendwie vorübergegangen, aber ich habe sie geerbt.

O Mann ... *Nan*. Bis jetzt konnte ich sie erfolgreich aus meinen Gedanken verdrängen. Trotzdem ist sie immer da, lauert im

Hinterkopf wie eine dunkle, unheilverkündende Wolke. Ich sehe auf meinem Handy nach, wie spät es ist. Sie müsste die OP inzwischen hinter sich haben, oder jedenfalls bald.

Bitte, lieber Gott, mach, dass es ihr gut geht.

Seufzend lege ich das nutzlose Handy beiseite – wieder keine Balken. Ich würde jetzt alles für ein funktionierendes Telefon geben. Irgendetwas muss ich mir einfallen lassen, um mir die Zeit zu vertreiben, sonst drehe ich durch.

Ich lasse die Hunde raus, damit sie ihr Geschäft erledigen können, dann beschließe ich, Arbeitshandschuhe anzuziehen und in der Schlafveranda zu retten, was noch zu retten ist. Bei Anbruch der Dämmerung muss ich Schluss machen. Der Himmel schimmert in einem fahlen Lavendelton und es nieselt nur noch leicht. Inzwischen kann ich kaum noch sehen, was ich tue. Keine Ahnung, wie lange ich da gewerkelt habe, aber ich habe die Trümmer auf dem Boden weggeräumt und sämtliche Kissen und Polsterauflagen zum Trocknen ins Familienwohnzimmer gelegt.

Ich ziehe die Handschuhe aus und werfe sie in die Waschküche, bevor ich die Hunde und Katzen zusammentrommele und ihre Näpfe fülle. Danach gieße ich mir ein großes Glas lauwarmen Tee ein, kippe ihn rasch hinunter und gieße mir noch eins ein. Mein Blick wandert rüber zum Fenster über der Spüle, und ich beobachte, wie sich der Himmel tiefviolett verfärbt, während die Sonne hinter dem Horizont versinkt.

Wo zum Teufel bleibt Ryder bloß? Es ist schon fast dunkel, und immer noch keine Spur von ihm. Er ist seit Stunden weg – viel zu lange. Ich bekomme Herzklopfen und mein Magen krampft sich schmerzhaft zusammen. Er müsste längst zurück sein. Außer es ist ihm etwas passiert.

Nach einer halben Stunde setzt bei mir die Panik ein. Nach einer Stunde bin ich am Durchdrehen, tigere vor der Haustür auf und ab. Alle paar Minuten bleibe ich stehen, um in die tiefschwarze Nacht zu starren, in der vergeblichen Hoffnung, ihn dort irgendwo auszumachen. Jedes Mal werde ich aufs Neue enttäuscht.

Nach weiteren zehn Minuten beschließe ich, ihn zu suchen. Er muss in Schwierigkeiten stecken, es gibt keine andere Erklärung. In Gedanken gehe ich die Möglichkeiten durch: Eine Schlange hat ihn gebissen. Das Hochwasser hat ihn mitgerissen. Ein Baum ist auf ihn gefallen und hat seine Wirbelsäule zertrümmert.

Ich habe schon meine Gummistiefel und eine Jacke angezogen, als ich etwas sehe – ein flackerndes Licht im Dunkeln, das sich aufs Haus zubewegt. In einem tiefen Atemstoß entweicht sämtliche Luft auf einmal aus meiner Lunge.

Ich renne auf die Veranda und versuche, mein rasendes Herz zu beruhigen, während ich in die Nacht hinausspähe. Immer näher kommt das Licht und ich schöpfe Hoffnung.

»Hallo!«, ruft eine vertraute Stimme, und ich weine fast vor Erleichterung.

Er ist wieder da. Gott sei Dank.

Doch die Erleichterung weicht rasch dem Zorn. »Wo um alles in der Welt bist du gewesen?«, frage ich mit bebender Stimme.

Ryder schaltet die Taschenlampe aus und tritt auf die Verandatreppe. »Hast du meinen Zettel nicht gesehen?«

»Machst du Witze?«, zische ich jetzt wieder empört. »Weißt du eigentlich, wie lange du weg warst?«

»Ja, tut mir leid. Dem Haus ist nichts passiert, aber den Pool hat's schwer erwischt. Ein Baum ist auf die Abdeckung gefallen und das Dach des Poolhauses war heruntergerissen.«

»Es tut dir leid? Mehr hast du nicht zu sagen?« Ich mache zwei Schritte auf ihn zu, unbändige Wut erfüllt mich. »Kannst du dir eigentlich vorstellen, welche Sorgen ich mir gemacht

habe? Mein Gott, Ryder! Ich dachte, du liegst irgendwo im Graben. Ich dachte, du bist verletzt, oder ... oder ...« Ich sage nichts
mehr und schüttele bloß den Kopf. »Gerade wollte ich dich
suchen gehen in der stockfinsteren Nacht!«

Er greift nach meiner Hand, doch ich schlage seine weg.

»Fass mich bloß nicht an! Schon dein Anblick ist mir zu viel.«
Ich drehe mich um und will zur Tür. Aber bevor ich sie aufreißen kann, umfasst Ryder meine Handgelenke und zieht mich
zu sich heran.

»Hör mal, es tut mir leid, Jemma. Es hat ewig gedauert, bis
ich dort war, wegen der Überschwemmung und so. Und dann
habe ich versucht, ein bisschen aufzuräumen, und ... da muss
ich irgendwie die Zeit vergessen haben.«

Ich versuche mich loszumachen, doch er verstärkt seinen
Griff. »Ich wollte dir keine Angst machen«, sagt er.

»Hast du aber.« Ich bekomme eine Hand frei und verpasse
ihm einen Schlag gegen die Brust. »Idiot!«

»Mir fehlt nichts, okay? Ich bin doch da.«

»Ich wünschte, du wärst es nicht«, brülle ich, glühend vor
Zorn. »Ich wünschte, du würdest irgendwo im Graben liegen!«
Dann stolpere ich rückwärts, weil ich mit dem Absatz an den
Dielen der Veranda hängenbleibe.

»Das meinst du nicht ernst«, sagt Ryder. Er klingt verletzt.

Er hat ja recht. Aber es ist mir egal, wenn ich seine Gefühle
verletzt habe. Dafür bin ich viel zu wütend. Wütend und erleichtert und sauer und ... und Gott, ich bin so froh, dass ihm nichts
fehlt. Noch einmal schlage ich nach ihm, und dann sind auf einmal meine Lippen auf seinen – hungrig und fordernd und stra-
fend, alles zugleich.

Er keucht überrascht auf. Sein Mund ist heiß, fast fiebrig, als
er meinen Kuss erwidert. Der Boden scheint unter meinen

Füßen zu schwanken. Ich taumele rückwärts zur Tür, ziehe ihn mit mir, ohne den Kuss zu unterbrechen. Ryders Zunge gleitet zwischen meine Lippen, streicht über meine Zähne, bevor sie hineinstößt. Und ...

O mein Gott. Noch nie hat mich jemand so geküsst. Noch nie. Seine Hände und seine Zunge und sein Geruch und sein Körper überwältigen mich ... Mir wird ganz seltsam, schwindlig. Stromstöße zucken über meine Haut und verursachen mir Schauer. Ich klammere mich an ihn, packe sein T-Shirt mit den Fäusten, als er mich heftiger, intensiver küsst. Das ist genau das, was von mir erwartet wird, kommt mir in den Sinn. Ich bin dafür *bestimmt*, Ryder Marsden zu küssen. Alles daran ist richtig, als würde sich gerade das letzte Puzzleteil ins Ganze einfügen.

Irgendwie bekommen wir die Haustür auf und stolpern blindlings ins Haus. In der Garderobe streifen wir Stiefel und Jacken ab, dann bleiben wir in der Diele stehen. Unsere Hände scheinen überall gleichzeitig zu sein. Ich ziehe an seinem T-Shirt, es soll weg, ich will seine Haut unter meinen Fingerspitzen spüren. Seine Hände fahren unter mein Top und hinauf zum BH. Fiebrige Schauer laufen mir über den ganzen Körper und meine Knie werden weich. Gott sei Dank ist hinter mir die Wand, denn sonst gibt es nichts, was mich im Augenblick aufrecht hält.

Stöhnend gibt er meinen Mund frei, um mit den Lippen meinen Hals entlangzuwandern, über die Schultern und das Schlüsselbein zu der Kuhle zwischen meinen Brüsten. Ich vergrabe die Finger in seinem Nackenhaar und drücke ihn an mich – und dabei denke ich die ganze Zeit, eigentlich müsste ich ihn stoppen, und habe gleichzeitig schreckliche Angst, er könnte aufhören.

Das ist Irrsinn. Ich bin total irrsinnig.

Aber wisst ihr was? Das ist mir egal. Weil ich gerade denke, dass Vernunft extrem überbewertet wird.

AKT II

Szene 10

J emma?«, murmelt Ryder, sein heißer Mund erforscht meine Haut. »Ist das okay?«.

Ich lehne den Kopf zurück an die Wand und ringe nach Atem. »Ja«, keuche ich. »Es ist definitiv okay. Okay?«

Seine Stirn ruht jetzt auf meiner Schulter, seine Hände streichen über meine Hüften. »Sicher? Ich will nicht ... Ich meine, das ist gerade alles total verrückt, aber ...«

»Küss mich einfach, Ryder.«

Und er tut es.

Tut es endlich.

Natürlich muss genau in dem Moment die gottverdammte Tornadosirene wieder losheulen.

Das darf doch nicht wahr sein.

Ryder löst sich von mir und wirkt ein bisschen desorientiert. Wir brauchen beide ein paar Sekunden, um uns zu fangen. »Abstellkammer«, sagt er. »Ich hole die Katzen, du die Hunde?«

Ich nicke bloß und ziehe mein Top zurecht. Irgendwie ist es hochgerutscht und hat sich an meinem BH zusammengebauscht. Und Ryder ... muss wohl irgendwann sein T-Shirt ausgezogen haben, weil er jetzt nämlich oben ohne dasteht, und seine Jeans sind tief auf seine Hüften gerutscht.

Konzentrier dich, Jemma. Die Hunde. Ich muss zu den Hunden.

Ryder ist bereits in Richtung Küche losgezogen, um die

Katzen zu holen. Ich gebe mir einen Ruck, verbanne alle nicht zweckdienlichen Gedanken aus meinem Kopf und greife nach einer Laterne, um nach Beau und Sadie zu suchen.

Sie sind im Schlafzimmer meiner Eltern. Beau ist vor der Sirene unters Bett geflüchtet, Sadie liegt oben auf der Decke, am Fußende. Ich klemme mir Sadie unter den Arm, klopfe auf meinen Oberschenkel und pfeife Beau zu mir. »Komm schon, mein Junge. Zurück ins Kämmerchen. Los!«

Er kriecht unter dem Bett hervor und folgt mir gehorsam, den Schwanz zwischen die Beine geklemmt. Diesmal erreiche ich den Schutzraum vor Ryder. Hastig stelle ich meine Laterne ab und scheuche die Hunde in ihre Ecke, dann stecke ich den Kopf zur Tür heraus und rufe nach ihm. »Ryder? Warum brauchst du denn so lange?«

»Ich komme schon!«, schreit er zurück.

Es fühlt sich wie eine Ewigkeit an, bis er die Tür aufdrückt und hereinschlüpft. Dann sehe ich, was ihn aufgehalten hat. Er hat sich die drei Katzen irgendwie unter einen Arm geklemmt und in der anderen Hand hält er die Kuchenplatte. Für eine Taschenlampe oder Laterne hatte er keine Hand mehr frei, weshalb er den ganzen Weg im Dunkeln zurücklegen musste.

»Hier«, sagt er und reicht mir den Kuchen, bevor er Kirk, Spock und Sulu in die Kiste legt und die Tür verriegelt.

»Echt jetzt, Ryder? Du hast den Kuchen mitgebracht?«

Er zuckt die Achseln. »Ich hatte eben Hunger.«

Hmm, ich kann mir schon vorstellen, dass die Knutscherei seinen Appetit geweckt hat. Nach Kuchen. Ich bin mir nicht ganz sicher, ob ich das als Beleidigung auffassen soll. Positiv zu verbuchen ist, dass er nicht so wirkt, als müsste er gleich kotzen. Wir machen demnach Fortschritte, was seine Angst vor Stürmen betrifft. Das ist doch auch schon was.

»Hast du zufällig eine Gabel dabei?«, frage ich und stelle die Kuchenplatte auf den behelfsmäßigen Tisch.

Er zieht zwei aus seiner Hosentasche und hält sie triumphierend in die Höhe. Wir essen also Kuchen, während die Sirenen heulen. Die Geräusche von draußen klingen gar nicht mehr so schlimm. Trotzdem, die Tatsache, dass wir so gelassen sind – dass *Ryder* so gelassen ist – belegt, wie sehr das für uns mittlerweile zur Routine geworden ist. Solange wir nicht dieses grauenvolle Güterzugrauschen hören, ist alles in Ordnung.

»Was ist denn mit dem Kuchen passiert?«, fragt er zwischen zwei Bissen. »Er sieht aus, als wäre jemand in meiner Abwesenheit darüber hergefallen.«

»Tut mir leid«, murmele ich. »Wegen der Aufregung hatte ich wohl eine Fressattacke. Ist dir eigentlich klar, dass du kein T-Shirt trägst?«

Er sieht an sich herunter und zuckt die Achseln, eine kaum sichtbare Röte überzieht seine Wangen. »Tut mir leid.«

Seine Entschuldigung mag albern wirken, aber in Magnolia Landing gibt es einen strengen Dresscode bei Tisch. Das ist eine von Laura Graces eisernen Regeln – zu den Mahlzeiten zieht man sich ordentlich an, sogar zum Frühstück. Obwohl, das hier kann man kaum als anständige Mahlzeit bezeichnen und dies hier ist auch kein richtiger Tisch. Aber trotzdem ...

Als die Sirenen verstummen, haben wir den ganzen Kuchen verputzt und sogar mit den Fingern den angetrockneten Guss von der Platte gekratzt. »Das ging schnell«, sage ich und stelle die leere Kuchenplatte zur Seite.

Ryder nickt. »Warten wir lieber noch ein paar Minuten. Man weiß ja nie, ob noch was nachkommt.«

Also warten wir. Schweigend. Ryder weicht meinem Blick aus, während ich am liebsten die ganze Zeit auf seine Lippen starren würde. Das ist verrückt. Ich meine, wie machen wir jetzt weiter, nachdem der Alarm vorbei und der Kuchen gegessen ist?

Die Antwort lautet offensichtlich: Wir tun so, als ob nichts gewesen wäre. Zumindest verhalten wir uns so, als wir fünf Minuten später den Schutzraum verlassen. Ryder holt sein T-Shirt aus der Diele und zieht es an. Wir gehen mit den Hunden raus. Zum Abendessen machen wir uns Sandwiches mit Erdnussbutter und Marmelade.

Beim Essen hören wir Radio und erfahren, dass aufgrund eines Stromausfalls im Wasserwerk im ganzen Bezirk das Trinkwasser abgekocht werden muss. Wir haben bisher ohnehin nur abgefülltes Wasser getrunken, aber jetzt müssen wir uns damit auch noch die Zähne putzen. Toll.

Ferner wird berichtet, dass der Tornado den Campus der Universität getroffen hat. Niemand wurde verletzt, aber mehrere Gebäude sind schwer beschädigt.

Und anscheinend steht nicht nur unsere Straße unter Wasser. Es gab großflächige Überschwemmungen. Die Ausgangssperre besteht ebenfalls noch – wir könnten also sowieso nirgendwohin, selbst wenn unsere Autos noch fahrtüchtig wären.

Nach dem Abendbrot spielen wir noch eine Runde Scrabble. Diesmal gewinnt Ryder. Ich bin ehrlich gesagt nicht so ganz bei der Sache. Außerdem ist es spät und ich bin hundemüde.

»Bist du bettreif?«, fragt Ryder, als hätte er meine Gedanken gelesen.

Ich schiebe das Spielbrett zur Seite. »Ja. Und du?«

»Hmm, und wie.« Er streckt sich und entblößt dabei ein Stück gebräunter Haut zwischen dem Saum seines T-Shirts und dem Bund seiner Jeans. »Der Sturm dürfte sich bis zum Morgen gelegt haben. Dann haben wir eine Menge aufzuräumen.«

Ich nicke. »Gehen wir lieber noch mal mit den Hunden raus.«

Wir bringen es schnell hinter uns. Inzwischen nieselt es nur noch. Trotzdem habe ich allmählich den Eindruck, als würde Moos auf mir wachsen. Alles fühlt sich klamm an – meine Haut, meine Kleider, die Möbel. Das Wasser ist überall hineingekrochen. In Mississippi herrscht allgemein ein feuchtes Klima, aber im Augenblick befürchte ich, nie wieder trocken zu werden.

Ich schnappe mir eine der Laternen, die wir in der Garderobe gelassen haben, und mache mich zum Schlafzimmer meiner Eltern auf, in der Erwartung, dass Ryder mir folgt.

Doch er bleibt an der Treppe stehen. »Ich glaube, ich sollte lieber ... ähm ... im Gästezimmer schlafen. Oben besteht wohl keine Gefahr mehr.«

Ich starre ihn bloß an und versuche herauszufinden, ob er das ernst gemeint hat. Offensichtlich ja, denn er legt die Hand aufs Geländer. »Das musst du nicht«, sage ich, und meine Wangen werden glühend heiß. »Ich meine ... Es macht mir nichts aus, wenn du hier unten bleibst. Bei mir.«

Unfassbar, was ich gerade gesagt habe. Aber, Mann, es ist jetzt alles so peinlich zwischen uns.

»Sicher?«, fragt er und macht einen Schritt auf mich zu.

Ich verlagere nervös das Gewicht von einem Fuß auf den anderen. »Ja, ich ... na ja, ich hab mich dran gewöhnt, dass du da bist. Außerdem«, sage ich leichthin, »wird es heute Nacht vielleicht noch mal heftig. Wir sollten wohl kein Risiko eingehen.«

Meine Güte, ich flehe ihn ja förmlich an, bei mir zu bleiben. Was ist eigentlich mit mir los?

»Wahrscheinlich hast du recht«, gibt Ryder nach.

Ich will etwas Schlagfertiges darauf erwidern, aber mir fällt nichts ein. Deshalb drehe ich mich um und gehe steifbeinig zum Schlafzimmer meiner Eltern.

Ryder folgt mir zum Badezimmer, wo ich mir mit Wasser aus der Flasche die Zähne putze. Am Türrahmen lehnend, beobachtet er mich. Unsere Blicke begegnen sich im Spiegel – und ich bekomme sofort Gänsehaut. Ich spucke die Zahnpasta aus und nehme einen Schluck Wasser zum Nachspülen.

»Jem?«

Als ich herumfahre, bohrt sich das Marmorwaschbecken in meinen Rücken. Er kommt näher. Ich bekomme weiche Knie, als er die Hand nach mir ausstreckt; seine dunklen Augen glühen. Sein Blick wandert über mein Gesicht und lässt meine Haut heiß werden. Mir stockt der Atem.

O Mann. »Ja?«

»Ich muss dich was fragen«, sagt er.

»Fragen? Was denn?«, stammele ich.

Er zögert, bevor er antwortet. »Was läuft zwischen dir und Patrick Hughes?«

Erst nach mehreren Sekunden finde ich meine Stimme wieder. »Was meinst du damit?«

»Ich meine damit... Patrick ist mein Freund und so. Ich... ich dachte nur, ich sollte fragen, was zwischen euch läuft, bevor ich... ähm... bevor wir etwas tun, das wir vielleicht später bereuen.«

Ich zwinkere verwirrt. Was meint er eigentlich? Und dann trifft es mich wie ein Schlag. »O mein Gott. Willst du damit sagen, dass... ich ihn betrogen habe? Mit dir?«

»Ich wollte nur sichergehen. Wenn ihr ernsthaft zusammen seid, dann ...« Er verstummt achselzuckend.

»Wir sind... ach, keine Ahnung. Wir sind nur ein paar Mal zusammen ausgegangen.« Ich schüttele den Kopf. »Mein Gott, Ryder, warum musst du jetzt von Patrick anfangen?«

Seit unserer letzten Begegnung habe ich überhaupt nicht

mehr an Patrick gedacht. Und ganz bestimmt nicht, als ich mit Ryder rumgemacht habe. Außerdem hatte ich sowieso vor, die Sache mit Patrick, was immer das auch war, zu beenden.

Trotzdem ... jetzt habe ich Schuldgefühle, als wäre ich eine Schlampe oder so. Ich bin furchtbar wütend auf mich – und schäme mich zugleich. Und Ryder ... Ich kann mir vorstellen, was er jetzt von mir denkt. »Vielleicht schläfst du besser oben«, sage ich.

»Okay.« Seine Stimme klingt sanft, beschwichtigend. »Wenn du das möchtest.«

Ich nicke. »Ist wahrscheinlich besser so.«

Auch wenn ich das nicht wirklich will. Und ... okay, das hört sich jetzt vielleicht blöd an, aber ich möchte, dass er das merkt. Ich möchte, dass er mich umstimmt. Er soll mir sagen, dass es ihm leidtut, davon angefangen zu haben, und dass er kein Problem damit hat, wenn die Sache zwischen Patrick und mir noch nicht ganz geklärt ist. Dass er hier sein will, bei mir.

Aber er tut es nicht. Natürlich nicht.

AKT II
Szene 11

Ich blinzele mehrmals und drehe mich weg, um meine Augen vor dem blendenden Sonnenlicht zu schützen, das durch die Fenster hereinströmt. Stöhnend ziehe ich mir ein Kissen über die Augen. An meinem Fußknöchel ist irgendetwas Nasses, und als ich mich ruckartig aufsetze, sehe ich Sadie, die meinen Fuß ableckt, der unter dem Laken hervorlugt.

»Wie lange habe ich geschlafen?«, murmele ich und greife nach dem Handy auf dem Nachttisch.

Es ist 10.37 Uhr. Wow. Mein Handy hat natürlich immer noch keinen Empfang. Und jetzt ist auch noch der Akku fast leer. Na toll.

Ich schiebe die zerknüllten Laken zur Seite, stehe auf, reibe mir den Schlaf aus den Augen. Die Hunde müssen raus. Ich mache mir nicht die Mühe, mich anzuziehen – ich trage immer noch meine Schlafshorts und das Tanktop, aber ich will ja auch niemanden beeindrucken. Am allerwenigsten Ryder.

Wo er wohl steckt? Gestern Abend bin ich gleich ins Bett gekrochen, nachdem er mich im Bad stehen gelassen hat. Allerdings bin ich nicht so schnell eingeschlafen. Oh nein. Das wäre zu einfach gewesen. Stattdessen lag ich stundenlang wach und lauschte auf seine Schritte über mir. Momentan kommen keine Geräusche von oben. Vielleicht ist er gegangen. Ich *hoffe* inständig, dass er gegangen ist. Es wäre mir zu peinlich, ihm zu begegnen.

Von wegen. Als ich mit den Hunden rausgehe, finde ich ihn, wie er die Baumreste von unseren Autos wegräumt.

»Hallo«, ruft er mir zu. »Ich glaube, dein Auto fährt noch. Es hat ein paar Dellen und einen Sprung in der Windschutzscheibe, aber keine größeren Schäden.« Er wirft einen belaubten Ast auf einen großen Haufen hinter sich.

Okay, wir tun also wieder so, als wäre nichts gewesen. Gut. Das kenne ich schon. »Was ist mit deinem Durango?«

»Sie ist ziemlich verbeult. Da muss einiges an der Karosserie gemacht werden, und sie braucht eine neue Windschutzscheibe.«

»Sie?«

Er sieht mich verständnislos an. »Wieso?«

»Du hast den Truck ›sie‹ genannt«, erkläre ich ihm.

»Oh. Stimmt.« Röte kriecht seine Wangen hoch. »Dana Durango.«

»Du hast dein Auto Dana getauft?«

Er zuckt nur die Achseln.

»Ooookay. Brauchst du Hilfe?«

»Nö, ich bin so gut wie fertig.« Er hält inne und mustert mich scharf. »Hast du gut geschlafen?«

»Ja, ich war sofort weg«, lüge ich, weil ich ihm die Genugtuung nicht gönne. »Und du?«

Er zuckt die Schultern. »Da oben war es ziemlich warm.«

»Aha.«

»Hast du schon gefrühstückt?«, fragt er.

»Noch nicht. Ich wollte mich erst um die Hunde kümmern. Und du?«

»Nein. Ich habe auf dich gewartet. Lass mich das hier noch fertig machen, dann treffen wir uns in der Küche.«

»Klingt gut.« Na wunderbar. So eiern wir jetzt also umeinander herum. Das ist verrückt. Ich kann mir nicht vorstellen, dass ich ihm gegenüber am Küchentisch sitze und versuche, Smalltalk zu machen. Es ist auch so schon quälend genug.

Nach meiner Runde mit den Hunden nehme ich sie mit rein und versuche, ihre Pfoten möglichst gut abzuputzen, bevor ich sie freilasse. Wenn ich gefrühstückt habe, muss ich den Boden wischen, wie mir jetzt auffällt. Überall im Haus haben die Hunde schwarze Abdrücke hinterlassen. Und jetzt, da das Sonnenlicht hell durch das zerbrochene Fenster im Wohnzimmer hereinfällt, sehe ich, dass dort auch noch Blutspuren auf dem Boden sind.

O Mann, was für ein Chaos!

Ich laufe in die Küche, fülle die Näpfe der Hunde und Katzen mit Futter und gehe dann zurück ins Elternschlafzimmer, um mein Handy zu holen. Nach dem Frühstück werde ich mich eine Weile ins Auto setzen und es dort aufladen. Wenn wir wieder Empfang haben, soll der Akku voll sein – falls wir je wieder Empfang haben.

Als ich es vom Nachttisch nehme, werfe ich einen Blick auf das Display und drücke nur so auf den Einschaltknopf. Und ... o mein Gott! Es zeigt wieder Balken an! Mein Puls beschleunigt sich, als die ganzen Benachrichtigungen auf dem Display aufpoppen. Verpasste Anrufe. Mailbox-Nachrichten.

Halleluja!

Ich setze mich aufs Bett und scrolle die verpassten Anrufe durch. Siebenundzwanzig verpasste Anrufe von meinen Eltern. *Siebenundzwanzig?* Was um alles in der Welt ... Sie müssen seit Tagen versuchen, mich zu erreichen, und nicht mitbekommen haben, dass der Empfang gestört war. Zwei Anrufe von Lucy, beide in den letzten zehn Minuten. Ich klicke weiter zur Mailbox. Nur zwei Nachrichten, eine vom Handy meines Dads und eine von Lucy.

»Jemma«, sagt mein Dad. »Ruf mich sofort zurück, wenn du das abhörst, ja?« Nur das, mehr nicht. Er klingt, als wäre er sehr durcheinander, irgendwie angespannt oder so. Was hat das zu bedeuten? Nur dass er enttäuscht ist, weil er mich nicht erreichen kann? Oder … oder … Mein Herz beginnt zu galoppieren, mein Atem wird hektisch und meine Gedanken wandern in eine gefährliche Richtung.

Bitte mach, dass es Nan gut geht. Bitte, bitte, bitte.

Ich hole tief Luft, um mich zu beruhigen, und spiele die zweite Nachricht ab.

»Jemma, hier ist Luce.« Sie klingt, als würde sie weinen. »Ich habe jetzt wieder Empfang, und … o Gott, ich habe es gerade gehört. Es tut mir so leid. Ruf mich an, wenn du jemanden zum Reden brauchst, ja?«

Was? Was zum Teufel bedeutet das? Was hat sie gehört? Was tut ihr leid?

Panik steigt in mir auf und verschlägt mir den Atem.

Ich muss mit meinem Dad reden – sofort. Mit zitternder Hand wähle ich seine Nummer. Mir ist kotzübel, während ich auf das Freizeichen lausche. Einmal, zweimal, dreimal. Dann springt die Mailbox an. Ich probiere es bei Mom. Dasselbe.

Mist. Tränen brennen hinter meinen Augenlidern. Mit wackligen Beinen stehe ich auf und gehe ins Badezimmer. Jetzt muss ich wohl wirklich gleich kotzen.

Nicht Nan. Nein, nein, nein. Es muss ihr einfach gut gehen.

»Jemma?«

Ryder durchstreift das Haus auf der Suche nach mir. Ich kann nicht antworten. Hilflos sinke ich auf dem kalten Fliesenboden vor der Toilette zusammen, das Handy in der klammen Hand.

Nach ein paar Minuten findet er mich. »Jemma?« Er sieht mich besorgt an. »Was ist los?«

Ich schüttele nur den Kopf, zu mehr bin ich nicht in der Lage. Ich bin taub für alles, gelähmt vor Angst. Das darf einfach nicht wahr sein.

»Was hast du? Ist dir schlecht?«

Ich versuche zu antworten, aber es kommt nur ein erstickter Schluchzer heraus.

Er kauert sich neben mich. »Allmählich kriege ich Angst. Was zum Henker ist los, Jem?«

Mehrmals schnappe ich krampfhaft nach Luft und reiche ihm das Handy. »Mailbox«, bringe ich heraus. »Hör selbst.«

Er tippt auf das Display meines Handys und hält es sich ans Ohr. Ich schließe die Augen und versuche ruhig zu atmen, während ich warte, bis er die Nachrichten abgehört hat.

»Wir wissen nicht, was ... das könnte alles Mögliche heißen«, sagt er schließlich. »Hast du deinen Dad zurückgerufen?«

»Er geht nicht ran. Meine Mom auch nicht. Der Akku ist sowieso bald leer.«

»Ich hole mein Handy und versuch's bei meiner Mom. Du ... bleibst hier und wartest. Dauert nur eine Sekunde, ja?«

Ich nicke nur.

Ryder bleibt eine ganze Weile weg. Ich versuche mich auf die schlechte Nachricht vorzubereiten. Aber auf so etwas kann man sich nicht vorbereiten, unmöglich. Es war doch ein Routineeingriff. Klar, am Gehirn. Trotzdem Routine. Der Tumor war nicht lebensbedrohlich. Zumindest haben sie das behauptet.

Doch dann fällt mir ein, was Nan mir über Uroma Cafferty erzählt hat. Die OP zur Entfernung des Tumors war erfolgreich, aber danach ist sie verblutet. Eine Hirnblutung. Daran ist sie gestorben.

Nein. Im Kopf wiederhole ich dieses Wort immer wieder wie ein Mantra. Ich weigere mich zu glauben, dass mit Nan etwas ist. Sie kann nicht... tot sein. Das hätte ich gespürt, ich hätte es irgendwie gewusst.

Obwohl ich seit Stunden nichts gegessen habe, rebelliert mein Magen. Galle steigt mir in den Mund und ich muss brechen.

Als ich fertig bin, stehe ich mit zitternden Beinen auf und gehe zum Waschbecken. Ich lehne mich schwer an den Marmorwaschtisch und spüle mir mit Wasser aus der Flasche, die noch dort steht, den Mund aus.

Und dann sehe ich Ryder im Spiegel, er steht in der Tür hinter mir und ist ganz blass. Mein Magen sackt nach unten, der Boden schwankt bedrohlich unter mir. Ich klammere mich so heftig am Waschtisch fest, dass meine Fingerknöchel weiß hervortreten. »Nein«, mehr bringe ich nicht heraus.

»Nan geht es gut. Sie ist okay.«

Wellen der Erleichterung durchströmen mich. Ich drehe mich zu ihm und strecke blindlings die Hände nach ihm aus.

Er nimmt mich in die Arme und gibt mir Halt. »Die Operation hat reibungslos geklappt, hat meine Mom gesagt. Nan hat eine leichte« – er klopft auf seine Wange –, »eine Art Gesichtslähmung, aber wahrscheinlich nur vorübergehend. Sie wird wieder gesund, Jemma.«

Ich nicke und schlucke schwer. Gott sei Dank. »Aber dann... Wovon hat Lucy dann gesprochen?«

Ryder holt tief Luft, bevor er antwortet. »Es ist Patrick«, sagt er stockend.

Patrick?

»Es gab einen Unfall. Es tut mir so leid, Jemma.«

* * *

Patrick ist tot. Ich kenne die Einzelheiten noch nicht, aber es ist am Montag passiert, ein paar Stunden nach Schulschluss. Es lag am Aquaplaning. Sein Auto geriet ins Rutschen, kam von der Fahrbahn ab, durchbrach die Leitplanke und landete im durch das Hochwasser angeschwollenen Fluss. Erst gegen Mitternacht meldeten ihn seine Eltern als vermisst. Sie hatten zuvor nichts von seiner Abwesenheit bemerkt.

Warum Patrick bei einem solchen Wetter überhaupt unterwegs war, darüber kann man nur spekulieren. Aber als sie das Auto aus dem Fluss zogen, fanden sie einen Kasten Schaefer Light neben ihm – und zwei leere Flaschen. Deshalb gehen alle davon aus, dass er Bier holen wollte, Vorräte für den Sturm.

Das kapier ich einfach nicht. Nichts von alldem ergibt irgendeinen Sinn.

Ich muss die ganze Zeit daran denken, was ich am Montag zu ihm gesagt habe, nur wenige Stunden vor dem Unfall. An meine letzten Worte zu ihm. Er wollte sich entschuldigen, und ich bin ihm über den Mund gefahren. Ich hatte mich über ihn geärgert und reagierte genervt.

Danach ... hatte ich ihn vollkommen aus meinem Gedächtnis verbannt und Ryder geküsst, ohne auch nur einen Gedanken an Patrick zu verschwenden. Und jetzt? Werde ich nie wieder Gelegenheit haben, mich bei ihm zu entschuldigen. Es wiedergutzumachen. Alles wieder in Ordnung zu bringen.

Und das Schlimmste ist: Als ich hörte, dass es Nan gut geht, war ich so erleichtert, dass mich nichts anderes mehr interessiert hat. Nur das zählte für mich, bis ich ein paar Stunden später mit Lucy und Morgan sprach und feststellte, wie bestürzt sie waren. Und dass sie dachten, ich wäre es auch.

Da traf mich die Erkenntnis wie ein Schlag. Patrick und ich galten sozusagen als Paar. Natürlich wollte ich diese Sache beenden, aber ich war noch nicht dazu gekommen. Ich dachte ja, das hätte keine Eile. Solange der Sturm anhielt, saßen wir ohnehin fest. Aber danach wollte ich ihm erklären, dass ich einfach nur mit ihm befreundet sein wollte, so wie früher. Das war mein Plan gewesen.

Alle – meine Freunde, Ryder und sogar meine Eltern – glaubten, ich wäre am Boden zerstört. Bin ich natürlich. Aber das wäre ich auch, wenn Patrick und ich nicht miteinander ausgegangen wären und uns ein paar Mal geküsst hätten. Schließlich kenne ich ihn schon mein Leben lang. Wir waren seit einer Ewigkeit befreundet, gehörten zur selben Clique und so. Ja, es ist also definitiv ein Schlag für mich.

Aber das Gefühl geht nicht so tief, als wäre gerade mein »fester Freund« gestorben, und deshalb fühle ich mich schrecklich. Hohl. Erbärmlicher als die niedrigste Kreatur.

Und was noch hinzukommt: Ryder fühlt sich genauso schuldig wie ich, das ist offensichtlich. Er schleicht den lieben langen Tag auf Zehenspitzen um mich herum und kann mir nicht in die Augen schauen. Sie waren ja auch Freunde. Nicht die dicksten Kumpel wie er und Mason oder auch nur wie er und Ben. Aber so gute Freunde, dass es ihm wehtut. Und unser Kuss – na schön, es war mehr als nur ein Kuss – steht jetzt zwischen uns wie ein riesengroßer Vorwurf.

Dabei könnte ich im Augenblick auch ein bisschen Trost gebrauchen. Bloß von wem? Bis Daddy morgen kommt – *falls* er einen Flug erwischt und *falls* das Wasser auf den Straßen so weit zurückgeht, dass sie passierbar sind –, habe ich hier niemanden außer Ryder. Und jedes Mal, wenn ich ihn anschaue, wenn ich nur in seine Richtung gucke, packt mich das schlechte Gewissen mit aller Macht und stürzt mich in eine niederschmetternde Mischung aus Traurigkeit, Kummer und Reue. Das ist einfach nicht auszuhalten.

Ich war ein, zwei Stunden unterwegs, habe Filmaufnahmen

gemacht, das Bild der Zerstörung aus einer neuen Perspektive aufgenommen. Jetzt im Sonnenlicht und unter dem blauen Himmel wirkt alles ganz anders – das zerstörte Dach, der eingedellte Durango, das zerbrochene Fenster, die demolierte Schlafveranda, der Schutthaufen, der einmal die Scheune war. Nicht zu vergessen der über die Ufer getretene Fluss und die geborstenen Bäume, die aussehen wie abgebrochene, im Boden steckende Streichhölzer. Das Ganze hat etwas von Wildnis.

Doch dann war der Akku leer, und ich kann die Kamera nur aufladen, wenn ich mich ins Auto setze und den Motor laufen lasse. Darauf habe ich ganz ehrlich gesagt keine Lust. Deshalb habe ich Delilah in meinen Hosenbund gesteckt und mir eine Tüte voll leerer Dosen aus der Recyclingtonne geholt. Ich will auf etwas schießen. Nur so bekomme ich wieder einen klaren Kopf und kann nach vorne blicken.

In der Nähe der Stelle, wo früher die Scheune war, finde ich ein Stück von dem demolierten Zaun. Der tut es zur Not als Unterbau für die Dosen, beschließe ich. Er ist schon so kaputt, dass ihm ein paar Schüsse, die daneben gehen, auch nichts mehr anhaben können.

Bis Sonnenuntergang habe ich noch etwa eine Stunde. Reichlich Zeit. Das einzige Problem dabei ist, dass man schlecht zielen kann, wenn einem ständig die Tränen über die Wangen laufen.

Ich habe zwei Magazine leer geschossen, als mich das Gefühl beschleicht, dass mich jemand beobachtet. Als ich mich umdrehe, lehnt Ryder an den Überresten der riesigen alten Eiche – sie ist vollkommen kahl und die Schaukel fehlt – und sieht mir zu.

Die Trauer in seinen Augen spiegelt meine eigene wider. Trotzdem können wir einander nicht trösten. Nicht jetzt. Nicht mehr.

Durch den Sturm habe ich nicht nur Patrick verloren, sondern noch etwas anderes – etwas, von dem ich nicht ahnte, dass ich es habe, von dem ich nicht wusste, dass ich es haben will. Einen kurzen Moment lang war Ryder mein Freund. Vielleicht auch viel mehr. Und jetzt? Ist er es nicht mehr.

Wann hat sich mein Leben in eine Tragödie verwandelt?

AKT III

Es ist der Ost, und Julia die Sonne!

William Shakespeare, *Romeo und Julia*

AKT III

Szene 1

Zwei Wochen später sitze ich im Klassenzimmer, wippe ungeduldig mit dem Fuß, während ich darauf warte, dass die Sonderdurchsagen beginnen. Normalerweise hasse ich die Klassenlehrerstunde, vor allem weil niemand von meinen Freunden in meiner Gruppe ist. Aber jetzt ... jetzt bin ich irgendwie froh, dass ich mal allein bin. Sofern man mit dreiundzwanzig anderen Jugendlichen »allein« sein kann, die ungeduldig aufs Mittagessen warten.

Wenigstens muss ich nicht reden. Seit dem Sturm ziehe ich mich oft innerlich zurück. Ich kann nicht anders. Klar, es ist nett von meinen Freundinnen, dass sie versuchen, mich zu trösten – finde ich wirklich. Klar mögen sie mich und legen sich ins Zeug, um mich aufzumuntern. Aber im Moment ist einfach alles ein einziges Chaos.

Nan ist zu Hause, das ist wunderbar. Nur – sie ist nicht mehr ganz die Alte. Mom sagt, das sind die Steroide. Sie muss eine starke Dosis davon schlucken, um die Schwellung in Schach zu halten und so weiter. Aber die Folge ist, dass sie kaum noch schläft und schlecht drauf ist. Richtig mies drauf. So mies, dass sie jeden anschnauzt, der irgendwas zu ihr sagt.

Die Aufräumarbeiten nach dem Sturm waren auch hart für sie. Stell dir vor, du hast eine Hirnoperation hinter dir, dann kommst du nach Hause und bist ständig dem Krach ausgesetzt, den die Handwerker machen. Also, na ja ... sie ist ziemlich reizbar. Genauer gesagt unausstehlich. Und ich fühle mich furchtbar, weil ich das auch nur denke, aber es stimmt.

Und dann war da noch Patricks Beerdigung. Einfach schrecklich. Unsagbar schrecklich. Vermutlich hat er seinen Eltern gesagt, dass wir zusammen sind, weil sie immer darauf geachtet haben, mich bei allem mit einzubeziehen. Sie haben mich sogar gefragt, ob ich bei der Trauerfeier etwas sagen will. Ich konnte nicht ablehnen.

Es war eine einzige Qual. Ich fühlte mich wie eine Riesenlügnerin, als ich da vorne stand, über ihn sprach und so tat, als hätten wir uns viel nähergestanden, als es tatsächlich der Fall war. Und seine Mutter ... ja, die ist mitten in der Trauerfeier zusammengebrochen. Das kann man ihr wohl kaum vorwerfen. Eltern rechnen nicht damit, ihre Kinder zu begraben. Er war viel zu jung zum Sterben, zu lebendig, um einfach so ausgelöscht zu werden. Gott sei Dank kam wegen seiner schlimmen Verletzungen ein offener Sarg nicht infrage. Sonst hätten seine Eltern darauf bestanden. Ich weiß nicht, ob ich das ertragen hätte. Ich habe sonst nur erlebt, dass alte Menschen gestorben sind. Jemanden, der so jung ist, dann so zu sehen, so leblos und unnatürlich, eher wie eine Wachsfigur, nicht wie ein echter Mensch ...

Bei dem Gedanken läuft es mir eiskalt den Rücken herunter. Allerdings ... jetzt quält mich das Gefühl, dass ich nicht mit ihm abgeschlossen habe, auch wenn das klischeehaft klingt. Aber so ist es. Jedes Mal, wenn ich in der Schule den Flur betrete oder mittags die Cafeteria, erwarte ich, dass er mir über den Weg läuft. Und dann fällt mir ein ... Moment mal, er ist nicht mehr da. Ich werde ihn nie wiedersehen. *Niemals.* Das geht einfach nicht in meinen Kopf. Wie kann er fort sein, wo er doch das letzte Mal, als ich ihn gesehen habe – hier in der Schule, direkt nach der Stunde mit der Klassenlehrerin –, noch ganz gesund und munter war?

Und Ryder ... seit Daddy nach Hause gekommen ist, haben wir nicht mehr miteinander gesprochen. Kein einziges Wort. Manchmal merke ich allerdings, dass mir seine Augen folgen, und mir ist klar, dass er glaubt, ich wäre die Sorte Mädchen, die einen Jungen küsst, obwohl sie mit einem anderen zusammen ist – mit einem, der wegen eines Kastens Bier sein Leben weggeworfen hat. Aber so bin ich nicht – und die Sache war auch ganz anders. Aber wie kann ich ihm das erklären, ohne dass er mich für herzlos hält? »Ach, ich wollte sowieso mit ihm Schluss machen.« Ich meine, er ist jetzt tot. Ist doch praktisch, oder?

Die Sprechanlage knistert und alle blicken erwartungsvoll hoch. Hier kommt sie, die große Durchsage, auf die wir warten – wegen der Homecoming Queen und ihres Hofstaats. Ja, ja, so wichtig für das große Ganze. Mich könnte nichts weniger interessieren, da bin ich sicher. Aber dann packen mich schon wieder die Schuldgefühle. Wegen Morgan sollte es mir nicht egal sein. Sie möchte so furchtbar gerne Queen werden, obwohl sie es nie zugeben würde. Sie hätte es verdient. Und, hey, das Leben geht weiter, nicht wahr? Wenigstens sagt das jeder zu mir.

Also starre ich wie meine Mitschüler auf die Sprechanlage und lausche den Namen, die verlesen werden.

»Hofdame der neunten Klasse: Jodie Abernathy. Hofdame der zehnten Klasse: Shannon Luke. Hofdame der elften Klasse: Carissa Oakley. Hofdame der zwölften Klasse: Jemma Cafferty. Und die Homecoming Queen der Magnolia Branch Highschool ist ... Morgan Taylor. Herzlichen Glückwunsch, meine Damen!«

Meine Mundwinkel gehen nach oben. Sie hat es geschafft! Es bedeutet ihr so viel – so viel mehr als all die Kronen, die sie in der Vergangenheit bekommen hat. Weil das nicht nur der Titel bei einem Schönheitswettbewerb ist, verliehen von beliebigen, anonymen Preisrichtern, die sie nicht wirklich kennen. Zur Homecoming Queen wurde sie von Gleichaltrigen gewählt, von Leuten, die wissen, dass sie nicht nur hübsch, sondern auch klug, lieb und lustig ist. Und jetzt werden Lucy und ich ihr helfen, das perfekte Kleid auszusuchen, was uns für die nächsten zwei Wochen beschäftigen dürfte, sodass wir an etwas Positives denken können, statt uns dauernd im Kummer zu suhlen …

»Der Homecoming-Hofstaat wird gebeten, sich vor der ersten Mittagspause zu einem kurzen Treffen im Medienraum zu versammeln.«

Und dann sagen Leute meinen Namen, drängen mich zu »gehen«. Wohin soll ich gehen? Ich werfe Francie Darlington flehende Blicke zu, vielleicht kann sie mich aufklären.

»Sie haben deinen Namen genannt«, sagt sie mit einem Lächeln. »Du bist die Hofdame der Zwölften!«

Ich? Das ist verrückt. Vielleicht handelt es sich um eine Verwechslung – und sie wollten eigentlich Jessica oder Lucy aufrufen. Ja, so muss es sein.

Mrs Blakely weist mit einer Kopfbewegung auf die Tür. »Jemma, du bist entschuldigt. Glückwunsch!«

»Welchen Begleiter suchst du dir aus?«, ruft ein Mädchen von hinten. Sofort machen andere psst, Patricks Name wird geflüstert. Dann breitet sich unbehagliches Schweigen aus.

»Jemma!«, drängt Mrs Blakely. »Geh schon, los.«

Mit einem Nicken schnappe ich mir meine Tasche. Plötzlich ist mir schlecht. Das kann nicht wahr sein. Das war wohl so eine Art Mitleidswahl, denke ich. Aber dann fällt mir ein, dass wir vor dem Sturm abgestimmt haben. Ratloser denn je stehe ich auf, gehe mit zittrigen Knien zur Tür und ignoriere die neugierigen Blicke, die mich verfolgen. Draußen auf dem Gang atme ich auf.

Mit einem irren Grinsen im Gesicht saust Morgan den Korridor entlang auf mich zu. »O mein Gott!«, ruft sie. »Ich fasse es nicht. Wir beide! Das wird so toll.«

»Glückwunsch!«, sage ich und versuche, begeistert zu klingen, als sie mich in die Arme schließt.

»Dir auch. Im Ernst, Jemma, über deine Wahl habe ich mich noch mehr gefreut als über meine eigene.«

Da muss ich lächeln, denn ich weiß, sie meint es ernst. »Also, was ist mit dem Treffen?«

Sie winkt ab. »Ach, da geht's nur um die Abläufe bei der Vorstellung. In der Halbzeit beim Football-Match und am Abend darauf beim Ball mit deinem Begleiter.«

Ich kann das nicht.

»Ich werde einfach Mason bitten«, fährt sie auf dem Weg zum Medienraum fort. Sie hat sich bei mir untergehakt. »Vielleicht solltest du einen von den anderen Jungs fragen – Ben zum Beispiel.«

»Vielleicht«, antworte ich achselzuckend. Ich will aber niemanden fragen. Die Leute werden sagen, Patrick hätte mein Begleiter sein sollen, wie schrecklich, dass er nicht da ist. Ich höre jetzt schon das Getuschel, »die Ärmste« und so weiter.

»Hey!«, ruft jemand hinter uns, wir drehen uns um und sehen Ryder, der neben den orangefarbenen Spinden vor Mr Jepsens Klassenzimmer steht. Keine Ahnung, warum er früher aus dem Unterricht raus ist, ist mir auch egal. »Hab gerade die Durchsage gehört – Glückwunsch.«

»Danke«, flötet Morgan. »Sagenhaft, oder? Wir *beide*.«

Ryders Blick wandert zwischen uns hin und her und er nickt.

Ich ziehe den Kopf ein, versuche den Augenkontakt mit ihm zu vermeiden. Das ist schlimmer als früher, als ich ihn gehasst habe, wird mir klar. Damals war es wenigstens nicht peinlich.

Ich konnte ihn einfach ignorieren und mein eigenes Ding machen. Jetzt bin ich gereizt, wütend, und habe Schuldgefühle. Nichts wie weg hier. Weg von ihm. Zum Glück wirft Morgan einen Blick auf die Uhr. »Wir müssen los. Zu einem Treffen im Medienraum.«

»Gut«, sagt Ryder. »Aber, hm ... Jemma, könnte ich nach der Schule kurz mit dir reden? Vor dem Training vielleicht?«

Jetzt begegnen sich unsere Blicke. »Ich ... finde, das ist keine gute Idee.«

»Es dauert nicht lang«, verspricht er. »Vielleicht komme ich einfach nach dem Abendessen zu euch nach Hause. Dann kann ich auch Nan Hallo sagen.«

»Sie ... ist noch nicht stark genug für Besuch.«

»Wirklich?« Er sieht mich durchdringend an, zieht ungläubig die Brauen hoch. »Deine Mom hat nämlich das Gegenteil behauptet.«

Mist. Was nun? Mir fallen keine Ausreden mehr ein. Außerdem möchte ich Morgan auf keinen Fall neugierig machen. »Na gut. Meinetwegen.«

»Super. Bis dann.« Er dreht sich um und verschwindet im Klassenzimmer, ohne sich noch einmal umzusehen.

Ich habe keinen Schimmer, worüber er reden will. Als wäre nicht schon alles verfahren genug zwischen uns. Es hat doch keinen Sinn, das Ganze noch schlimmer zu machen, indem man Sachen bespricht, die man nicht besprechen muss. Wir haben geknutscht, ohne dass ich mir erst die Mühe gemacht hätte, mit Patrick Schluss zu machen. Das war ein Fehler – ein Riesenfehler. Punkt.

Die Erinnerung an diesen Abend überfällt mich – sein Oberkörper war nackt, meiner beinahe auch. Meine Wangen glühen, als ich daran denke, wie seine Fingerspitzen über meine Haut glitten, sich unter meinen BH schoben, während er mich küsste, wie mich noch nie jemand geküsst hat. Heiliger Strohsack.

Hör auf.

»Was war das denn?«, fragt Morgan, als wir weitergehen. »Der hat sich aber seltsam benommen.«

»Ist mir nicht aufgefallen«, erwidere ich betont lässig und zucke die Achseln. »Wir sollten uns beeilen. Wahrscheinlich sind wir ohnehin spät dran.«

»Vielleicht möchte er, dass du ihn bittest, dein Begleiter zu sein«, zieht sie mich auf und legt einen Zahn zu.

Ich hole auf, brauche zwei Schritte, wenn sie einen macht. »Ja, klar«, sage ich atemlos.

»Man kann nie wissen.« Sie zwinkert mir zu. »Es sind schon verrücktere Sachen passiert.«

O Mann. Sie hat wirklich keine Ahnung.

AKT III

Szene 2

Nach dem Abendessen entschließe ich mich zu einem Spaziergang. Ja, ich bin ein Feigling. Nein, ich will nicht mit Ryder reden. Also werde ich eben nicht da sein, wenn er kommt, so einfach ist das.

Mit einem Blick über die Schulter versichere ich mich, dass es niemand bemerkt, schleiche die Stufen der Veranda hinunter und laufe geradeaus. Endlich fühlt es sich nach Herbst an, die Luft ist frisch und klar. Eine willkommene Abwechslung, so viel steht fest. Ich ziehe den Reißverschluss meiner Kapuzenjacke hoch, stecke mir die Stöpsel in die Ohren und laufe im Takt der Musik den Weg zum Fluss hinunter. Es ist ein langsames Stück, aber ich hab's nicht eilig.

Am Fluss bleibe ich wie angewurzelt stehen. Was für ein Anblick. Von den vier Picknicktischen, die früher das sandige Ufer schmückten, steht nur noch einer. Das wusste ich schon – Daddy hat es mir am Tag nach seiner Rückkehr aus Houston erzählt, als er mit dem Geländewagen unser Grundstück abgefahren war, um den Schaden einzuschätzen. Aber es mit eigenen Augen zu sehen ist etwas völlig anderes.

Die Tische standen dort schon immer – mein Leben lang, und den Großteil von Daddys Leben wohl auch. Das Holz war wettergegerbt und perfekt geglättet. Aber der Sturm hat drei davon so stark beschädigt, dass sie nicht mehr zu reparieren waren und man sie vollständig entfernt hat. Klar, wir können neue hinstellen, aber das wäre nicht dasselbe. So ähnlich wie bei der Scheune.

Natürlich sollte ich dankbar sein, dass es nicht schlimmer war, dass unser Haus noch steht, der Schaden minimal ist. Hunderte Familien sind durch den Hurrikan Paloma und die Tornados, die mit ihm übers Land tobten, obdachlos geworden. Wir haben Glück gehabt, vor allem, wenn man bedenkt, wie knapp es war. Der Wirbelsturm, der die Scheune umgelegt hat, ist keine fünfhundert Meter neben dem Haus vorbeigezogen. Hätte er beschlossen, ein kleines Stück weiter westlich vom Himmel zu fallen, hätte es weitaus schlimmer enden können – ich will es mir lieber nicht ausmalen.

Seufzend gehe ich zu dem übrig gebliebenen Tisch, klettere hinauf und lege mich auf den Rücken, sodass ich beobachten kann, wie die untergehende Sonne breite Farbstreifen auf den Himmel malt – orange, rosa, lavendel. Das wenigstens hat sich nicht geändert. Der Himmel, meine ich. Er ist, wie er immer war – als ich fünf, zehn, zwölf, fünfzehn war.

Ich schließe die Augen und stelle die Musik lauter, möchte mich darin verlieren. Und das klappt auch – so gut, dass ich einnicke. So muss es zumindest gewesen sein, denn als ich die Augen wieder aufschlage, ist die Sonne endgültig untergegangen, und am Himmel über mir funkeln die ersten Sterne.

Da höre ich, wie sich Schritte leise nähern, aber ich brauche einen Moment, um mich zurechtzufinden – bis mir einfällt, warum ich überhaupt hier bin.

»Jemma?«

Verdammt. Ich setze mich auf, ziehe mir die Stöpsel aus den Ohren und schwinge die Beine über den Rand der Tischplatte.

»Dachte ich mir doch, dass ich dich hier finde«, sagt Ryder, der jetzt bei mir angelangt ist.

Ich beschließe, überrascht zu tun. »Was machst du denn hier?«

Er runzelt die Stirn. »Ich habe dir doch gesagt, dass ich komme, weißt du nicht mehr?«

»Ach so. Stimmt.«

»Übrigens, möchtest du vielleicht deine Eltern anrufen und ihnen sagen, wo du bist?«

Ich zucke die Achseln. »Warst du bei Nan?«

»Ja. Sie sieht gut aus, wenn man bedenkt, dass sie gerade eine Hirnoperation hatte. Aber sie ist so schrecklich schweigsam.«

»Ist auch besser so, wenn sie nichts sagt«, murmele ich. Nach dem Essen hatte sie mich angeschrien, weil ich nicht von selbst auf die Idee gekommen bin, ihr Kissen aufzuschütteln. »Glaub mir.«

»Was dagegen, wenn ich mich setze?« Er deutet mit einer Kopfbewegung zur Stelle auf dem Tisch neben mir.

»Tu dir keinen Zwang an.« Ich rutsche ein Stück und mache ihm Platz.

Er holt sein Handy aus der Hosentasche und klettert neben mich auf den Tisch. »Also, ich hab mir Gedanken über dein Projekt gemacht. Du weißt schon, den Film. Du hast in letzter Zeit einiges durchgemacht, es ist eine Menge passiert, deshalb... schau mal.« Er hält mir den Bildschirm seines Handys hin. »Ich... ähm, bin zu den Plätzen gegangen, die du gefilmt hattest. Du weißt schon, der Marktplatz, die Brücken, das Ames House und so weiter. Um zu zeigen, wie es jetzt aussieht, nach dem Sturm.«

Er drückt auf Play und die erste Bilderserie flimmert über das Display. Staunend beobachte ich, wie er einige Videodateien durchklickt, jede dauert einige Minuten.

»Klar, ist nicht viel«, sagt er nach dem letzten Video. »Und die

Qualität reicht wahrscheinlich nicht. Aber vielleicht kannst du was davon gebrauchen.«

»Ich kann nicht glauben, dass du das getan hast.« Verblüfft schüttele ich den Kopf. »Danke, Ryder. Das ist spitze. Ehrlich.«

Er schenkt mir ein absurd selbstzufriedenes Lächeln. Und okay ... vielleicht schmilzt mein Herz ein bisschen. Nur ein klitzekleines bisschen.

Lieber Himmel, hilf mir ...

»Ich hab noch mehr.« Wieder greift er in die Hosentasche. Diesmal holt er ein zusammengefaltetes Blatt Papier heraus. »Ich habe Faulkner-Zitate gegoogelt – über Stärke und Mut, du weißt schon. Es waren nicht viele, die passen, aber ich habe sie für dich abgeschrieben. Mit Quellenangabe und so weiter.«

Unsere Finger streifen sich, als ich das Blatt entgegennehme, und elektrische Schauer scheinen mir über die Haut zu jagen. Er muss auch etwas gemerkt haben, denn er zieht die Hand zurück, als hätte er sich verbrannt.

Für den Bruchteil einer Sekunde treffen sich unsere Blicke, dann schaue ich weg. Ich hoffe, er bemerkt die Tränen nicht, die sich an meinen Wimpern sammeln. Ich muss erst mal schwer schlucken, bevor ich ein Wort rausbekomme. »Ich weiß gar nicht, wie ich dir danken soll, Ryder. Das bedeutet mir ... wirklich viel. Aber ...« Ich breche ab. Erst mal muss ich den Mut für das zusammenkratzen, was ich sagen will.

»Oh-oh.« Er zuckt zusammen. »Es gibt ein Aber?«

»Ja. Ich bewerbe mich nicht in New York.«

»Warum? Du musst das machen.«

Ich seufze. »Ich kann nicht, Ryder. Nicht jetzt.«

»Warum nicht? Ich war gerade bei Nan.« Er deutet vage auf das Haus. »Anscheinend geht es ihr gut. Deine Mom hat gesagt ...«

»Du verstehst das nicht«, falle ich ihm ins Wort. Wie soll ich

das erklären?« »Es ist einfach alles ... so ein Chaos. Es hat sich ...
ohnehin schon zu viel ... verändert. Es wäre nicht richtig. Nicht
jetzt.«

»Aber du bist doch noch die Alte, Jemma. *Du* hast dich nicht
verändert. Du willst das doch machen, oder?«

»Siehst du, genau in dem Punkt täuschst du dich. Ich habe
mich sehr wohl verändert. Und«, ich schüttele den Kopf, »ich
weiß nicht einmal mehr, was ich will.«

Er öffnet den Mund, um etwas zu sagen, klappt ihn aber
gleich wieder zu. An seinem Kiefer zuckt ein Muskel, während
er die Stirn runzelt und mich streng ansieht. »Ich hätte dich für
stärker gehalten«, sagt er schließlich. »Für mutiger.« Ich versuche zu protestieren, aber er schneidet mir das Wort ab. »Wenn
ich heimkomme, maile ich dir diese Videodateien. Ich habe zwar
keine Ahnung vom Filmemachen, aber wenn du Hilfe brauchst,
na ja ...« Er zuckt die Achseln. »Du hast ja meine Nummer.«

Damit lässt er sich vom Tisch gleiten und geht los.

Ich hüpfe vom Tisch und folge ihm. »Ryder, warte!«

Er bleibt stehen und sieht mich an: »Ja?«

»Ich ... wegen Patrick. Und dann ... du und ich. Ich fühle mich
schrecklich deswegen. Während dem Sturm war alles so verrückt, hatte nichts mit dem normalen Leben zu tun.« Ich hole
tief Luft, mein ganzes Gesicht glüht. »Ich will nicht, dass du
denkst, ich wäre, du weißt schon, so eine ...«

»Hör sofort auf.« Er hebt die Hand. »So etwas denke ich überhaupt nicht, klar? Es war ...« Er verstummt, schüttelt den Kopf.
»Ach verflucht, Jemma. Ich werde dich nicht anlügen. Es war
schön. Ich bin froh, dass ich dich geküsst habe. Und ich glaube,
ich habe es schon ... na ja, ziemlich lang gewollt.«

»Du hast es aber ziemlich gut geschafft, dir nichts anmerken
zu lassen.«

»Es ist eben ... na ja, ich musste mir siebzehn Jahre lang anhören, du wärst das perfekte Mädchen für mich. Und verdammt noch mal, Jem. Meine Mom hat schon genug von meinem Leben unter Kontrolle. Was ich esse. Was ich anziehe. Zum Teufel, sogar meine Unterwäsche. Du kannst dir nicht vorstellen, was für ein Theater sie vor ein paar Jahren gemacht hat, als ich enge statt weite Boxershorts tragen wollte.«

Ich schlucke schwer, denn ich erinnere mich wieder daran, wie er in Unterwäsche aussieht. Ja, ich bin auch froh, dass er diesen Streit für sich entschieden hat.

»Jedenfalls, wenn meine Eltern etwas wollen, kann es eben nicht das Richtige sein. Also hab ich mir eingeredet, du wärst nicht die Richtige für mich. Ging nicht anders.« Sein Blick streift mein Gesicht, und ich schwöre, er bleibt an meinen Lippen hängen. »Egal was ich jedes Mal empfand, wenn ich dich gesehen habe.«

O mein Gott. Mir ging es genauso – ich dachte, er wäre nichts für mich, nur weil Mom meinte, wir wären das perfekte Paar. Jetzt weiß ich nicht mehr, was ich glauben soll. Oder fühlen. Was ist echt und was ist nur eine Illusion, um mir etwas zu beweisen?

Aber Ryder ... er versteht mich. Er hat das Gleiche erlebt.

Ich seufze. »Kannst du dir vorstellen, wie anders alles wäre, wenn unsere Familien einander hassen würden? Wenn sie sich so in der Wolle hätten wie die Methodisten und die Baptisten?«

»Ich wette, dann wäre es längst nicht so kompliziert. Mann, wahrscheinlich wären wir schon längst miteinander durchgebrannt oder so.«

»Bestimmt.« Ein Lächeln zuckt um meine Lippen.

»Und noch etwas«, sagt Ryder und macht ein verlegenes Gesicht. »Wegen Rosie. Ich war da nicht ganz ehrlich, weder zu ihr noch zu mir. Du hattest recht – ich habe ihr etwas vorgemacht. Bei Joshs Party, meine ich.«

»Aber ... aber warum?«, stammele ich.

»Ehrlich gesagt, weil ich dich eifersüchtig machen wollte. Ihr gegenüber war das nicht fair, und, na ja ... ich hab mich mit ihr ausgesprochen und mich entschuldigt. Nur damit du es weißt.«

»O je, ich wette, das war unangenehm.«

»Das kann man wohl sagen.« Er zuckt zusammen. »Sie war unglaublich sauer. Nicht dass ich ihr das übel nehme.« Er lächelt. »Muss jetzt echt schwer für dich sein, nicht mit ›Ich hab's dir ja gesagt!‹ rauszuplatzen, oder?«

»Zugegeben, ich musste mir gerade kräftig auf die Zunge bei-ßen.« Auf meinem Handy-Display sehe ich, dass ich drei Anrufe verpasst habe. Zwei von meinen Eltern – wahrscheinlich fragen sie sich, wo zum Teufel ich stecke – und einen von Lucy. »Es ist schon spät. Ich sollte reingehen.«

»Ich begleite dich.«

Er streckt mir die Hand entgegen. Ich nehme sie, gehe neben ihm – und staune, wie gut sich das anfühlt. Ich blicke zu ihm auf, der Mond scheint ihm ins Gesicht. Etwas in seiner Miene weckt Erinnerungen. Ryder am Strand, wie er mich beobachtet hat und dachte, ich sähe ihn nicht. Ryder in der Schule, wie er mir vom anderen Ende des Flurs einen Blick zuwirft. Ryder in Magnolia Landing, wie er beim Sonntagsessen gegenüber am Tisch sitzt und mir beim Essen zusieht. Seinen Gesichtsaus-druck habe ich immer fast als Verachtung – mindestens als eine Art Geringschätzung – gedeutet. Aber jetzt ... jetzt sieht er mich mit genau demselben Ausdruck an, und mir wird klar, dass ich mich vielleicht die ganze Zeit getäuscht habe.

In so vieler Hinsicht.

AKT III

Szene 3

Die Scheinwerfer im Stadion leuchten hell, als ich aufs Feld trete und zur 50-Yards-Linie gehe. Ich nehme meinen Platz im Halbkreis der Cheerleaderinnen ein und blicke hinaus auf das Meer aus Orange und Blau, das die Zuschauerränge füllt. Außer dem Scharren von Füßen, hin und wieder einem Niesen oder Schniefen ist es mucksmäuschenstill. An der Seite neben den Rängen sitzt die Kapelle und wartet, bis das Football-Team einmarschiert ist und hinter den zwölf Cheerleaderinnen Aufstellung nimmt. Heute rennen die Spieler nicht auf das Spielfeld, niemand bricht zu den Klängen der Kampfhymne und unter dem begeisterten Jubel der Fans durch bunte Banner.

Lucy und ich wurden irgendwo zwischen den Seitenlinien und dem Feld getrennt, aber jetzt ist sie bei mir, schiebt Jessica einen Platz weiter und stellt sich rechts neben mich. Links von mir nimmt Morgan dieselbe Haltung ein wie ich – die Füße gegrätscht, die Hände hinter dem Rücken verschränkt, den Kopf nach vorn gesenkt.

»Alles okay?«, flüstert sie, ich schaue zu ihr rüber und nicke.

Sie hat ihr Haar zu einem Pferdeschwanz gebunden, den eine riesige orangefarbene Schleife ziert, und sie hat ein abwaschbares Tattoo mit unserem Maskottchen, dem sich aufbäumenden Magnolia Branch Mustang, auf ihrer rosigen Wange. An ihren Wimpern hängen Tränen, die sie wegwischt, als Ryder, gefolgt von Mason und Ben, vor die versammelte Mannschaft tritt.

Die drei stehen nun in der Mitte des Halbkreises. Die Direktorin klopft zweimal aufs Mikrofon, um zu überprüfen, ob es an ist, dann gibt sie es an Ryder weiter. In seinem Football-Outfit – eine enge, knielange blaue Hose und ein orangefarbenes Trikot mit der Nummer 10 – wirkt er irgendwie größer und muskulöser. Unter den Augen hat er je einen Streifen Eye-Black aufgetragen und sein dunkles Haar hat er feucht nach hinten gekämmt. Ich kann es nicht erklären, aber im Moment kommt er mir vor wie ein Fremder. Ich senke den Blick, fühle mich wie betäubt und seltsam fremd, als er sich räuspert und zu sprechen beginnt.

»Heute Abend«, sagt er zögernd, »widmen wir dieses Spiel dem Andenken an Patrick Hughes, dessen Leben im Hurrikan Paloma so plötzlich ein tragisches Ende fand.« Er holt tief Luft, bevor er weiterspricht. »Patrick war mehr als nur ein Teamkamerad – er war ein Freund. Nicht nur für mich, sondern für jeden in dieser Mannschaft. Auf dem Feld hat er immer 100 Prozent gegeben – in jedem Spiel, bei jedem Training. Er war loyal. Er war stolz. Er war entschlossen.«

Ryder wirft einen Blick auf die Karteikarte in seiner Hand, dann blickt er wieder zum Publikum hinauf. Er kratzt sich am Kinn und räuspert sich noch einmal. Ich verlagere mein Gewicht von einem Bein aufs andere und warte darauf, dass er weiterspricht. Ben legt sanft die Hand auf seine Schulter, Mason schaut ihm in die Augen und nickt ihm zu, ehe Ryder seine Stimme wiederfindet.

»Patrick war ein guter Kerl«, sagt er schließlich. »Er hat einem immer den Rücken freigehalten, ganz gleich, was los war. Man konnte sich darauf verlassen, dass er Punkte holte, bei Rückschlägen weiterkämpfte, selbst wenn er verletzt war. Außerhalb des Spielfelds hatte Patrick gern Spaß – er lachte viel, alberte herum. Er fand immer die rechten Worte, um einen aufzumuntern. Und er hatte immer einen guten Witz parat. Diese Mannschaft hat einen Freund verloren.« Bei den letzten Worten bricht seine Stimme. »Einen Bruder. Du fehlst uns, Pat. Ruhe in Frieden.« Ryder wischt sich eine Träne von der Wange, als er das Mikrofon an die Direktorin zurückgibt.

Ich kann ein leises Schluchzen nicht unterdrücken. Aber das geht nicht nur mir so. Die Cheerleaderinnen weinen genauso wie die Footballspieler. Morgan nimmt mich an einer Hand, Lucy an der anderen. Ich drücke sie beide, halte mich an ihnen fest, als die Direktorin ihre Rede beginnt.

Der Rest der Zeremonie ist erfreulich kurz. Patricks Trikot – die Nummer 7 – wird offiziell eingezogen. Einige Mitglieder der Kapelle stehen auf und spielen eine traurige Melodie. Als die letzte Note verklingt, weint das ganze Stadion. Und dann verlassen wir das Feld. Es kann losgehen.

Als ich meinen Platz an der Seitenlinie einnehme, kriege ich kaum noch Luft.

»Du musst das nicht machen«, meint Lucy, als wir unsere flauschigen Pompons für die Kampfhymne herausholen.

»Ich will aber«, antworte ich und zwinge mich, mehrmals tief durchzuatmen. »Für ihn. Für Patrick.« Dieses Spiel haben wir ihm gewidmet, das erste Spiel seit dem Sturm, das sich wegen der massiven Schäden durch Wind und Regen verzögert hat. Ich bin ihm das schuldig – dass ich dabei bin, meinen Job mache, seine Mannschaft anfeuere. Ich kann nicht einfach nur zuschauen.

Lucy nickt verständnisvoll. »Sag aber Bescheid, wenn du dich hinsetzen möchtest, okay? Und wenn du den Stunt nicht mitmachen willst ...«

»Der Stunt ist kein Problem.« Beim Training bin ich dreimal

hingefallen, weil ich beim Wurf nicht genug Höhe gekriegt habe. Aber heute Abend werde ich es nicht vermasseln – ich darf nicht.

»Ich bin nur nicht sicher, ob …« Lucys Einwand wird von den ersten Takten der Kampfhymne verschluckt. Ich gehe in Position und setze ein gezwungenes Lächeln auf.

Ich kann das schaffen. Ich kann. Kinderleichte Tanzschritte. Ich muss nur die erste Hälfte durchstehen und dann die Home-coming-Vorstellung zur Halbzeit. Die letzten beiden Viertel sind dann ein Spaziergang. Danach kann ich heimgehen, mit Beau und Sadie kuscheln und so tun, als wäre alles in Ordnung, obwohl nichts in Ordnung ist.

* * *

»Was soll das heißen, du hast noch kein Kleid gekauft?«, kreischt Lucy entsetzt. »Der Ball ist in acht Stunden! Wie stellst du dir das vor? Unterwegs noch schnell im Einkaufszentrum haltmachen?« Sie läuft zu meinem Schrank und reißt die Tür auf. »Mal sehen … Bestimmt finden wir hier was Passendes. Hey, wie wär's mit dem Kleid, das du zur Gala getragen hast?« Sie hält das Ding in die Höhe, bauscht mit einer Hand den Tüllrock auf. »Zu dem Diadem sieht das toll aus!«

»Ich weiß nicht, Luce«, antworte ich kopfschüttelnd. »Ich hab einfach … das Gefühl, dass es nicht richtig ist.«

Sie macht große Augen. »Was ist nicht richtig? Das Kleid? Schön, ich weiß, du hast es erst vor einem Monat getragen, aber von der Schule war kaum jemand dort, der es gesehen haben könnte. Nur unsere Freunde und denen ist es egal. Die Jungs werden sich sowieso nicht erinnern.«

»Nein, nicht das Kleid. Ich meine … den Ball. Gestern Abend war schon schlimm genug.« Mir wird schon allein von dem Gedanken daran schlecht.

Nach der Zeremonie vor dem Spiel war es nicht besser geworden. Als sie zur Halbzeit den Hofstaat ankündigten und eine riesige Chrysantheme an meine Cheerleader-Uniform hefteten, schaute ich hinaus auf das Meer von Gesichtern und sah das Mitleid in ihren Mienen, hörte das Raunen, das durch die Ränge ging.

Sie ist das Mädchen, das mit Patrick zusammen war. Die Ärmste. Wer sie wohl morgen Abend begleitet?

Zumindest stellte ich mir vor, dass sie das flüsterten. Ja, stimmt, ich kann nicht behaupten, dass ich mich auf den Abend freue. Die Krönung wird noch zehnmal schlimmer ausfallen als die Vorstellung von gestern. Außerdem habe ich niemanden gebeten, mich zu begleiten. Ich gehe allein hin. Nicht wirklich allein, denn Morgan, Lucy und ich gehen gemeinsam. Das war jedenfalls der Plan bis heute Morgen um zwei, als mir Morgan per SMS mitteilte, sie und Mason seien nach dem Spiel Pizza essen gegangen und hätten zufällig Clint Anderson getroffen – er hat letztes Jahr auf der Magnolia Branch High seinen Abschluss gemacht und studiert nun an der State. Anscheinend kamen sie ins Gespräch, und eins führte zum anderen, inklusive einer Knutscherei auf dem Parkplatz. Und das Ende vom Lied war, dass Clint anbot, Morgan heute zum Tanz zu führen.

Ich will da nicht hin. Nur Mom begreift das einfach nicht. Sie ist ganz aus dem Häuschen wegen der ganzen Homecoming-Geschichte. Sie meint, ich wäre damit ein »begehrtes Objekt« – ihre Worte – bei der Bewerbung für die Studentinnenverbindung. Darauf stellte ich dummerweise die Frage, was das für eine Rolle spielte, wenn ich doch sowieso auf Phi Delta abonniert wäre. Das sei ja schließlich »ihr Plan«, nicht wahr? Diese Worte betonte ich ganz besonders. Das führte zu einer langen Gardinenpredigt darüber, dass ich das alles nicht ernst genug nehme und wie wichtig es sei, zu den Partys der richtigen Studentinnenverbindungen eingeladen zu werden, selbst wenn ich dank Mutters und Großmutters Mitgliedschaft bei Phi Delta dort schon so gut wie aufgenommen sei.

Ich beobachte Lucy, die auf der Suche nach passenden Schuhen in meinem Schrank wühlt, und seufze. »Hasst du mich, wenn ich heute Abend nicht mit dir hingehe?«

Sie steht so abrupt auf, dass sie sich den Kopf an der Tür stößt. »Autsch! Was ist los? Willst du mich für einen Kerl versetzen so wie Morgan? Verdammt, blutet mein Schädel?«

Ich begutachte ihren Kopf. »Nein, alles okay. Und nein, es ist kein Kerl im Spiel. Ich will ... nur nicht hingehen. Das ist alles.«

Wütend sieht sie mich an. »Das ist nicht lustig, Jemma. Du musst mitkommen.«

»Du hörst dich schon an wie meine Mom.«

»Nun, da hat sie ausnahmsweise mal recht.«

Ich schüttele den Kopf. »Keine Ahnung, Luce. Ich meine, jeder wird mich beobachten. Wenn ich kein fröhliches Gesicht ziehe, werden sie tuscheln: ›Die arme Jemma Cafferty! Das ist alles so traurig, was da passiert ist.‹ Und wenn ich doch Spaß habe, dann geht's los: ›Sollte sie nicht eine Trauerzeit einhalten?‹ Egal wie ich's mache, es ist verkehrt.«

»Warum zerbrichst du dir den Kopf darüber, was die Leute reden? Deine Freunde wissen, was los ist – sie wissen, wie viel Patrick dir bedeutet hat. Nur darauf kommt es an.«

Ich schlucke schwer, fühle mich schon wieder wie eine Lügnerin. »Aber ... genau darum geht es ja«, fange ich an und wähle meine Worte vorsichtig. »So viel hat er mir nicht bedeutet. Ich wollte gleich nach dem Sturm mit ihm Schluss machen, Lucy. Wie schlimm ist das denn?«

Sie starrt mich mit weit aufgerissenen Augen an. Und dabei

hat sie keinen blassen Schimmer von meiner Knutscherei mit Ryder.

Ich vergrabe mein Gesicht in den Händen. »Ich bin so ein schrecklicher Mensch.«

Die Matratze dellt sich neben mir ein, als Lucy sich setzt und mir tröstend den Arm um die Schulter legt. »Ach, Jem, Mädel ...« Sie seufzt vernehmlich. »Ich würde viel weniger von dir halten, wenn du tatsächlich verliebt gewesen wärst. Das ist die reine Wahrheit, ich schwöre es. Natürlich soll man nicht schlecht von den Toten reden, aber weißt du was? Patrick Hughes bedeutete Ärger. Er war nicht der Richtige für dich. Ich konnte mir beim besten Willen nicht vorstellen, was du an ihm gefunden hast. Aber ... ich wollte dich eben nicht hängen lassen.«

»Danke«, sage ich, lehne mich an sie und bette meinen Kopf auf ihre Schulter. »Ach ... ich weiß irgendwie überhaupt nichts mehr.«

»Also, heute Abend tust du, was du für richtig hältst. Mach dir keine Sorgen um mich. Ben hat keine Begleiterin. Ich hänge einfach mit ihm rum. Oder ich spiele bei Morgan und Clint das fünfte Rad am Wagen. Das macht mir nichts aus. Okay?«

»Bist du sicher?«

Sie nickt. »Absolut. Aber, hey, wenn du's dir anders überlegst, diese hellrosa Riemchensandalen würden zu dem Kleid heiß aussehen.«

Sie hat recht. Tun sie bestimmt. Nicht dass es darauf ankäme. Ich gehe nicht hin. Zeit für ein ernstes Gespräch mit Mom.

»Hab dich lieb, Luce«, sage ich jetzt zuversichtlicher.

»Ist klar. Ich bin toll. Und kriege ich jetzt eine Eispackung für meine Beule?«

* * *

Das Gespräch mit Mom lief nicht gut. Sie hat tatsächlich mit Ausdrücken wie »gesellschaftlicher Selbstmord« um sich geworfen und prophezeit, ich würde diese Entscheidung »für den Rest meines Lebens« bereuen. Das hat sie tatsächlich gesagt. So viel zum Thema melodramatisch.

Als Lucy gegangen war, rief ich Morgan an und erklärte ihr, dass ich nicht kommen würde. Dabei fühlte ich mich schrecklich – welches Mädchen lässt denn ihre beste Freundin an dem Tag im Stich, an dem sie zur Homecoming Queen gekrönt wird?

Also, ich bin das Letzte. Ich habe meine Freundinnen enttäuscht – genau genommen meinen ganzen Jahrgang. Aus irgendeinem verrückten Grund haben sie mich zur Hofdame gewählt. Und natürlich habe ich meiner Mom einen schweren Schlag versetzt. Von wegen gesellschaftlicher Selbstmord und so weiter.

Also beschließe ich, hey, wenn ich schon so tief unten bin, könnte ich ein noch tieferes Loch buddeln, und bearbeite den Film für meine NYU-Bewerbung, während alle anderen unterwegs zum Ball in der Turnhalle sind. Ob ich die Bewerbung abschicke oder nicht, habe ich noch nicht entschieden, aber die Frist läuft in einer Woche ab. Also ... nur für alle Fälle.

Wie versprochen hat mir Ryder das Material geschickt, das er mit seinem Handy gefilmt hatte. Ich habe dann diese »Nachher«-Aufnahmen mit den »Vorher«-Aufnahmen zusammengeschnitten. Ich trommele mit den Fingern auf dem Laptop herum und überlege, ob ich sie vor oder nach der eigentlichen Sturmdoku bringen soll. Außerdem muss ich Musik aussuchen, etwas, das die perfekte Atmosphäre schafft. Hmm, und wenn ich ...

Peng.

Stirnrunzelnd schaue ich zur Balkontür. *Was zum Teufel war das denn?* Hörte sich an, als wäre ein Stein gegen die Scheibe geflogen. So ähnlich wie bei dem Sturm, als Dreck gegen das Haus geschleudert wurde.

Peng.

Rasch stehe ich auf und gehe an die Tür, ziehe die dünnen Vorhänge zurück und spähe hinaus in den Sonnenuntergang. Der Himmel ist vollkommen klar, kein Wölkchen weit und breit. Kein Hurrikan. Nur ...

Peng. Erschrocken weiche ich zurück, mein Herz klopft zum Zerspringen.

Und dann höre ich: »Jemma!« Ein vernehmliches Flüstern von unten. Ich öffne die Tür und gehe hinaus. Trete ans Geländer und sehe Ryder unten stehen, der zu mir hochschaut. Er trägt Anzug und Krawatte – denselben dunkelgrauen Anzug, den er zur Gala anhatte, dazu eine silberblaue Krawatte.

»Was machst du da?«, rufe ich ihm zu.

Eine Handvoll Kiesel fallen aus seiner Hand und landen in dem Rasen zu seinen Füßen. »Pscht! Kann ich raufkommen?«

Ich senke die Stimme. »Was spricht gegen die Haustür?«

Er sieht mich mit hochgezogenen Brauen an. »Wirklich?«

Ich stelle mir meine Eltern vor, unten im Erdgeschoss. Male mir ihre Fragen aus, die freudigen Schlussfolgerungen, die sie bei Ryders Erscheinen ziehen würden. Ich schüttele den Kopf und strecke die Hand nach ihm aus. »Hier, kannst du klettern?«

Neben meinem Balkon ist ein Spalier, an dem sich wilder Wein emporrankt. Wenn er nur einen Tritt findet, kann er sich raufhieven und über das Geländer schwingen.

Was er in nicht einmal zwei Minuten schafft. Ziemlich beeindruckend. Als er mit beiden Beinen auf dem Balkon steht, klopft er sich erst mal den Schmutz ab. Irgendwie gelingt es ihm auszusehen, als wäre er dem Cover von *GQ* entstiegen.

Ich deute mit einer Kopfbewegung auf die Balkontür. »Willst du reinkommen?«

»Kann ich es wagen?«

»Lass mich nur schnell die Tür abschließen«, sage ich und laufe hinein.

Die Ironie dabei finde ich durchaus erheiternd. Anders als Normalsterbliche tun wir ja nichts heimlich, um ja nicht erwischt zu werden und keinen Ärger zu kriegen. Oh nein. Ganz im Gegenteil, unsere Eltern würden schließlich feiern, wenn sie uns miteinander in meinem Zimmer ertappen würden. Ich rede von Musik, Luftschlangen und klirrenden Sektgläsern.

So leise wie möglich drehe ich den Schlüssel im Schloss und horche auf das Klick. Tut mir leid, Leute. Heute fällt die Party aus.

AKT III

Szene 4

Kaum habe ich die Tür abgeschlossen, ruft Mom herauf:
»Hallo, Jemma?«

Mist. Ich gebe Ryder ein Zeichen, draußen auf dem
Balkon zu bleiben, dann schließe ich die Tür wieder auf und
strecke den Kopf raus. »Ja?«

»Ich gehe kurz rüber zu Laura Grace. Nan schläft auf der
Veranda und Daddy ist draußen in der Garage.« Seine Behelfs-
werkstatt, bis wir die Scheune wiederaufbauen können. »Ruf
mich an, wenn deine Schwester aufwacht.«

Ich zwinge mich zu einem fröhlichen Tonfall. »Wird gemacht.
Sag Laura schöne Grüße von mir.«

»Okay. Tschüs, Schatz.«

Ich bleibe in der Tür stehen und lausche, bis ich höre, wie die
Haustür ins Schloss fällt. Dann husche ich zurück in mein Zimmer und schließe wieder ab. »Die Luft ist rein«, rufe ich.

Ryder muss sich ducken, um durch die offen stehende Balkontür einzutreten. »Pass auf deinen Kopf auf«, warne ich und
staune einfach, wie groß er doch ist. Mein Zimmer sieht gleich
irgendwie kleiner aus.

»Wow«, sagt er und sieht sich im Zimmer um. »Du hast um-
dekoriert.«

»Wann warst du denn zuletzt hier?« Ich überlege und finde in
meinen Erinnerungen einen deutlich kleineren Ryder mit zotte-
ligen Haaren. Er war vielleicht acht, oder neun?

»Schon eine Weile her, würde ich sagen.« Er geht zum Spiegel mit dem weißen Weidenrahmen, an den ich bunt durcheinander Fotos geheftet habe. Die meisten sind Schnappschüsse oder auch gestellte Aufnahmen von mir, Morgan und Lucy. Eine zeigt Morgan kurz nach ihrer Krönung zur Miss Teen Lafayette County. Auf einigen ist das gesamte Cheerleading-Team im Cheer-Camp zu sehen.

Ich bemerke, dass sein Blick an einem Foto oben rechts hängen bleibt. Neugierig trete ich näher. Es ist ein paar Jahre alt – Urlaub in Fort Walton Beach, auf dem Minigolfplatz. Nan und ich stehen Arm in Arm unter der grünen T-Rex-Figur. Neben uns stützt sich Ryder auf einen Golfschläger. Offensichtlich ist er mitten in einem Wachstumsschub, denn er sieht ziemlich lang und schlaksig aus. Ich schätze, wir sind da ungefähr zwölf.

Wenn man in unseren Familienalben blättert, findet man vermutlich eine Million Fotos, auf denen Ryder drauf ist. Aber in meinem Zimmer ist es das einzige von ihm. Ich hatte es ganz vergessen.

Aber jetzt ... bin ich froh, dass es da ist.

»Schau mal, wie mager ich war«, bemerkt er.

»Schau mal, wie pummelig ich war«, gebe ich mit Blick auf meine Pausbacken zurück.

»Du warst nicht pummelig. Du warst süß. So süß man in diesem Alter sein kann.«

»Danke.« Ich kratze mir den Kopf. »Warum bist du eigentlich nicht bei dem Ball?«

»Lucy ist mir über den Weg gelaufen. Sie sagte, dass du nicht hingehst.«

»Und?«

»Und« – er schaut auf die Uhr – »die Krönung fängt erst in einer Stunde an. Wenn du ...«

»Jetzt mal langsam. Welchen Teil von ›nicht hingehen‹ hast du nicht verstanden?«

Er macht einen Schritt auf mich zu, ist jetzt ganz nah bei mir. »Weißt du was, Jemma, in der achten Klasse habe ich Mist gebaut. Lass es mich wiedergutmachen.«

Ich schüttele den Kopf. »Das hat doch nichts mit der achten Klasse zu tun. Ich kann nicht hingehen.«

»Kannst du schon.«

»Halt den Mund und hör mir zu, Ryder.« Ich verschränke die Arme vor der Brust und funkele ihn wütend an. »Ich sagte gerade, ich kann nicht hingehen.«

Er senkt den Blick. Als er mir dann in die Augen schaut, spiegeln sich widersprüchliche Gefühle auf seinem Gesicht. »Klar, mein Timing ist miserabel. Ich sollte einfach die Klappe halten und verschwinden.«

Tatsächlich geht er auf die Balkontür zu. Aber dann bleibt er stehen und dreht sich zu mir um. »Scheiß drauf«, sagt er. »Damals war ich ein Feigling, aber jetzt nicht mehr. Ich bin verrückt nach dir, Jemma. Absolut verrückt. Mist, ich glaube, ich bin in dich verliebt. Ich will mit dir zu diesem Ball gehen. Klar, es ist zu früh – alle werden sich das Maul zerreißen. Wegen Patrick...« Er verstummt, macht ein unglückliches Gesicht. »Verdammt.« Er fährt sich mit der Hand durchs Haar und wendet sich wieder der Balkontür zu.

Er ist schon halb draußen, als ich aus meiner Schockstarre erwache und meine Sprache wiederfinde. Ich sprinte hinter ihm her.

»Ryder, warte! Stopp!« Ich packe ihn am Handgelenk, ziehe ihn wieder herein und drücke ihn an mich. Er bekommt große Augen, als ich mich auf die Zehenspitzen stelle und meine Lippen auf seine presse.

Er liebt mich. Ryder Marsden *liebt* mich. Keine Ahnung, was ich sagen – oder denken oder fühlen soll. Ich weiß nur, dass ich ihn küssen will. Unbedingt.

Also mache ich es. Der Kuss ist weich, sanft. Zärtlich. Er raubt mir den Atem und ich will mehr – viel, viel mehr. *Später.* Jetzt haben wir keine Zeit.

Ich reiße mich von ihm los. »Ich muss mich jetzt schnell anziehen. Wenn wir uns beeilen, schaffen wir es noch rechtzeitig.«

Ich schicke Ryder runter, bis ich fertig bin, und beauftrage ihn, meinem Dad in der Garage zu sagen, wo wir hingehen. Gott sei Dank ist Mom nicht zu Hause. Daddy wird nicht so viele Fragen stellen. Er wird einfach denken, dass ich es mir anders überlegt habe. Und dass Ryder mich fährt. So einfach ist das.

Irgendwie schaffe ich es, mich in Rekordzeit umzuziehen. Das Vintage-Kleid vom Abend der Gala. Die rosafarbenen Riemchensandalen. Meine Haare binde ich zusammen, sodass sie locker über eine Schulter fallen. Ein Glück, dass ich sie heute nicht geglättet habe. Ausnahmsweise machen sich die chaotischen Locken ganz gut. Rasch ein bisschen Mascara, Rouge, rosa Lipgloss und ich bin startklar.

»Wo ist dein Auto?«, frage ich, als ich auf die Veranda trete, wo Ryder auf mich wartet. Sein Durango ist noch in der Werkstatt und er fährt so lange den alten Audi seines Vaters.

»Ich bin unterm Radar geflogen«, erwidert er mit listigem Lächeln. »Das Auto steht oben an der Straße, damit sie nicht bemerken, dass ich hier bin.« Mit Blick auf meine hochhackigen Sandalen zuckt er zusammen. »Jetzt sehe ich, dass es eine schlechte Idee war.« Nachdenklich reibt er sich das Kinn. »Moment, so geht's.« Bevor ich weiß, wie mir geschieht, hebt er mich hoch und trägt mich buchstäblich auf Händen die Auffahrt hinauf zu meiner Kutsche.

* * *

Wir schaffen es gerade noch. Sie kündigen schon die Hofdame der Neunten und ihren Begleiter an, als wir uns durch die Menge zur Bühne vordrängen. Der restliche Hofstaat steht in einer Reihe neben der Treppe. Als Morgan mich entdeckt, strahlt sie. Sie winkt mir wie wild zu.

»O mein Gott! Du bist da! Ich kann es nicht glauben. Melde dich schnell bei Mrs Richmond. Ich habe ihr gesagt, du würdest nicht kommen.« Sie schubst mich sanft auf die Lehrerin zu, die mit einem Klemmbrett in der Hand am Rand der Bühne steht. Vermutlich ist sie dafür zuständig, uns aufzustellen und uns zur richtigen Zeit an den richtigen Ort zu dirigieren.

»Du bist da«, bemerkt Mrs Richmond erstaunt. Sie weist mir einen Platz in der Reihe vor Morgan und Clint zu, und dann eilt sie die Stufen hinauf, um der Direktorin etwas ins Ohr zu flüstern.

Alles läuft weiter wie am Schnürchen. Die Hofdame der Neunten wird angekündigt und das Mädchen vor mir besteigt mit seinem Begleiter die Bühne. Jetzt bin ich an der Reihe, und mir wird klar, dass ich den Namen meines Begleiters nicht eingereicht habe – weil ich gar nicht vorhatte, hier zu sein. Hektisch sehe ich mich nach Ryder um, aber er ist nirgends zu sehen, ein Meer von Menschen in Cocktailkleidern und Anzügen hat ihn verschluckt.

Mist. Ich dachte, es wäre automatisch abgemacht, dass er mich im Hofstaat begleitet, als ich mich habe breitschlagen lassen, doch noch zum Ball zu gehen. Wahrscheinlich hat er sich überlegt, es wäre leichter für mich, wegen der Sache mit Patrick, wenn ich allein auf der Bühne stehe. Ich will aber nicht allein sein. Ich will, dass Ryder bei mir ist. An meiner Seite, mich unterstützt.

Für immer.

Endlich entdecke ich ihn in der Menge – so schwierig ist es nicht, weil er fast alle anderen überragt – und unsere Blicke begegnen sich. Mein Magen rutscht in die Kniekehlen – das Gefühl, das man in der Achterbahn hat, wenn es von der ersten Anhöhe steil bergab geht.

O mein Gott, das kann doch nicht wahr sein! Ich habe mich in Ryder Marsden verliebt, den Jungen, den ich eigentlich hassen müsste. Und es hat nichts mit seinem Geständnis, seiner Liebeserklärung zu tun. Kann natürlich sein, dass ich dadurch gezwungen war, meine Gefühle schneller zu überprüfen, als ich es sonst getan hätte, aber es war die ganze Zeit da, hat sich dort festgesetzt, Wurzeln geschlagen, ist gewachsen und hat angefangen zu blühen.

Mann, inzwischen ist es ein ganzer Blumengarten.

»Unsere Hofdame der Zwölften ist Miss Jemma Cafferty!«, ertönt die Stimme der Direktorin. »Jemma ist Cheerleaderin der Schulmannschaft und aktiv bei der Wheelettes Schwesternschaft, dem Französisch-Club, der National Honor Society und engagiert sich als Tutorin. Heute Abend wird sie begleitet von ... ähm, Verzeihung. Ich fürchte, es gibt keinen Begleiter, also werden wir einfach ...«

»Ryder Marsden«, rufe ich auf dem Weg quer über die Bühne. »Mein Begleiter ist Ryder Marsden.«

Das kollektive Erstaunen, das meiner Ankündigung folgt, ist filmreif. Ich schwöre, es ist genau wie die Szene aus *Vom Winde verweht*, in der Rhett einhundertfünfzig Dollar in Gold für einen Tanz mit Scarlett bietet, und sie an den empörten Gästen vorbeiläuft, um ihren Platz neben Rhett für den Virginia Reel einzunehmen.

Nur ist es jetzt umgekehrt. Ich stehe hier oben und sorge für Empörung, während Ryder zu mir kommt.

»Offensichtlich wird Jemma von Ryder Marsden begleitet«, improvisiert die Schulleiterin mit verdutzter Miene. »Ryder ist ... hm ... der Starting-Quarterback unseres Football-Teams und ... ähm Mitglied der National Honor Society und ...« Sie bricht hilflos ab.

»Tutor«, fügt er hilfsbereit hinzu, als er sich neben mich stellt und meine Hand nimmt. Das Lächeln, das er mir schenkt, strahlt noch heller als das Diadem, das Mrs Crawford mir auf den Kopf setzt. Mir werden die Knie weich, und ich halte mich an ihm fest, als ich auf meinen Zehnzentimeterabsätzen ins Wanken komme.

Aber der Clou ist: Sollten die Leute wirklich über mich tuscheln, dann höre ich es nicht. Ich kriege nur mit, dass Ryder neben mir ist, dass meine Hand in seiner Armbeuge liegt, als er mich zu unserem Platz auf der Bühne hinter der Hofdame der Neunten führt, wo wir darauf warten, dass Morgan zur Königin gekrönt wird.

O je, morgen blüht uns etwas. Keine Ahnung, was wir unseren Eltern erzählen sollen. Im Moment ist mir das herzlich egal. Wie Scarlett O'Hara werde ich mich heute Abend glänzend amüsieren und mir über den Rest später den Kopf zerbrechen.

Schließlich ist morgen auch noch ... Na ja, ihr kennt ja den Spruch.

AKT III

Szene 5

Als Ryder und ich direkt nach der Krönung von der Bühne steigen, kommt Lucy angeschossen. Sie macht ein böses Gesicht.

»Ich such mal die Jungs«, verkündet Ryder und lässt meine Hand los.

»Ich dachte, du kommst nicht«, sagt Lucy, als Ryder sich an ihr vorbeidrängt und die langen Tafeln mit den Erfrischungen ansteuert, wo Mason und Ben mit Jessica und einer von den jüngeren Cheerleaderinnen rumstehen – ich glaube, sie heißt Kelsey. Oder vielleicht Kasey.

Ich zwinge mich, den Blick abzuwenden und Lucy anzusehen. »Wollte ich auch nicht. Hab in letzter Minute umdisponiert.«

»Na schön, raus mit der Sprache. Gibt es da etwas, das du mir sagen möchtest? Zum Beispiel, warum du heute Abend mit deinem Erzfeind hier auftauchst?«

»Er hat mich gefahren, mehr ist da nicht«, erwidere ich achselzuckend. »Ryder ist zufällig bei uns vorbeigekommen.« Wieder schaue ich zum Getränketisch. Ich kann mir nicht helfen. Es sieht fast so aus, als würden Jessica und Mason streiten. Jessica ist rot im Gesicht und gestikuliert wild, während sie spricht. Unterdessen steht Kelsey/Kasey einfach nur da und himmelt Ryder an.

Lucy schnippt mit den Fingern, um auf sich aufmerksam zu machen. »Hallo, Erde an Jemma!«

»Tut mir leid«, sage ich und wende mich wieder ihr zu.

»Ich kann nicht fassen, dass du Ryder gebeten hast, dich zu begleiten. Hat Miss Shelby dich dazu gebracht oder was ist passiert?«

Ich lache innerlich. Es ist wie beim Ball in der achten Klasse, nur umgekehrt. Mit dem einzigen Unterschied, dass ich Ryder diesmal nicht am liebsten umbringen würde. »Nein, glaub mir. Mom hat keinen Schimmer.« Mehr sage ich zu dem Thema jetzt nicht. »Komm, holen wir uns was zu trinken. Ich bin am Verdursten.«

Ich führe die verblüffte Lucy quer durch die Halle zum Bowletisch – und, na schön, zu den Leuten, die zufällig davor stehen. Was soll ich sagen? Ich kenne keine Scham. Jedenfalls heute Abend.

»Hey, Jemma!«, ruft Ben, als wir zu ihnen kommen. »Du hast toll ausgesehen da oben.«

»Danke.« Ich werde rot, als Ryder mich anstrahlt. »Wo ist Jessica?«, frage ich Mason. Sie und Kelsey/Kasey sind in der Menge untergetaucht.

»Keine Ahnung«, grummelt Mason. »Sie ist wegen irgendwas sauer auf mich.« Er mustert mich vom Scheitel bis zur Sohle. »Ist das nicht das Kleid, das du auf der Party deiner Mutter anhattest?«

»Ja.« Abwesend streiche ich den Tüllrock glatt. »Und danke, dass du es erwähnst, Mase. Wirklich aufmerksam von dir.«

Lucy neben mir verdreht die Augen. »Idiot.«

Mason steckt die Hände in die Hosentaschen. »Hey, ich sage nur, was Sache ist. Ach, schaut mal, da ist Rosie. Geh lieber in Deckung, Ryder.«

Wir drehen uns alle gleichzeitig um und gucken. Rosie sieht umwerfend aus in ihrem scharlachroten Chiffonkleid, die blonden Locken fallen ihr offen auf die Schultern. Sie reckt das Kinn hoch und wirkt wild entschlossen, als sie sich unserer Gruppe nähert.

»Hey, Ben!« Uns andere ignoriert sie. »Willst du tanzen?«

Bens Wangen nehmen plötzlich den Farbton von Rosies Kleid an. Er wechselt einen vielsagenden Blick mit Ryder, während Lucy und ich daneben stehen und nur blöd gucken.

»Na los, Kumpel«, sagt Ryder und stößt ihn an. »Du siehst super aus, Rosie«, fügt er hinzu. »Hübsches Kleid.«

Sie lächelt ihn an, ihre blauen Augen funkeln im Licht der Discokugel. »Danke. Du machst auch keine schlechte Figur.« Sie lässt ihren Blick zwischen Ryder und mir hin und her wandern. »Ihr beiden ... ihr wart ein schönes Paar da oben.«

»Ganz meine Meinung«, nickt Lucy, und ich werfe ihr einen warnenden Blick zu. Sie ignoriert ihn. »Vielleicht sollten die beiden das Kriegsbeil begraben und auf ihre Eltern hören.«

Es folgt betretenes Schweigen. Endlich erinnert sich Ben, warum Rosie überhaupt hergekommen ist. »Ähm, möchtest du tanzen?«

»Ja. Ich liebe diesen Song.«

Ben nickt. »Schön. Bis später, Leute.«

Rosies Lächeln wirkt echt, als sie Ben auf die Tanzfläche folgt. Vielleicht hat sie ja endlich kapiert, was für ein Schatz er ist.

Als sie weg sind, pfeift Lucy leise durch die Zähne. »Boah, ist das gerade wirklich passiert?«

»Ich glaube schon«, sage ich und beobachte, wie Rosie Ben die Arme um den Hals legt. Anscheinend hat sie etwas Witziges gesagt, denn Ben wirft den Kopf zurück und lacht.

Verblüfft schüttelt Lucy den Kopf. »Ich schwöre, heute Abend befinden wir uns in einem Paralleluniversum.«

»Na, wenn das so ist, wie wär's mit uns beiden, Luce?« Mason grinst großspurig. »Willst du das Tanzparkett mit mir unsicher machen?«

»Ach, was soll's.« Lucy zuckt die Achseln. »Warum nicht!« Sie nimmt Mason an der Hand und zieht ihn zur Tanzfläche, bleibt aber nach zwei Metern stehen und dreht sich zu Ryder und mir um. »Hey, ihr beiden – schön brav sein!« Sekunden später sind Mason und sie in der Menge verschwunden.

»Und da waren's nur noch zwei«, sagt Ryder und greift nach meiner Hand. Er beugt sich über mich, seine Lippen streifen mein Ohr. »Kannst du dir vorstellen, wie schrecklich gern ich dich jetzt küssen würde?«, flüstert er.

»Später.« Mir läuft ein Schauder über den Rücken. Und das sage ich nicht nur so. Es ist ein Versprechen.

Er drückt meine Hand. »Also ... bis dahin könnten wir tanzen.«

»Tanzen wir«, sage ich, als ein langsamer Song anfängt.

Echt gutes Timing, würde ich sagen.

* * *

Unseren Eltern gegenüber spielten wir unseren gemeinsamen Ballbesuch erfolgreich herunter. Vermutlich war unsere Vorgeschichte als zwei, die einander nicht ausstehen können, ganz hilfreich dabei. Denn meine Eltern nahmen mir tatsächlich ab, ich hätte es mir in letzter Minute anders überlegt und Ryder gebeten, mich mitzunehmen – einfach weil er nur die Straße rauf wohnt. Und weil ich keinen Begleiter hatte, erbot sich Ryder einzuspringen.

Mom ergriff diese günstige Gelegenheit, um hervorzuheben, was für ein Gentleman er ist – wie selbstlos und großzügig und schlichtweg perfekt. Nur bin ich diesmal mit ihr einer Meinung. Was ich natürlich nicht offen sage.

Wie es mit Ryder und mir weitergehen soll, ist mir schleierhaft. Darüber haben wir gestern Abend nicht geredet. Wir haben eigentlich überhaupt kein vernünftiges Wort gewechselt. Sondern getanzt. Gelacht. Mit unseren Freunden herumgealbert.

Das Küssen hatten wir uns für später aufgehoben. Ryder brachte mich heim, parkte den Audi am Ende unserer Straße, weit weg von neugierigen Blicken. Wir lehnten uns im hellen Mondlicht an den Wagen und knutschten, bis uns der Atem ausging, bis meine Lippen geschwollen waren und meine Wangen glühten und ich glaubte, im nächsten Moment vor Rührung zu zerfließen, weil es sich so *richtig* anfühlte.

Und dann fuhren wir bis vors Haus und er begleitete mich zur Tür. Da waren wir vorsichtig, hielten Abstand. Ich konnte mir vorstellen, dass meine Mom, die Nase an die Scheibe gepresst, auf uns wartete. Wahrscheinlich tat sie das auch, denn sie kam sofort aus dem Wohnzimmer gerannt, als ich das Haus betrat, und feuerte, kaum war ich im Haus, sofort eine ganze Salve Fragen auf mich ab.

Und jetzt liege ich im Bett, angeblich mache ich ein Nickerchen, nachdem ich die Frühmesse besucht habe, aber in Wirklichkeit schreibe ich mit Ryder.

Hast du deinen Film schon geschnitten?, fragt er.

Ich drehe mich auf die Seite, das Handy liegt in meiner Armbeuge. *Ja. Sieht ziemlich gut aus. Ich lade ihn auf YouTube hoch und schicke dir den Link, wenn du magst.*

Klar will ich. Mach das jetzt.

Also mache ich es. Es dauert eine Weile, das Video hochzuladen. Dann schreibe ich ihm eine E-Mail mit dem Link und drücke auf Senden. Ich lasse mich wieder aufs Bett fallen und greife zum Handy. *Okay, check deine E-Mails.*

Minuten vergehen. Ich schließe die Augen, lasse die schönsten Augenblicke des gestrigen Abends Revue passieren. In den meisten kommt Ryder vor. Aber Morgans Krönung zur Queen ist auch dabei. Nie habe ich sie glücklicher gesehen, und ich muss zugeben, dass sie und Clint ein bezauberndes Paar abgeben. Okay, Clint geht auf die State und Morgan will sich auf der Ole Miss einschreiben, ob das also was wird mit den beiden, steht in den Sternen.

Der Gedanke führt mich zu meiner Geschichte mit Ryder zurück. Jetzt sind wir also ... zusammen. Endlich. Aber nur noch ein knappes Jahr, dann gehen wir aufs College. Keine Ahnung, wo es ihn hin verschlägt. Bis jetzt hat er noch keine Andeutungen gemacht, was ihm gefallen würde. Könnte die Ole Miss sein, aber genauso gut Alabama oder Louisiana oder sogar Tennessee.

Und ich ... na ja, ich bin gerade dabei, meine Bewerbung für die NYU fertig zu machen. Ein letztes Dokument muss ich noch hochladen, dann ist die Mappe vollständig. Die Ergebnisse des Eignungstests habe ich schon eingeschickt und ehrlich gesagt bin ich absolut begeistert von dieser Aussicht. Je mehr ich darüber nachdenke, desto mehr will ich dorthin. Es hat sich herausgestellt, dass es an der NYU einen Schützenverein gibt – ja, ich habe recherchiert. Und, okay, ich schieße lieber mit der Pistole, aber mit dem Gewehr bin ich auch nicht schlecht. Schließlich habe ich beim Tontaubenschießen schon ein paar Pokale geholt.

Anscheinend gibt es in Manhattan, an der Zwanzigsten Straße, sogar einen Pistolenschießstand, gar nicht weit vom NYU-Campus. Wer weiß? Vielleicht haben die da auch ein Trainingsteam für künftige Olympioniken? Das würde Daddy freuen. Und seien wir mal ehrlich, ein echtes Mississippi-Girl trägt seine Heimat auch in der Ferne im Herzen.

Aber ich mache mir keine allzu großen Hoffungen. Wahrscheinlich nehmen sie mich an der NYU sowieso nicht. Und

wenn doch, na ja ... dann muss ich es meinen Eltern eben scho-
nend beibringen. Das Problem ist nur, dass ich nun nicht nur
alle meine Freunde zurücklasse. Was ganz ehrlich ein hoher
Preis ist. Aber jetzt ist da auch noch Ryder.

Keine Ahnung, was ich machen soll. Ryder unterstützt mich
so toll bei meiner Bewerbung, ermutigt mich, hilft mir. Was bedeutet das? Will er etwa, dass ich gehe? Dass ich ihn verlasse? Ich
bin so durcheinander, so ...

Wow, Jemma! Das ist spitze. Ernsthaft. Es ist perfekt.

Ich lese seine SMS mit einem breiten, seligen Grinsen im
Gesicht.

Hast du es schon bei der Zulassungsstelle hochgeladen?

Noch nicht, tippe ich.

*Mach es. Jetzt, bevor du es dir anders überlegst. Der Termin ist
schon in ein paar Tagen.*

Mein Herz pocht, meine Handflächen sind feucht, als ich
meine Antwort schreibe. *Aber meine Eltern, schon vergessen?*

*Du kannst mit Brad und Miss Shelby darüber reden, wenn du
deine Aufnahmebestätigung in der Hand hast. Komm schon, mach
es. Ich warte hier. Sag Bescheid, wenn du fertig bist.*

Ich atme tief durch und dann nicke ich. *Ich schaffe das. Es ist
nur eine Bewerbung. Ich muss jetzt keine Entscheidungen treffen.*
Was soll's also?

Es kostet mich nur ein paar Minuten. Acht, genauer gesagt.

Ist erledigt, tippe ich.

Ich bin stolz auf dich, Jem.

Man könnte wirklich meinen, er will mich loswerden.

Da klopft es an der Tür. »Jemma?«

Ich schaffe es gerade noch, *BRB* zu tippen und das Handy
unters Kopfkissen zu schieben, bevor Nan reinkommt. »Schläfst
du?«

»Nein, ich liege bloß rum.« Ich setze mich auf und rekele mich. »Wie geht's dir?«

»Könnte schlimmer sein.« Sie setzt sich auf die Bettkante. »Du gehst mir aus dem Weg. Was ist los?«

»Ich bin in letzter Zeit nur ein bisschen ... zerstreut. Es ist ... alles ... so viel.«

»Alles? Geht es auch ein bisschen genauer?«

»Hey, dein Auge sieht besser aus«, versuche ich auszu-weichen.

»Nicht wahr? Es wird aber auch Zeit. Ich hatte schon Sorge, dass ich wie eine Missgeburt aussehe, wenn ich wieder an die Uni gehe.«

»Da ist ja noch eine Weile hin«, sage ich. »Januar ist erst in zwei Monaten.«

Sie lächelt schelmisch. »Soll ich dir ein Geheimnis verraten?« Ohne meine Antwort abzuwarten, fährt sie fort. »Ich glaube, ich gehe nicht an die Southern zurück. Vielleicht wechsele ich an die Ole Miss.«

»Im Ernst? Wie kommst du auf die Idee?«

»Ich denke, dieser Tumor und die Operation und alles haben meine Sichtweise aufs Leben verändert. Und außerdem haben Dean und ich in letzter Zeit viel geredet.«

»Dean Somers?«, frage ich. Mit Dean war sie auf der High-school zusammen. Aber in ihrem letzten Schuljahr hatten sie sich getrennt, als er schon an der Ole Miss studierte und sie auf der Party einer Studentenverbindung mit einer anderen betrogen hatte.

»Ja. Dean macht im Frühling seinen Bachelor und dann fängt er ein Master-Studium an und kriegt auf dem Campus eine eigene Wohnung. Und, na ja, wir haben uns überlegt ... du weißt schon.« Sie zuckt die Achseln.

Ich beäuge sie misstrauisch. »Was habt ihr euch überlegt?«

»Dass ich vielleicht bei ihm einziehe.«

»Dass du was?!?« Ich bin total von den Socken, was ihr nicht entgangen sein kann.

Sie kaut auf ihrer Unterlippe herum, ehe sie antwortet. »Okay, vielleicht nicht gleich«, erklärt sie schließlich. »Aber ich will bei ihm in Oxford sein. Wenn ich eines aus der ganzen Geschichte gelernt habe, dann, dass das Leben zerbrechlich ist. Ich meine, als Patrick losgezogen ist, um Bier zu holen, glaubst du, er hat da überlegt: ›Das könnte meine letzte Fahrt werden‹? Eins sag ich dir, Jemma – du musst dich entscheiden, was du willst, und es dir holen. Du kannst nie wissen, wie viel Zeit dir noch bleibt. Das ist wie in dem Song – wie geht der Text noch mal? ›We might not get tomorrow‹?«

»Ich wusste nicht, dass du Pitbull hörst«, erwidere ich mit einem Lächeln.

»Und ich wusste nicht, dass *du* Pitbull hörst«, schießt sie zurück.

»Hey, was soll ich da sagen? Er ist Mr Worldwide.« Hinter mir kündigt sich summend eine neue SMS an.

Nan schaut neugierig an mir vorbei. »Warum versteckst du dein Handy unter dem Kissen?«

Erwischt. »Weil ich dachte, du wärst Mom«, erwidere ich wahrheitsgemäß.

»Und was wolltest du vor ihr verheimlichen?«

Langsam atme ich aus und überlege, wie viel ich ihr verraten soll. Ich greife unters Kissen und angele das Handy hervor. »Du hast mich und Ryder beim Schreiben ertappt.«

»Dich und Ryder? Warum ist das ein Geheimnis? Moment mal ... willst du behaupten, ihr hättet Sexting gemacht?«

»O mein Gott! Nein. Igitt!« Das klingt einfach so ... billig.

Sie zuckt die Achseln. »Na ja, was ist dann dabei – ist doch keine große Sache?«

Mir wird klar, dass es nur eine Möglichkeit gibt, ihr zu erklären, was für eine riesige, gewaltige, monumentale Sache das ist – ich muss ihr die Wahrheit sagen.

Und das tue ich.

Als ich fertig bin, lächelt Nan nur und sagt: »Es wird aber auch Zeit, dass du den Jungen aus seinem Elend erlöst. Er ist doch schon seit ... seit einer Ewigkeit in dich verliebt.«

Ich verdrehe die Augen. »Nein, das hast du falsch verstanden. Wir hassen einander seit einer Ewigkeit.«

»Liebe und Hass«, meint sie lächelnd. »Von einem zum anderen ist es nur ein kleiner Schritt, nicht wahr?«

Und wisst ihr was? In dem Augenblick kapiere ich, dass sie recht hat.

AKT III
Szene 6

Das Football-Spiel am Freitag ist das letzte der regulären Saison. Danach gehen wir alle Pizza essen. Ryder und ich finden keine Gelegenheit, allein zu sein – nicht eine Sekunde. Ist vielleicht gut so, weil ich immer noch keinen Schimmer habe, was da genau zwischen uns läuft. Lucy und Morgan übernachten heute bei mir, deshalb fahren wir gemeinsam nach Hause, alle in meinen kleinen Fiat gequetscht.

Als wir vor unserem Haus halten, steht da zu meiner Überraschung Laura Graces Auto. Es ist schon spät und Laura Grace nicht gerade eine Nachteule. Das kann nur eins bedeuten: Es ist irgendwas passiert. Mir rutscht das Herz in die Hose, denn mir kommt der Gedanke, dass sie es vielleicht irgendwoher *wissen*.

Im Haus empfängt uns eine ungewöhnliche Stille. Ich schicke Lucy und Morgan hinauf in mein Zimmer, damit sie sich ihre Cheerleader-Uniformen ausziehen können, während ich mich unten leise auf die Suche nach Mom und Laura Grace mache. Sie zu finden ist keine Kunst. Wie üblich hocken sie in der Küche, bei geschlossener Tür. Und, okay, auch wenn man das wirklich nicht tut – ich bleibe davor stehen und lausche. Ich muss wissen, was los ist, falls sie etwas gegen mich im Schilde führen.

Also presse ich mein Ohr an die Tür – das ist der schwierige Teil, weil wir nämlich eine Schwingtür haben – und versuche etwas aufzuschnappen.

»Ich fasse es einfach nicht, dass Rob zu so was fähig ist«,

schnieft Laura Grace laut. Ganz offensichtlich weint sie. »Alle beide, und hinter meinem Rücken.«

»Nur weil ein Scout sich das Spiel angeschaut hat ...«

»Du verstehst das nicht, Shelby. Das ... das ist nur die letzte Phase im Rekrutierungsprozess. Der Mann kam extra aus New York angereist, um ihn spielen zu sehen! Er ist hier, um den Vertrag unter Dach und Fach zu bringen.«

»Und Ryder hatte schon seine Unterlagen hingeschickt? Die Ergebnisse des Eignungstests und so weiter?«

»Offensichtlich. Sie haben das Ganze also schon vor Monaten ausgeheckt und keiner hat mich eingeweiht. Und dann tun sie auch noch so unschuldig, nach dem Motto: ›Ach, übrigens ...‹« Ein Schluchzen erstickt ihre Stimme. »Wie konnten sie mir das antun?«

Mom redet beschwichtigend auf sie ein, dann höre ich sie seufzen. »Ich verstehe einfach nicht, warum Ryder für die Columbia spielen will, wo er doch freie Auswahl unter sämtlichen Sportuniversitäten im Südosten hätte. Richtigen Football-Universitäten.«

Columbia? Wovon zum Teufel reden sie? Die Columbia University ist in New York City. Ryder geht nicht nach New York aufs College. Wenn er das täte – wenn auch nur die entfernteste Möglichkeit bestünde –, hätte er es mir doch erzählt.

Oder? Ich meine, nachdem ich ihm mein Herz ausgeschüttet und ihm anvertraut habe, dass ich gerne in New York studieren würde, wäre das doch das perfekte Stichwort für ihn gewesen, um zu sagen: »Hey, weißt du was? Ich auch.«

Hat er aber nicht. Er hat es mit keinem einzigen verdammten Wort erwähnt. Ich muss mit ihm reden. Und zwar sofort.

Lautlos schleiche ich nach oben. Morgan und Lucy liegen im Pyjama auf meinem Bett und sind mit ihren Handys beschäftigt.

»Ihr müsst mich decken«, sage ich, noch bevor ich es richtig durchdacht habe.

Lucy setzt sich abrupt auf. »Dich decken?«

»Ich … also, ja.« *Was soll ich ihnen erzählen?* »Ich muss mal kurz weg, das ist alles.«

»Kurz weg? Wohin denn?«, will Morgan wissen, während sie weiter wild in ihr Handy tippt.

O mein Gott. Ich muss es ihnen sagen. Sie sind meine besten Freundinnen. Wie könnte ich es ihnen verschweigen? Zumal sie mich decken müssen, damit ich jemand anders, den ich ebenfalls als meinen Freund betrachte, dafür zur Schnecke machen kann, dass er mir etwas verschwiegen hat. Das wäre ja paradox.

»Ich muss mit Ryder reden«, erkläre ich, während ich gleichzeitig rasch eine SMS schreibe. *Komm zur Ruine. In einer Viertelstunde.* »Und ich weiß, dass ihr eine Million Fragen habt, die ich erst einmal beantworten sollte, aber ich schwöre, ihr werdet alles sofort erfahren, sobald ich zurück bin, okay?«

»Und was sollen wir deiner Mom erzählen, wenn sie hochkommt und nach dir sucht?«

»Das ist egal, solange ihr nur Ryders Namen nicht erwähnt. Sagt … sagt, dass ich draußen bin. Dass ich was im Auto vergessen habe«, schlage ich vor, obwohl ich selbst weiß, dass das eine lausige Erklärung ist.

»Ich kapiere das nicht so ganz«, sagt Morgan und legt endlich ihr Handy beiseite. »Warum musst du Ryder unbedingt treffen? Außerdem, wenn deine Mom es wüsste, wäre das für sie wohl eher ein Grund zum Feiern. Moment mal …« Ihre Miene verändert sich dramatisch, sie reißt die Augen auf. »O mein Gott! *Deshalb* soll sie es nicht wissen! Weil du und Ryder …« Sie sieht hinüber zu Lucy und wartet darauf, dass es bei ihr Klick macht.

»Was ist mit Jemma und Ryder? *Was?*« Lucy blickt zwischen

268

mir und Morgan hin und her. Und dann geht ihr ein Licht auf, man kann es ihr vom Gesicht ablesen. »Heilige Scheiße! Unmöglich! Ich meine, klar, ihr seid zusammen zum Homecoming-Ball gegangen und so, aber doch nur als ... Freunde.«

»Ja, ich dachte, seine Mom hätte ihn überredet, dich mitzunehmen, oder ...« Morgan verstummt, als wäre ihr gerade aufgegangen, was sie da eigentlich gesagt hat. »... so ähnlich«, beendet sie matt ihren Satz.

»Ich erzähle euch alles, wenn ich wieder da bin«, verspreche ich und werfe einen Blick zur Zimmertür. »Ich glaube nicht, dass Mom noch mal nach mir sieht, aber falls doch, sagt ihr, dass ich draußen bin und was aus dem Auto hole. Dass ich eben erst gegangen bin. Und dann schickt mir eine SMS, okay?«

Sie nicken einmütig.

Mein Handy piepst und ich schaue auf das Display.

Bin schon unterwegs.

»Mist, jetzt muss ich das Kajak nehmen.« Stirnrunzelnd sehe ich an mir herunter – ich trage immer noch meine Cheerleader-Uniform. Nicht gerade das beste Outfit zum Kajakfahren, aber das Auto würden meine Eltern sicher hören.

Morgan schüttelt den Kopf. »Auf keinen Fall, nicht im Dunkeln.«

»Das geht schon. Wir haben Vollmond.« Ich nicke in Richtung Fenster. Die Vorhänge sind zurückgezogen und der Mond strahlt hell durch die Glasscheiben.

»Du bist verrückt«, sagt Lucy finster. »Im Fluss gibt es Schlangen.«

Erzähl mir was Neues. Unwillkürlich erschauere ich.

»Und weiß Gott was sonst noch. Nimm das Auto, okay?« Lucy ergreift meine Hand und drückt sie zur Beruhigung. »Und wenn deine Mom fragt, sagen wir ihr, dass du zum Drogeriemarkt musstest. Um ... keine Ahnung, Tampons zu holen oder so. Ich sage, es war ein Notfall, weil ich nur eine ganz bestimmte Marke verwende und ihr die nicht habt und ...«

»Und da bist du losgefahren, um sie zu besorgen«, ergänzt Morgan für sie.

»Weil du so eine gute Freundin bist«, trällert Lucy.

Ich wäge die Risiken ab. Mom und Laura Grace sind so in ihre Unterhaltung vertieft, dass sie uns nicht einmal bemerkt haben, als wir ins Haus kamen. Warum sollten sie das Auto hören, vor allem wenn ich versuche, möglichst leise zu sein? Und wenn doch, dann ... Lucys Vorschlag ist nicht schlecht. Das klingt wirklich ganz nach Lucy, mich mitten in der Nacht loszuschicken, weil sie meine Tamponmarke nicht mag.

»Okay«, nicke ich. »Bleibt bei der Tampongeschichte, aber schreibt mir, wenn sie nach mir sucht.«

»Na, dann ab mit dir«, sagt Lucy und scheucht mich zur Tür. »Du erfüllst deiner Mutter einen großen Traum, beste Freundin.«

»Ich weiß«, entgegne ich. »Und aus diesem Grund wird sie ganz bestimmt nichts davon erfahren.«

* * *

Ich stelle mein Auto auf der Rückseite von Magnolia Landing ab, verborgen im Schatten einer alten Eiche, von deren Ästen spanisches Moos herabhängt. Von dort ist es nur ein kurzer Fußweg zur Ruine. Ryder wartet dort schon auf mich. An eine der bröckelnden Mauern gelehnt, starrt er hinaus in die Nacht. Er dreht sich nicht einmal um, als er meine Schritte hört.

Mit vorsichtigen Schritten gehe ich den Holperpfad entlang, bis ich direkt vor ihm stehe. Er sieht mich an, schweigt jedoch.

Ihr kennt doch das Klischee über Rotschöpfe und ihr Temperament? Tja, in meinem Fall stimmt es tatsächlich. Ich weiß selbst nicht so recht, warum, aber ich habe eine solche Stinkwut, dass ich keuchend atme und glaube, Sterne vor meinen Augen tanzen zu sehen.

»Ich wollte es dir sagen«, eröffnet er mir schließlich. »Wirklich, ich schwöre es. Du solltest es nicht auf diese Weise erfahren.«

»Ach ja?«, fauche ich. »*Wann* wolltest du es mir denn sagen, Ryder?«

»Ich hatte keine Ahnung, dass der Scout heute kommt«, sagt er, ohne auf meine Frage einzugehen. »Als ich es erfuhr, habe ich dich gesucht, aber es war kurz vor Spielbeginn, und du warst schon auf dem Spielfeld. Und danach ... haben dich Morgan und Lucy belagert.«

Ich schüttele den Kopf. »Kapierst du es nicht? Du hast dir seelenruhig mein Gelaber über die Filmhochschule in New York angehört und kein Sterbenswörtchen von der Columbia erzählt. Während des Sturms kann ich es ja noch verstehen. Aber danach? Ich dachte, dass wir ... dass du und ich ...« Ich verstumme kläglich. »Da hab ich mich wohl getäuscht.« Damit drehe ich mich um und gehe steifbeinig zu meinem Auto.

»Du kapierst es einfach nicht«, schreit er mir hinterher. Und dann ist er schon an meiner Seite und packt mich am Arm.

Ich reiße mich los. »Was kapiere ich nicht? Dass du ein Arsch bist? Glaub mir, das habe ich mitbekommen.«

»Das war's dann also?« Er verschränkt die Arme vor der Brust. »Du läufst einfach davon, wie immer? Du hörst dir nicht einmal an, was ich zu sagen habe?«

»Na schön.« Ich verschränke ebenfalls die Arme vor der Brust. »Dann mal los, ich bin ganz Ohr. Hoffentlich hast du eine gute Erklärung.«

»Mein Gott, Jemma.« Er verdreht die Augen. »Warum musst du alles so kompliziert machen?«

»Ach, *ich* mache es kompliziert?« Ich wende mich zum Gehen, doch dann drehe ich mich noch einmal zu ihm um. »Weißt du was? Ich hab dich so satt.«

Mit zwei großen Schritten hat er mich eingeholt. »Wie wär's damit: *Ich* habe *dich* satt. Wenn du zu blind bist, um zu merken, was hier abgeht, dann ist das verdammt noch mal dein Problem und nicht meins.«

»Gut!«, brülle ich und versetze ihm mit beiden Händen einen Stoß gegen die Brust.

Er weicht einen Schritt zurück, hebt resigniert die Hände. »Gut.«

Mehrere Sekunden stehen wir da und messen einander mit Blicken. Wellen des Zorns pulsieren zwischen uns und knistern wie elektrische Ladungen.

Und dann ... gerät er irgendwie ins Wanken. All sein stolzes Gehabe, all seine Angeberei fallen im Bruchteil einer Sekunde von ihm ab, einfach so. »Warum machen wir das immer wieder? Warum brüllen wir uns gegenseitig an?«

Ich schnaube verärgert. »Weil du mich immer auf die Palme bringst mit deinem überheblichen Getue.«

»Ja, ja, und du gehst immer in die Luft wie so ein verwöhntes Gör. So sind wir eben. Wir sind nicht perfekt.« Er holt tief und geräuschvoll Luft. »Aber wir sind ein gutes Team, Jem.«

Er hat recht. Das weiß ich, aber ...

»Du behauptest, du liebst mich, und dann hältst du es nicht für nötig, mir zu sagen, dass du dich in derselben Stadt wie ich um einen Studienplatz bewirbst? Erst als die Katze aus dem Sack ist und es schon alle wissen? Was soll ich davon halten, Ryder?«

Er fährt sich mit der Hand durchs Haar. »Verstehst du das nicht? Ich möchte, dass du deinem Traum folgst. Dass du dein Leben gestaltest, wie es dir gefällt – und nicht deinen Eltern oder Nan oder mir. Das wollte ich dir nicht nehmen. Wenn du gewusst hättest, dass ich überlege, mich für die Columbia University zu bewerben ...« Er schüttelt den Kopf.

»Was wäre dann gewesen? Ich kann dir nicht ganz folgen.«

Er seufzt und lässt seine breiten Schultern hängen. »Du solltest dich nicht nur deshalb dort bewerben, weil ich auch nach New York gehe. Oder noch schlimmer, dich *nicht* bewerben, weil ich dort sein werde. Ich wollte es dir sagen, sobald du deine Bewerbung abgeschickt hattest. Und zwar persönlich. Und dann taucht heute beim Spiel dieser Scout auf, was hätte ich tun sollen? Meine Mom flippt aus. Du flippst aus.« Frustriert reißt er die Hände in die Höhe. »Ich habe es total verbockt.«

Da fällt es mir wie Schuppen von den Augen. Er hat seine Entscheidung, an die Columbia University zu gehen, ganz allein gefällt, und er wollte, dass ich ebenso frei in meiner Entscheidung bin. Sonnenklar.

Mann, wenn wir uns durch den Sturm nicht nähergekommen wären, hätte ich wahrscheinlich wirklich lieber die Filmhochschule sausen lassen, als womöglich mit ihm gemeinsam nach New York zu gehen, das stimmt schon.

Ich sehe zu Boden und hole tief Luft, während ich mich dafür verfluche, was für eine Idiotin ich bin.

»Nein, hast du nicht«, sage ich schließlich und hebe die Augen, um seinem verwirrten Blick zu begegnen.

»Was habe ich nicht?«

»Du hast es nicht verbockt.« Zaghaft mache ich einen Schritt auf ihn zu. »Ich hab's jetzt kapiert. Mein Gott, Ryder. Warum musst du eigentlich so perfekt sein?«

»Perfekt? Ich bin schon so lange verliebt in dich, und ich hab's nie richtig hingekriegt, es dir zu zeigen, nicht ein einziges Mal.«

Ich muss mir auf die Lippe beißen, um mir das Grinsen zu verkneifen. »Ich habe eine Neuigkeit für dich: Ich glaube, diesmal hast du's geschafft.«

Als er lächelt, hüpft mir das Herz. »Weißt du eigentlich, was mir durch den Kopf gegangen ist, als du mir das mit der NYU erzählt hast? Ich konnte es nicht fassen. Es war wie ... wie ein Geschenk, das mir in den Schoß fiel. Wie ein Sechser im Lotto. Die ganze Zeit hatte ich gedacht, wenn ich nach New York gehe, heißt das, ich muss dich verlassen. Und jetzt ...«

»Jetzt werden wir hoffentlich beide genommen«, beende ich für ihn den Satz, obwohl er das wahrscheinlich gar nicht sagen wollte. Ich meine, er hat seinen Studienplatz an der Columbia sicher. Super Noten, tolles Ergebnis im Eignungstest und ein herausragender Quarterback, wie man ihn an den Eliteuniversitäten selten erlebt. Er ist der Traum jeder Zulassungsstelle. Und ich? Wenn sie mich an der NYU nehmen, dann nur mit viel Glück. Ein Kriterium dort ist nämlich geografische Diversität oder so ein Quatsch. Und ich bin stinknormal.

»Was hast du vor, wenn sie dich an der NYU nicht nehmen?«, will er wissen.

»Na, was wohl?«, frage ich zurück. »Ich gehe mit Lucy und Morgan auf die Ole Miss.«

»Dann wird das auch meine zweite Wahl. Es ist nämlich so, Jem: Ich folge dir überallhin – sei es New York oder Oxford. Diesmal lasse ich mir die Chance nicht entgehen.«

»Warum?« Die Frage entschlüpft mir, bevor ich sie zurückhalten kann. »Du wirst bestimmt so etwas wie ein College-Superstar, ob nun an einer Sportuniversität oder an einer Eliteuniversität. Wahrscheinlich gewinnst du die verdammte Heisman Trophy.«

»Und du den Oscar«, kontert er.

Ich verdrehe die Augen. »Ja, hundertpro. Also bitte.«

»Warum nicht? Meine Güte, Jemma, merkst du denn nicht, wie stark und klug und hartnäckig du bist? Was immer du anfängst, du machst es gut. Ich habe noch nie erlebt, dass du dich in etwas hineingekniet hast und dann keinen Erfolg hattest. Du gewinnst jeden Sommer den ersten Preis im Cheerleading-Camp – wie heißt das noch mal, der Superstar-Preis? Den bekommen nur drei Leute im ganzen Camp, stimmt's?«

»Woher weißt du das denn?«

»Miss Shelby hat's meiner Mom erzählt. Und es steht im Jahrbuch, glaube ich, oder?«

»Kann sein«, sage ich achselzuckend. Das ist doch nichts Großartiges. Nur eine Cheerleading-Auszeichnung.

»Und wie lange hat es gedauert, bis du deinen ersten Schießwettbewerb gewonnen hast, nachdem dein Dad dir die Pistole gekauft hat? Ein halbes Jahr, höchstens? Soviel ich weiß, bist du die beste Schützin in ganz Magnolia Branch.«

»Okay, *das* stimmt.« Ich muss lächeln.

Er nimmt meine Hand. »Und dann die Kleider, die du schneiderst, wie das eine, das du zum Homecoming-Ball getragen hast. Du nimmst einen alten Fetzen und machst etwas Neues – etwas ganz Besonderes daraus. Meine Mom sagt, du und Lucy, ihr könntet ein Vermögen damit machen, und ich wette, sie hat recht. Merkst du das denn nicht? Du bist bei allem, was du machst, nicht einfach nur gut, sondern die Beste. So bist du eben. Und deshalb habe ich nicht den geringsten Zweifel daran, dass du eine preisgekrönte Filmemacherin wirst, wenn du es dir in den Kopf setzt.«

Ohne dass ich es will, hüpft mein Herz vor Freude. »Glaubst du das wirklich?«

Er nickt, seine dunklen Augen leuchten. »Ja, das glaube ich wirklich.«

»Was war noch mal der Grund, warum wir uns all die Jahre gehasst haben?«

»Weil wir beide dickköpfig wie Maulesel sind?«, schlägt er vor.

Ich muss lachen. »Ja, das trifft es ungefähr.«

»Ich liebe dich, Jemma. Ich warte, so lange es eben dauert, bis du dasselbe für mich empfindest. Wenn es sein muss, warte ich bis in alle Ewigkeit.«

Ich schnappe nach Luft. *Er weiß es nicht.* Wie auch? Er hat mir seine Liebe gestanden, aber ich ihm nie, kein einziges Mal. »Glaub mir, du hast mich schon mit dem ›hübschesten Mädchen von Magnolia Branch‹ rumgekriegt und mit der ›besten Schützin‹ hast du es endgültig geschafft.«

»Moment mal ... willst du damit sagen ... ich meine ...«

»Pscht.« Ich lege meinen Finger auf seine Lippen. »Obwohl du wirklich süß bist, wenn du so stotterst.«

»He, ich stottere nicht.«

»Ich auch nicht. Ich liebe dich, Ryder Marsen. Siehst du?« Ich stelle mich auf die Zehenspitzen und presse meine Lippen auf seine.

Er umfasst meine Taille und zieht mich an sich, wir schmiegen uns so eng aneinander, dass ich nicht mehr weiß, wo er aufhört und ich anfange. Er erwidert meinen Kuss, küsst mich hungrig. Gierig. Wie ein Weltmeister. Und *so* leidenschaftlich.

Dieser Kuss ist irgendwie anders als alle, die ich bisher bekommen habe. Er ist ein Versprechen, dass er mir gehört und ich ihm. Es ist die Einsicht in unser Schicksal. Er ist das Eingeständnis von etwas, das die ganze Zeit da war und nur darauf gewartet hat, dass wir es entdecken. Genießen. Feiern.

Und das tun wir.

Wir lösen uns erst voneinander, als mein Handy in meiner Jackentasche vibriert und uns zusammenzucken lässt. Beklommen werfe ich einen Blick darauf. Wie befürchtet ist es eine SMS von Lucy.

Mutteralarm! Mission sofort abbrechen!

AKT III

Szene 7

Ich muss los«, sage ich und starre finster auf mein Handy.

»Sofort?«, fragt Ryder und hebt mein Kinn an, sodass sich unsere Blicke treffen.

»Leider. Wegen meiner Mom. Lucy und Morgan decken mich, aber ich muss zurück. Angeblich bin ich nämlich zum Drogeriemarkt gefahren.«

»Was sollen wir ihnen sagen? Unseren Müttern, meine ich.«

Ich schüttele den Kopf. »Gar nichts. Jedenfalls nicht gleich. Kannst du dir vorstellen, wie sie uns dann zusetzen würden? Sie treiben uns ja schon jetzt zum Wahnsinn, und dabei glauben sie, dass wir einander nicht ausstehen können.«

»Du hast recht. Also ... halten wir es geheim?«

»Das nun auch wieder nicht. Lucy und Morgan muss ich es sagen. Nur ... kein Wort zu unseren Eltern, okay? Außerdem, glaubst du nicht auch, dass ein wenig Heimlichtuerei die Sache etwas spannender macht?«

Seine Augen funkeln anzüglich auf. »Da ist was dran.«

»Komm bloß nicht auf schmutzige Gedanken«, necke ich ihn. »Bringst du mich zu meinem Auto?«

Er nimmt meine Hand, schlendert neben mir her und grinst mich zweideutig an.

»Was ist?«, frage ich.

»Hey, du bist doch diejenige, die mit den schmutzigen Gedanken angefangen hat, nicht ich.«

Ich stoße ihn spielerisch in die Rippen.

»Ich habe eine Idee«, sagt er. »Tun wir doch einfach so, als hätten wir ein gemeinsames Schulprojekt. Du weißt schon, wir sagen, man hätte uns gegen unseren Willen zusammengespannt. Wir können ein großes Tamtam darum machen und jammern, weil wir so viel Zeit miteinander verbringen müssen.«

»Während wir insgeheim jede Menge schmutziger Dinge tun?«, schiebe ich nach.

Er nickt. »Ganz genau.«

Ein Schauder überläuft mich angesichts dieser Möglichkeiten. Die Aussicht auf Sonntagsessen auf Magnolia Landing erscheint mir plötzlich ziemlich verlockend. Genauso Weihnachten und der obligatorische gemeinsame Winterurlaub der Caffertys und der Marsdens. Das ganze restliche Schuljahr liegt verheißungsvoll vor mir. Unsicherheit und Zweifel gehören der Vergangenheit an, jetzt habe ich die Gewissheit, dass ich auf dem richtigen Weg bin ... dem perfekten Weg.

Und wie Nan mir geraten hat, werde ich die Gelegenheit beim Schopf packen. Mit beiden Händen. Und festhalten – wie ich den Jungen neben mir festhalte.

Viel zu schnell sind wir an meinem Auto angelangt. Ich will noch nicht gehen, ihn verlassen und mit dem leider notwendigen Versteckspiel anfangen. Seufzend lehne ich mich mit dem Rücken an meine Autotür und ziehe Ryder an mich. Er drückt sich mit dem ganzen Körper gegen mich und setzt jede Faser in mir in Brand. Meine Knie werden weich, als er mich sanft küsst und seine Lippen auf meinen verweilen lässt, obwohl ich es eilig habe.

»Gute Nacht«, hauche ich.

»Gute Nacht«, flüstert er, sein warmer Atem streicht über meine Wange.

O Mann. Es kostet mich eine schier übermenschliche An-
strengung, ins Auto zu steigen und den Zündschlüssel umzu-
drehen. Als ich losfahre und im Rückspiegel sehe, wie Ryder
immer kleiner wird und schließlich mit der Dunkelheit ver-
schmilzt, grinse ich in mich hinein.

Fünf Minuten später schlüpfe ich ins Haus. Alle haben sich
im Wohnzimmer versammelt – Mom, Laura Grace, Lucy und
Morgan. Ich zwinge mich, eine frustrierte Miene aufzusetzen.
»Tut mir leid, Luce«, sage ich. »Ich war in zwei Läden, aber deine
Marke gab's nicht.«

»Hast du es bei Parker Drugs probiert?«, fragt Laura Grace.
»Dort ist die Auswahl besser als in den großen Ketten.«

»Mist, nein.« Klappernd lege ich die Schlüssel ab. Heute
Abend werden meine schauspielerischen Fähigkeiten definitiv
auf die Probe gestellt. »Daran habe ich gar nicht gedacht.«

»Tja, jetzt weißt du es wenigstens. Na gut, ich muss los. Amüsiert euch noch gut, Mädels, ja?«

Schnell gehe ich zu Laura Grace hinüber und umarme sie.
Keine Ahnung, warum – vielleicht weil ich ziemlich gut nach-
fühlen kann, was sie gerade empfindet.

»Ach, Süße.« Sie tätschelt mir den Rücken, dann löst sie sich
von mir. »Du bist so ein liebes Mädchen.«

Kurz flackern Schuldgefühle in mir auf, aber das geht rasch
vorbei. Sie kriegt ja, was sie will. Sie weiß es nur jetzt noch nicht,
das ist alles. »Ich hab dich lieb, Miss Laura Grace.«

Ihre Augen füllen sich mit Tränen. Es war ganz offensichtlich
ein aufwühlender Abend für sie. »Hab dich auch lieb, Prinzessin.« Sie sieht hinüber zu meiner Mom.

»Das wird schon alles«, versichert ihr Mom. »Da bin ich ganz
sicher.«

»Dein Wort in Gottes Ohr«, antwortet sie, dann geht sie zur

Haustür. »Gute Nacht, alle zusammen.« Mit einem Winken in die Runde ist sie zur Tür hinaus.

»Möchtet ihr noch eine Kleinigkeit essen?«, fragt Mom.

Ich werfe einen Blick zu meinen Freundinnen, die hinter meiner Mom stehen und heftig den Kopf schütteln.

»Nö, schon okay. Wir haben noch wichtigen Mädchentratsch nachzuholen.« Bevor ich zu Ende gesprochen habe, flitzen sie schon die Treppe hinauf.

Während ich ihnen folge, vibriert mein Handy. Ich bleibe stehen, vor Erwartung bekomme ich Herzklopfen. Ich weiß, dass die SMS von Ryder ist, noch ehe ich seinen Namen auf dem Display lese, gefolgt von drei Zeilen Text.

So grenzenlos ist meine Huld, die Liebe
So tief ja wie das Meer. Je mehr ich gebe,
Je mehr auch hab ich; beides ist unendlich.

Romeo und Julia?, tippe ich zurück und grinse wie ein Honigkuchenpferd. Ich sollte es eigentlich kennen, wir haben es in der Neunten durchgenommen.

Ja. Die Zeile ist von Julia, aber sie passt auch auf mich.
Ich liebe dich, Ryder Marsden.
Nicht halb so sehr wie ich dich, Jemma Cafferty.

Mit einem verträumten Seufzer schiebe ich das Handy zurück in die Jackentasche und laufe meinen Freundinnen hinterher.

Die werden Augen machen, wenn sie hören, was ich ihnen zu erzählen habe.

Sechs Wochen danach

Gestern kam meine Aufnahmebestätigung. Perfektes Timing, weil die von Ryder vorgestern kam und er sich bereits fest angemeldet hat. Es war ein Kinderspiel, meine Eltern davon zu überzeugen, dass die NYU das Richtige für mich ist, als sie gehört haben, dass Ryder ebenfalls nach New York geht – er fängt nächstes Jahr als Starting Quarterback für die Columbia Lions an. Und ich? Ich werde auf die Filmhochschule gehen. Wenn ich es mir oft genug vorsage, glaube ich es vielleicht irgendwann selbst.

Das ist mein Traum und nicht der meiner Eltern. Aber jetzt ... jetzt ist es noch so viel mehr.

»Gibst du mir bitte den Salat?«, fragt mein Dad Laura Grace.

»Bitte, mein Lieber«, sagt sie und reicht ihm die schwere Kristallschüssel, bevor sie sich wieder meiner Mom zuwendet. »Vielleicht sollten sie mit dem Zug nach New York fahren. Über Memphis. Ich glaube, sie müssen erst hoch nach Chicago und dann rüber.«

»Das ist eine lange Fahrt«, meint Mr Marsden. »Sie müssten wahrscheinlich mehrmals umsteigen.«

»Schon, aber denk doch nur, wie malerisch die Strecke ist«, sagt Mom. »Außerdem könnten sie ein Schlafwagenabteil nehmen – dann hätten sie Platz, um sich auszuruhen und zu schlafen. Was meinst du, Jemma?«

Erst nach einem Augenblick merke ich, dass sie mit mir spricht. Ich bin ganz hin und weg davon, dass Ryder neben mir sitzt – nur Zentimeter von mir entfernt – und unter dem Tisch meine Hand hält. »Was?«, frage ich und blicke in ihre erwartungsvollen Gesichter. »O, den Zug. Ja, vielleicht.«

»Sie sollten schon eine Woche früher hinfahren«, erklärt Laura Grace. »Dann können sie sich noch ein bisschen die Stadt anschauen. Vielleicht die eine oder andere Broadway-Show oder ein Football-Spiel besuchen oder so. Wir könnten sie begleiten!«

»Nein«, sagt Ryder ein bisschen zu laut. »Ich wollte nur sagen ... wir fahren besser allein, Jemma und ich. Wir müssen uns doch erst einmal orientieren und so. Ihr kommt dann alle zu Thanksgiving, wenn wir uns ein bisschen eingelebt haben.«

Laura Grace nickt. »Das ist eine großartige Idee. Wir könnten im Plaza Hotel wohnen und uns die Thanksgiving-Parade von Macy's ansehen. Und ihr zwei zeigt uns dann die Stadt.«

Ryder nickt. »Genau.«

Unter dem Tisch drücke ich seine Hand.

Laura Grace beäugt argwöhnisch meinen Teller. »Du stocherst ja nur in deinem Essen herum. Du hast kaum zwei Bissen gegessen. Ich dachte, du magst Lous Brathähnchen.«

»Mag ich auch. Entschuldige. Ich muss die ganze Zeit an unser Englischprojekt denken, das wir diese Woche abgeben müssen.« Mit einem gespielt verdrossenen Blick sehe ich zu Ryder. »Wir hinken gnadenlos hinterher, weil du immer irgendeine Ausrede hast. Wir müssen heute Abend unbedingt noch was dafür tun.«

»Wahrscheinlich hast du recht«, sagt Ryder mit einem genervten Seufzer.

»Das ist jetzt schon euer drittes gemeinsames Projekt«, meint Mom kopfschüttelnd. »Ich hoffe, ihr kabbelt euch nicht, damit ihr richtig vorankommt. Kein Streit mehr wie letztes Mal.«

Wir hatten so getan, als wären wir bei einem Analysis-Projekt heftig aneinandergeraten. Kein Scherz, bei einem Analysis-Projekt. Als ob es so etwas gäbe.

»Wir werden's versuchen«, sage ich und sehe Ryder von der Seite an. »Stimmt's?«

Bei dieser Anspielung läuft Ryder rot an. Wie süß! Ich liebe es, wenn Ryder errötet. Es ist einfach unwiderstehlich.

»Ja«, murmelt er und senkt den Blick.

Laura Grace sieht uns beide eindringlich an. »Ihr solltet lernen, miteinander auszukommen, hört ihr? Ihr werdet in den nächsten vier Jahren eine Menge Zeit miteinander verbringen.«

Vier Jahre. Nur wir beide – weit weg von unseren Müttern, die sich ständig einmischen. Ich muss mir auf die Lippe beißen, damit ich mich nicht durch ein breites Grinsen verrate.

»Sie hat recht«, nickt Mom. »Jemma muss mir versprechen, den Campus nur in Ryders Begleitung zu verlassen, sonst erlaube ich nicht, dass sie nach New York zieht.«

In Ryders Begleitung? Was soll das, sind wir etwa noch in den Fünfzigerjahren? Außerdem hat sie offenbar noch nicht mitbekommen, dass die NYU keinen herkömmlichen Campus hat. Dort gibt es weder Zäune noch Tore noch Mauern. Sie wird es wohl herausfinden, wenn sie uns an Thanksgiving besucht, aber dann ist es zu spät. Selber schuld. Sie hätte sich eben die Bewerbungsunterlagen ansehen sollen, die ich ihr gegeben habe.

»Gut«, sage ich und versuche, leicht verärgert zu klingen. »Ich verspreche es.«

Unter dem Tisch lässt Ryder meine Hand los und legt sie mit der Handfläche nach oben auf meinen Schoß. Dann spüre ich, wie er mit den Fingerspitzen Buchstaben darauf schreibt.

I.C.H.L.I.E.B.E.D.I.C.H.

Unwillkürlich läuft mir ein Schauder über den Rücken. Wie sich gezeigt hat, erschauere ich in Ryders Gegenwart viel. Er scheint diese Wirkung auf mich auszuüben.

»Ist dir kalt, Jemma?«, erkundigt sich Laura Grace. »Ryder, hol ihr ein Sweatshirt oder irgendwas. Ihr beiden seid ja sowieso mit dem Essen fertig. Geh mit ihr ins Wohnzimmer und mach Feuer im Kamin.«

»Nein, schon gut«, sage ich nur deshalb, weil die alte Jemma widersprochen hätte.

»Na, dann arbeitet eben an eurem Projekt. In deiner Bude ist es wärmer.«

»In meiner Bude ist es richtig heiß, wie in einem Backofen«, sagt Ryder scheinbar gleichgültig, und ich überspiele mein Lachen mit einem Hustenanfall.

»Dann nimm sie mit nach oben, bevor sie sich noch erkältet. Geht. Ab mit euch.« Laure Grace scheucht uns weg.

Wir stehen gleichzeitig vom Tisch auf und versuchen, so verdrossen wie möglich zu wirken. Schweigend folge ich ihm hinaus. Sobald die Tür hinter uns zuschwingt, nimmt er meine Hand und zieht mich an sich.

»Pscht, hör mal zu«, sage ich und nicke mit dem Kopf zur Tür.

»Ich kann es immer noch nicht glauben«, sagt Laura Grace gedämpft. »Dass die beiden gemeinsam aufs College gehen, wie wir es uns immer erträumt haben. Irgendwann werden sich ihre Herzen schon finden, wart's nur ab.«

Ich höre das glockenhelle Lachen meiner Mom. »Ihr Plan, einander zu entkommen, ist wohl nicht so ganz aufgegangen, was? Bestimmt hätten sie nie gedacht...«

»Ich hoffe nur, sie bringen sich nicht gegenseitig um«, mischt sich Daddy ein.

»Das wird schon«, meint Mr Marsden.

»Tja, diese Runde geht anscheinend an uns«, sagt Mom offenkundig entzückt.

Ich blicke hoch zu Ryder, der sich für das Sonntagsdinner feingemacht hat – Khakihosen, kariertes Button-Down-Hemd, darunter ein T-Shirt. Sein Igelhaar steht in alle Richtungen ab, und er bekommt tiefe Grübchen, als er mich anlächelt; seine schokoladenbraunen Augen sind so voller Liebe, dass sein ganzes Gesicht leuchtet. Und ich? Ich bin so glücklich, wenn ich mit ihm zusammen bin, dass ich, wie Nan sagt, glühe, ein helles, glänzendes Licht scheint von uns beiden auszugehen, wohin wir auch gehen.

Auch wenn sich unsere Eltern noch so diebisch freuen, sie haben nicht gewonnen. O nein.

Nein, *wir* haben gewonnen.

Danksagung

Ein riesiges Dankeschön geht an:

Jennifer Klonsky, die irgendwie bereits nach der Lektüre weniger Seiten das Potenzial in diesem Buch entdeckte.

Nicole Ellul, durch deren redaktionellen Scharfsinn dieses Buch sehr viel packender wurde. Tausend Dank und einen herzlichen Applaus.

Amalie Howard, meine BFF und beste Kritikerin. Ohne dich würde ich es nicht schaffen! Und das meine ich ernst. Ehrlich.

Cindy Thomas, die sich zunächst geduldig mein Gejammer angehört und dann die Peitsche rausgeholt hat: Tu! Es! Doch! Was würde ich nur ohne dich machen?

Melinda Rayner Courtney, meine Fachfrau in Sachen Mississippi. Danke für die Fotos des *echten* Mississippi. Ich bin ehrlich stolz darauf, dich als meine Schwester zu bezeichnen!

Die HB&K-Gesellschaft (ihr wisst, wer gemeint ist!), die mir bei der Ausarbeitung der Handlung half und ergeben meine Schwärmerei für den Footballspieler AJ McCarron über sich ergehen ließ.

Meine Agentin Marcy Posner, für alles, was sie über die Jahre für mich getan hat.

Ella für das Vorlesen der Dialoge mit authentischem Südstaatenakzent. Dadurch hat das Schreiben einen Riesenspaß gemacht! (*lach!*)

Und zum Schluss möchte ich mich natürlich bei meiner Familie bedanken – Dan, Vivian und Ella (ja, noch einmal) –, dass ihr mich vor dem Durchdrehen bewahrt. Ich liebe euch!

Claire LaZebnik
Damals dieser Kuss

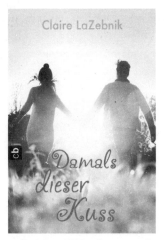

ca. 360 Seiten, ISBN 978-3-570-40280-1

Heute weiß Anna, dass der Kuss damals in der Neunten eine letzte Chance war – bevor Finn sich aus dem Staub machte, der schlaksige, zu kurz geratene (und unglaublich nette) Junge, in den sie sich heimlich, still und leise verknallt hatte ... sehr heimlich sogar, denn nie im Leben hätte Anna vor ihren Freundinnen zugegeben, dass sie mit einem Nerd geht. Doch nun, vier Jahre später, ist Finn plötzlich zurück in L.A.! Der unbeholfene Streber von einst hat sich zum attraktiven Mädchenschwarm gemausert und macht klar, dass er nichts mehr mit ihr zu tun haben will. Anna versucht, sich einzureden, dass Finn ihr egal ist – ganz im Gegensatz zu ihren BFFs, die plötzlich Feuer und Flamme sind ...

www.cbj-verlag.de